T0300846

El libro azul

Editorial Bambú es un sello
de Editorial Casals, SA

© 2007, Lluís Prats
© 2007, Editorial Casals, SA
Tel. 902 107 007
editorialbambu.com
bambulector.com

Diseño de la colección: Miquel Puig
Ilustración de cubierta: Miquel Puig

Décima edición: noviembre de 2022
ISBN: 978-84-8343-035-4
Depósito legal: M-13.393-2011
Printed in Spain
Impreso en Anzos, SL, Fuenlabrada (Madrid)

El papel utilizado para la impresión de este libro
procede de bosques gestionados de manera sostenible.

El libro azul

bam bú

EDITORIAL

La biblioteca infantil

Era una tarde de noviembre, fría y gris. El cielo de Barcelona tenía un color ceniciento. Un coche bajó a toda velocidad por el paseo de Gracia y cientos de hojas doradas revolotearon detrás de él. Algunas aterrizaron a los pies de un chico que andaba cabizbajo con una mochila a la espalda.

Tras él andaban un chico alto y una chica rubia de pelo rizado. Los tres estudiaban en el Instituto Jaume Balmes, en la calle Pau Claris esquina con Consell de Cent.

–Leo –dijo la chica con un suspiro–, no debes preocuparte tanto, sólo era un examen...

–Sí –añadió el chico alto intentando sonreír–, sólo era un examen...

El chico alto con pelo en forma de cepillo se había salvado *in extremis*. En su hoja, el profesor de historia había dibujado un precioso cinco.

—Para vosotros es muy sencillo —refunfuñó el chico moreno y bajito dando una patada a una lata de refresco.

Su vida había cambiado desde que el profesor Cuadrado le había entregado el examen. En el folio había dibujado un 2,5 del que nacía una flechita que conducía a una palabra: «Borrico».

Sacó otra vez la cartilla de notas y se la puso delante de los ojos. Al 2,5 en historia se sumaban un 4 en matemáticas y un 3 en naturales, por no hablar del injustísimo 4,7 con que le había calificado Mrs. Hooper en inglés. Juntos sumaban la nada despreciable cantidad de cuatro suspensos. ¡Cuatro!

El de historia no era una novedad; casi podía decirse que sus notas no estaban completas sin un buen suspenso en historia. Los otros tres sí lo eran.

«Bonita manera de empezar el trimestre», pensó. Se imaginó a sí mismo llegando a casa y entregando el boletín de notas a su padre...

El cielo ceniciento terminó de encapotarse y empezó a lloviznar. El chico alto se cubrió la cabeza con la carpeta y la chica abrió su paraguas. Algunos viandantes se refugiaban bajo los escaparates multicolores del paseo.

«El profesor Cuadrado ¡qué fastidio!», se dijo mientras Rita protegía de la lluvia a su amigo.

Leo se volvió hacia ella y le preguntó:

—Oye, Rita, ¿de qué sirve saberse los nombres de personas que vivieron hace siglos? ¿A quién le importa quién derrotó a Napoleón en Waterloo o quién descubrió América? ¡A mí no me importa la vida de gente que lleva muerta quinientos años!

La chica inició una tímida sonrisa y le iba a contestar, pero recordó la última clase de esa tarde. Cuando el profesor Cuadrado había llamado a todos los alumnos y les había entregado el examen sin hacer apenas ningún comentario. A Leo lo había dejado para el final. Cuadrado había enarcado una ceja, se había levantado las gafas hasta la frente y se había reído por la comisura de los labios mientras le entregaba los dos folios.

–Sus-pen-di-do –había dicho en tono fúnebre. Luego se rió y añadió–: Valiente, es cierto que el caballo del Cid Campeador se llamaba Babieca, pero nunca lo cabalgó Ben-Hur y menos en el circuito de Montecarlo.

Toda la clase se había partido de risa a excepción de ella y de Abram, que tuvieron que hacer verdaderos esfuerzos para contenerse, mientras Cuadrado reía de su propia gracia y miraba complacido al auditorio. Leo había regresado a su pupitre manteniendo fija la vista en el examen más rojo que un tomate. Se había sentado entre las carcajadas de sus compañeros.

Rita agarró a Leo del brazo y se refugiaron en el zaguán de una tienda. Lo que había empezado siendo unas gotitas de llovizna iba adquiriendo proporciones considerables. Leo se detuvo frente al escaparate y se vio reflejado. Era un chico moreno; unas pecas rodeaban la pequeña nariz, que sobresalía entre dos enormes ojos, negros como el asfalto mojado. Llevaba el pelo corto. En su barbilla lucía, orgulloso, una cicatriz.

–Leo –dijo Rita.

–¿Mmm... sí? –respondió distraído.

9

Dejó de mirarse en el cristal y se fijó en los ojos verdes y los rizados cabellos rubios de su mejor amiga. Vestía un raído jersey bermellón y unos vaqueros acampanados. Un macuto de cuero colgaba a su espalda.

—¿Para cuándo es el trabajo? —dijo la chica.

—¡Uf, el trabajo! —rezongó él.

Ya casi se había olvidado. El profesor Cuadrado lo había castigado con hacer un trabajo sobre las conquistas de Alejandro Magno en Persia por su falta de interés. Él apenas sabía quién era Alejandro y no tenía ni idea de dónde estaba Persia. La cosa no prometía mucho.

—Si quieres, podemos ayudarte... —se ofreció Abram secándose el flequillo con la mano.

—No es mala idea —aprobó Rita.

—¿De verdad? —respondió Leo animándose un poco.

La ayuda de Rita podía resultar una solución más que satisfactoria al problema. Sobre todo teniendo en cuenta que, cuando ella hacía un trabajo en grupo, bastaba con firmarlo debajo de su nombre para sacar sobresaliente.

—Por mí, estupendo —respondió—. ¿Qué dices Rita? —le preguntó esperando que ella lo realizaría todo, como siempre.

Dos ojos, verdes como semáforos, lo escudriñaron de arriba abajo.

—Yo te ayudaré, Leo. El trabajo lo haces tú. ¿Vale?

—¡Guay! Tenemos una semana... ¡para hacer un trabajo de más de treinta folios! —suspiró.

—¡Vamos, Leo, no seas trágico, más se perdió en Troya! —dijo ella sonriente.

—¿Qué se perdió? —preguntó Leo.

–¿Dónde? –dijo Abram.

–En... hum... Nada, olvidadlo. ¡Seguidme! –les ordenó la chica.

Rita cerró su paraguas y empezó a correr. Los chicos la siguieron. Atravesaron la plaza Catalunya y continuaron por las Ramblas. De repente, torció a la derecha y se metió por una callejuela angosta y húmeda, llena de comercios y paraguas que destilaban agua de lluvia.

«¿Qué se le habrá perdido aquí?», se preguntó Leo. Siguieron andando por la acera hasta llegar frente a un edificio antiguo, de piedra. La entrada tenía una sólida reja de hierro que daba a un patio. A su izquierda vieron el edificio de la Academia de Ciencias Médicas, frente a ellos otra reja daba acceso a unos jardines. Rita se dirigió a la que quedaba a su derecha. Leo y Abram miraron extrañados la baldosa de piedra:

BIBLIOTECA DE CATALUNYA

Atravesaron un patio rodeado de arcadas, en cuyo centro había un pozo, y corrieron para atrapar a Rita, que subía por unas escaleras.

–Tendréis que haceros socios de la biblioteca –les dijo cuando la alcanzaron.

–¿So... socios? –Abram pareció contrariado.

–Claro. Si no, ¿cómo podréis consultar los libros y las enciclopedias?

–¿Libros? ¿Enciclopedias? ¡Puaj! –hizo Leo con una mueca.

11

–¿Qué quieres? –le interrogó ella–. Tenemos... tienes que hacer un trabajito..., ¿recuerdas?

Subieron los últimos peldaños y llegaron al rellano. A su izquierda había una puerta en la que se podía leer: «Dirección». A su derecha, se encontraba una gran puerta giratoria de hojas en aspa. Sus cristales eran translúcidos y se leía *Biblioteca de Catalunya. Fundada en 1907.* Varios lectores, la mayoría estudiantes universitarios, entraban y salían por ella haciéndola girar. Enfrente se encontraron con un mostrador.

–¿Tenéis que depositar algún objeto en el guardarropa? –les preguntó un conserje uniformado de azul.

Los tres negaron con la cabeza. Empujaron la puerta y la hicieron girar apoyándose en el pasamanos dorado. Al otro lado encontraron un amplio vestíbulo rodeado de majestuosas columnas de mármol, que daba a las tres salas de lectura.

–¡Qué silencio! –se extrañó Abram–. No se oye ni una mosca.

–¡Chsssst! –hizo un hombre frente a ellos.

Estaban delante de otro mostrador y de dos conserjes. Después de formalizar los requisitos para hacerse socios, ayudados por Rita y prometiendo que entregarían dos fotografías, Leo y Abram quedaron inscritos en el registro.

–El recinto fue un antiguo hospital construido en época medieval, que se convirtió en biblioteca –les contó Rita mientras se dirigían a la puerta contigua–. La institución tiene tres secciones: la infantil, la de adultos y la de investigadores.

Los dos asintieron.

–¿Y nosotros a cuál vamos?

–A la zona infantil –respondió Rita.

Leo se detuvo frente a la puerta de la sala de los adultos y miró a través del cristal. Era una sala muy grande, gótica, con altas paredes forradas de libros que llegaban hasta los ventanales. Sobre ellos arrancaban unos arcos que sostenían la bóveda del techo. Algunos ventanales tenían vidrieras de colores. La sala estaba sembrada de mesas repletas de lámparas. Alumbraban a los lectores que trabajaban con gruesos volúmenes. Algunos debían ser muy antiguos pues, cuando alguien volvía sus páginas, el polvo brillaba. Cerca de la entrada había armarios clasificadores con pequeños ficheros. Encima de una mesa había ordenadores para localizar los libros en el catálogo *on–line*.

–Adelante –ordenó Rita.

Leo se volvió y les siguió para entrar en la zona infantil. La sala era semejante a la que había visto, sólo que en ésta bastantes chicos de su edad estaban sentados frente a mesas de vivos colores y realizaban sus tareas escolares en silencio. La sala estaba llena de estanterías con libros, algunos de lomo azul o naranja o verde. Varias escaleras de madera, montadas sobre ruedas, permitían acceder a los estantes superiores.

–Estas escaleras deben funcionar desde 1907, ¿no, Rita?

La sonrisa se congeló en su cara. Rita se volvió hacia ellos muy seria. Al fondo, en un pequeño mostrador y rodeada de libros, se encontraba la bibliotecaria, que tamponaba libros con un sello de goma. Lo único que se oía en

13

la sala, llena de cabecitas que leían cuentos y novelas con láminas en color, era el ruido seco del sello.

¡Tomp!... ¡Tomp!

Se acercaron a la mujer para firmar en la hoja de usuarios. Encima de la mesa tenía algunos libros con ilustraciones: *Charlie y la fábrica de chocolate* y *El pequeño vampiro*. La bibliotecaria dejó sobre la mesa otro montón de libros, entre los que destacaba *Harry Potter y el cáliz de fuego*, y les indicó una mesa vacía en la que podían sentarse.

Al ver tanto libro, algo se revolvió en las tripas de Leo. Recordó que le esperaban unas horas de arduo trabajo para hallar información de ese tal Alejandro y de su dichosa expedición a Persia. Descargó sin muchas ganas la cartera encima de la mesa redonda que iba a ocupar con Rita y Abram, resignado a perder toda la tarde.

La bibliotecaria los miró sonriendo a través de sus enormes gafas redondas, para comprobar que se ponían a trabajar. No tendría más de treinta o treinta y cinco años, llevaba el pelo recogido en la nuca y vestía una larga falda azul y un jersey gris de cuello alto. Le pareció guapa.

En la sala reinaba un absoluto silencio, que habían roto los chicos al descargar las mochilas. Leo sacó de su cartera una pequeña libreta, la abrió por su primera página y escribió: «INVESTIGACIÓN SOBRE ALEJANDRO MAGNO», y a continuación: «El rollo de la historia cuadrada...».

Abram sonrió divertido al verlo.

Rita, mientras tanto, se levantó para consultar algo con la bibliotecaria, después cogió el primer volumen de una enciclopedia que ésta le señaló, se acercó decididamente a Leo y se lo puso encima de la recién estrenada libreta.

–¡Busca! –susurró.

Él la miró sorprendido.

–¿Que busque qué?

Pero ella no hizo ningún comentario y se fue a por más libros. Leo comprendió que debía empezar a abrir sus páginas. Cuando encontró el artículo que hablaba de Alejandro Magno (357–323 a. de C.) empezó a resumirlo.

Un rato después levantó la vista del papel para observar a Abram que, al otro lado de la mesa, le hacía una mueca con los dedos en los ojos y la nariz imitando un cerdito. Le sonrió, pero siguió trabajando; detrás de Abram había un gran cartel que reclamaba «SILENCIO».

Rita se había vuelto a sentar y consultaba un libro que le había prestado la bibliotecaria.

–¿De qué la conoces? –le preguntó él.

–He venido a consultar libros bastantes veces –susurró ella.

Abram se encontraba como un pulpo en un garaje; había cogido unos cómics de la estantería, pero ya estaba harto de esperar sin hacer nada y se entretuvo fabricando un completo arsenal de bolitas de papel. Tensó la goma elástica de su carpeta, apuntó el primer proyectil y disparó. Erró el tiro por poco y nadie se percató, aunque Leo alzó la vista al notar algo que le rozó la cabeza. Abram disimuló perfectamente, escribiendo en su bloc de notas.

El segundo disparo dio en el blanco.

–¡Cien puntos! –susurró riendo Abram.

15

Leo lo miró con enfado, pero siguió trabajando.

Al tercer impacto, Leo se decidió a contratacar y preparó su proyectil a escondidas. Rita no sabía nada de lo que se fraguaba porque se había vuelto a levantar para buscar otro libro. Lo vio todo desde la estantería, subida a una escalera de madera.

Abram y Leo apuntaron el uno contra el otro. Leo fue el primero en disparar y acertó. Pero Abram, que forzaba un tiro que le diese la victoria definitiva, no calculó dos cosas: que su fuerza era más de la necesaria y que estaba sentado en línea recta con la bibliotecaria. Rita cerró los ojos cuando el proyectil impactó en las gafas de la mujer.

La joven, sin inmutarse, cogió el papel, se levantó sigilosamente de la silla y se dirigió a la mesa de los dos chicos. Leo, de espaldas, no la vio aproximarse, pero Abram, veloz como un rayo, empaquetó sus cuadernos en la mochila y escapó de la zona infantil. Leo comprendió que algo extraño sucedía e intentó hacer lo mismo, pero una mano lo sujetó por el hombro para que permaneciera en la silla.

«¡Qué fuerza!», pensó él.

–Bueno, bueno –oyó–. Veo que todavía no sabéis comportaros en una biblioteca.

El resto de chicos seguían con mucha atención el suceso desde sus sillas.

–Ha empezado él –replicó Leo, mientras se daba la vuelta.

Rita bajó de la escalera y se aproximó a la mesa.

–Hola, Rita, ¿estos son los dos chicos que venían contigo, verdad?

Leo se quedó estupefacto, ¡la conocía por su nombre!

–Sí. Lo siento..., Oxford –respondió ella avergonzada.

Después de preguntar a Leo su nombre, le estuvo explicando cuáles eran las normas de comportamiento en una biblioteca como aquella.

–Es que es la primera vez que vengo... –se excusó–, y debía hacer urgentemente un trabajo sobre Alejandro Magno.

–¿Sobre Alejandro Magno? Me parece estupendo pero, como comprenderás, debo imponerte un pequeño castigo –pensó por espacio de unos segundos y añadió–: Te quedarás a la hora de cerrar para ayudarme a ordenar los libros.

Luego señaló hacia su mesa donde se encontraba un carrito lleno de libros y Rita alzó los ojos al cielo, eran ya las ocho de la tarde y la biblioteca cerraba a las ocho y media.

–¿Todo eso, señora Oxford? –preguntó Leo.

–*Señorita* Oxford –le corrigió–. Sí, todo –sentenció–. Además son fáciles de colocar en su sitio, la mayoría son clásicos de aventuras, los conocerás bien. ¿Por cierto –añadió– cómo sabes mi nombre?

–Rita acaba de llamarte así...–contestó él–. ¿No es tu nombre?

–No exactamente. Mi nombre es Ana.

–Entonces, ¿por qué te ha llamado Oxford?

–¡Buf! –dijo ella reflexionando unos instantes–. Es una larga historia, pero te la abreviaré. Ya te he dicho que mi verdadero nombre es Ana, pero mi padre tenía la ilusión de que algún día fuera a estudiar a esa universidad inglesa. Estuvo ahorrando muchos años.

—¿Y fuiste? —le preguntó Leo.

Rita lo miró escandalizada. Ella no se hubiera atrevido a ser tan curiosa. Pero al fin y al cabo Leo era un chico y por lo tanto... más bruto.

—No —respondió—. Tras la muerte de mi madre me quedé a estudiar aquí, en la Universidad Central: tres años de Biblioteconomía.

—¿Biblocotecoqué? —preguntó extrañado Leo.

—La Biblioteconomía enseña cómo catalogar los libros —le explicó Rita—. Se aprende la sistematización por materias, la distribución por espacios según el interés de los volúmenes, los fondos bibliotecarios internacionales y la consulta y préstamo a través de las nuevas tecnologías y...

—Rita..., por favor —suplicó Leo para que se callara.

—En definitiva —concluyó ella— , lo que hay que saber para trabajar en un sitio como este.

Leo comprendió, al fin, la explicación. Oxford sonrió a Rita y regresó a su escritorio, y ellos dos a su mesa para seguir trabajando media hora más.

El libro azul

El reloj de la biblioteca marcó las ocho y media y un timbre sonó en todas las salas para señalar que era la hora de cerrar. Leo pidió a Rita que le echara una mano para cumplir el castigo. Empezaron cogiendo unos cuantos libros cada uno. Leo ordenó las novelas *Los cinco y el tesoro de la isla* y *El club de los siete secretos*, de Enid Blyton. Recordó que en una ocasión había estado a punto de empezar a leer uno de esos libros, pero había resistido la tentación y se había puesto a jugar con su PC. Lo que hacía siempre que le entraba la curiosidad de leer un libro hasta que se le pasaba. No recordaba haber leído un libro entero. Jamás.

Rita colocó en su sitio *El maravilloso viaje de Nils Holgersson*, de Selma Lagerlof, *Moby Dick*, de Herman Melville y uno de los libros de A. Sommer-Bodenburg, *El pequeño vampiro y el paciente misterioso*. Subiendo y bajando por las escaleras de madera que daban acceso a las estanterías superiores, trabajaban infatigablemente.

Pasados unos minutos, Oxford se acercó a ellos.

–¿Qué tal va?

–Bien –respondieron a dúo.

–¿Los has leído? –le preguntó a Leo.

Él negó con la cabeza.

–¿No sabes quién es *Peter Pan*, de Barrie? –le preguntó Oxford señalando el libro lleno de ilustraciones.

–¡Claro que sé quién es Peter Pan, aunque no haya leído la novela! –respondió–. Pero yo prefiero la película de Spielberg. Los demás libros... no me suenan nada –confesó.

Oxford, horrorizada, cogió el otro volumen que Leo iba a ordenar en ese momento. Era, nada más y nada menos, que *El hobbit*, de J. R. R. Tolkien.

–¿Cómo dices? –exclamó escandalizada–. ¿Que no has leído lo que llevas en las manos? ¿Pero... a qué clase de colegio vas?

Él la miró desafiante y sus ojos centellearon al responder:

–En clase no nos obligan y en casa tampoco. Además..., ¿quién puede leer esta porquería? Seguro que todos esos libros son aburridos. Una vez intenté leer uno y no pasé de la página cinco, ¿o fue de la seis?... –recapacitó–. Todo son imaginaciones, esto no existe en la realidad y ¡no sirve para nada!

–Pero, chico, ¡no sabes lo que te pierdes! –replicó Oxford–. Los libros... ayudan a soñar: puedes viajar lejos, vivir aventuras increíbles que no vivirás de otra manera y de las que tú puedes ser el protagonista.

–Ya... –dijo él.

–¡Mira esta joya! –prosiguió Oxford, cogiendo un libro del montón, con el título escrito en letras de oro: *La vuelta al mundo en ochenta días*, de Julio Verne. A continuación dejó el libro en uno de los huecos del estante Aventuras Juveniles entre otros del mismo autor. Tras hacerle otras preguntas y obtener idénticas respuestas, concluyó que estaba frente a un pequeño salvaje que había crecido sin alimentarse de libros. No conocía a C. S. Lewis ni su serie de mágicas aventuras de *Las crónicas de Narnia*; ni le sonaba quién fue Mark Twain, ni mucho menos *Un yanqui en la corte del Rey Arturo*.

Ese individuo de doce años que tenía delante, con flequillo y ojos vivarachos, no había oído hablar de *El Señor de los anillos*, de J. R. R. Tolkien. No sabía nada de Gandalf, ni de Frodo, ni de Aragorn hijo de Arathorn. Tampoco conocía el viaje a través de Rusia de *Miguel Strogoff*. Y, eso ya acabó de desarmarla por completo, ¡no había leído ni un solo Harry Potter!

–¡Es alucinante! –concluyó.

Rita, que conocía a Leo desde que cursaba primero de primaria, le explicó:

–Leo es un gran aficionado a los juegos de ordenador. Los domina perfectamente, pero nunca lo he visto con un libro en las manos.

–Así es –afirmó él, orgulloso–. Jamás me he ensuciado las manos con un libro. ¡A saber la cantidad de microbios que tienen! ¡Las alergias que se pueden contagiar de libros manoseados! ¡Quizás del polvo de uno de estos libros asquerosos surgirá la epidemia mortal que aniquilará a toda la humanidad!

Oxford escuchó estupefacta. Era absolutamente dramático, patético y esperpéntico. Parecía mentira que pudiera existir un ser humano así.

—¡Anda! —le dijo—, ordena los libros y recorre los lomos con tus dedos, a ver si te contagian ganas de leer algo.

Pero eso, desgraciadamente, no era posible... y Leo se alejó cargado con otro montón.

—Es un poco borono —le susurró Rita al oído.

A pesar del comentario que acababa de hacer Rita, él se sentía orgulloso de haber llegado hasta Secundaria sin haber leído un solo libro. Nadie en su clase ostentaba un récord como ese. Pero la verdad es que le daba igual, todo le daba igual. Los cuatro suspensos, el trabajo de historia y por último el castigo en la biblioteca estaban a punto de derrumbarle.

Oxford lo vio cabizbajo y se le ocurrió alegrar un poco el pequeño castigo, inevitable por otra parte. Como estaban solos en la zona infantil pensó que valía la pena intentarlo.

Cogió la escoba, se puso la gabardina como si fuera un delantal y con las manos a la cintura dijo imitando la voz de una vieja gruñona:

—¡Así que qué, joven Leo Valiente! ¿No has leído cómo la tía Polly de Mark Twain perseguía a *Tom Sawyer* para que se lavara las orejas?

Leo se giró sorprendido sosteniendo un montón de libros y se rió mientras veía la ridícula facha que ofrecía disfrazada como una vieja cascarrabias. Las gafas le colgaban en la punta de la nariz y estaba medio despeinada.

—¡No!— respondió divertido.

Entonces ella se puso la gabardina gris, dejó la escoba, se subió el cuello de la prenda de abrigo y dijo con voz gruesa:

—¿Tampoco has visto a los hombres grises de Michael Ende persiguiendo a *Momo* para robarle el tiempo?

—¡No, tampoco! —respondió él.

A continuación dejó la gabardina encima de la mesa y cogió un libro enorme, lo abrió y quiso meter la cabeza dentro, cerrando las gruesas tapas del volumen:

—¿Tampoco te has metido dentro de *La historia interminable*, de Michael Ende, siguiendo a Bastián Baltasar Bax para dar un nuevo nombre a la Emperatriz de Fantasía y ayudar a Atreyu?

—¡No!

Pero Oxford no se rendía fácilmente. Esta vez usó un trapo para hacerse un pañuelo de cabeza, se tapó un ojo con un parche negro, encogió una pierna y usó la escoba como improvisada muleta para acercarse cojeando hasta Leo y diciendo con voz quebrada:

—¿No sabes quién soy? Soy John Silver y busco *La isla del Tesoro*, de Robert L. Stevenson, y canto aquello de: «Quince hombres sentados sobre el baúl del muerto, quince, ¡oh, oh, oh! ¡Y una botella de ron!». ¡Di, Leo! —vociferó—: ¿No sabes quién soy?

—¡No!

Leo no tenía ni idea de todo aquello. No sabía de qué le estaba hablando.

Oxford reunió sus últimos esfuerzos, se puso la gabardina a modo de capa, cogió una tiza, se hizo una marca con forma de rayo en la frente y montada encima de la escoba se puso a perseguir a Leo por la biblioteca preguntándole a gritos:

–¿No sabes quién soy?¿De verdad no lo sabes?

Leo gritaba corriendo delante de la escoba que no, que no tenía ni idea.

Rita se lo estaba pasando como nunca. No se había imaginado que la eficiente y seria bibliotecaria pudiera llegar a ser tan divertida. Entonces Oxford descabalgó de la escoba y usó a Leo de pelota.

–¡¡Soy Harry Potter, jugando la final de quidditch en Hogwarts!! ¿No has leído ese libro? –gritó atizándole con la escoba en el trasero.

–¡No, no lo he leído! –dijo Leo desternillándose de risa en el suelo.

Agotada, dejó la escoba en el rincón y se sentó en su silla, se arregló el pelo y se colocó bien las gafas; estaba radiante. Leo lo había pasado muy bien y se había olvidado de los malos momentos del día.

–Anda, acabad de ordenar lo que os queda –les dijo–, que es muy tarde.

Tras colocar en su sitio los volúmenes de Alejandro Dumas *Los tres mosqueteros* y *El Conde de Montecristo,* Leo dijo a Oxford que ya había terminado. A Rita le quedaban todavía entre las manos varios libros que se apresuró a ordenar; se trataba de *Capitanes intrépidos* y *El libro de la selva,* de Ruyard Kipling, e *Ivanhoe* y *El talismán,* de Walter Scott.

Leo cogió estos dos últimos y subió por la vieja escalera de madera, hasta llegar a la sección de Libros de Aventuras Medievales, en lo alto de esa estantería. Una vez que, con esfuerzo, los depositó en su hueco, algo llamó su atención. Detrás del grupo de libros, perfectamente alineados, oculto y cubierto de polvo, había algo. Leo se alzó de puntillas en el último escalón y la escalera tembló. Después de algunos esfuerzos lo sacó de detrás del montón, y se ensució las manos.

—¿Qué haces, Leo? —le preguntó Rita desde abajo.

—Creo que he encontrado algo... —respondió con un objeto de mediano grosor en la mano.

—¿Qué es?

—Un libro viejo —respondió desilusionado al descender los últimos peldaños de la crujiente escalera—. Debe de llevar siglos ahí arriba.

—¡Qué emocionante! —dijo Rita—. Así empiezan muchas historias de misterio, cuando los protagonistas encuentran un libro en una misteriosa biblioteca.

—¡Pues qué rollo! —dijo él.

—Antipático —sacó la lengua Rita.

Efectivamente el libro debía haber pasado media vida ahí arriba, porque estaba tan sucio que no podía leerse ni el título. Leo lo dejó sobre una mesa y lo golpeó con la mano, y una nube de polvo bailó en el haz de luz de la lámpara. Cuando la nube se disipó empezaron a adivinarse unas letras en la portada: una L, seguida de BR, una A, una Z...

—¿Qué hacéis? —les preguntó Oxford.

Cuando vio de qué se trataba, sacó un pañuelo blanco del

bolsillo y terminó de limpiar el libro cuidadosamente. Debajo de la mugre y del polvo apareció el color azul oscuro de la portada y pudieron leer unas letras doradas que lo titulaban:

EL LIBRO AZUL

También se veían una serie de personajes dibujados y unos signos que parecían letras escritas en un extraño alfabeto en cada uno de sus extremos.

–¿Lo conoces? –le preguntó Rita.

–No –respondió ella contrariada–. No lo había visto nunca.

Tener un libro perdido en su biblioteca era un pequeño fracaso, así que abrió su tapa y pasó con cuidado dos páginas en blanco. La primera que estaba escrita repetía en letras mayúsculas el título, pero no llevaba el sello de la biblioteca. Pasó otras páginas hasta que llegó al primer capítulo y lo empezó a leer:

EXCAVACIONES EN EL CASCO ANTIGUO

Mateo Folch había recibido la nota esa mañana en su despacho del Museo de Arte y Arqueología.

Pasó deprisa las demás páginas y pudo ver que el volumen estaba impreso en color azul. Se levantó de la silla con el libro entre las manos.

–Quiero consultar en el ordenador –dijo–. Allí encontraremos la referencia del autor para poder ficharlo.

Tras teclear en el ordenador miró a los dos chicos.

–Qué raro. No figura en ningún catálogo, ni este libro es propiedad de la biblioteca. Supongo que alguien lo dejó olvidado en una de las estanterías y, a juzgar por el estado que presenta..., hace años.

Los tres estuvieron de acuerdo en que al tratarse de un libro encontrado en la biblioteca había que ficharlo y registrarlo. Por tanto Oxford sacó un tampón del cajón en el que mojó el sello de goma, abrió la primera página del libro, estampó el sello y sopló para que se secara la tinta.

–O... Oxford –dijo Rita titubeando y señalando la página.

–¿Mmm? –hizo ella.

–No has marcado el libro.

–¿Cómo dices?, por supuesto que lo he sellado, ¿no lo has visto? –replicó.

Lo que decía Rita era cierto, no se había marcado el *ex libris* en la página. Oxford repitió la operación tres veces, pero ninguna funcionó. Miró el sello y lo estampó con fuerza en una ficha que tenía encima de la mesa y el sello de la biblioteca quedó claramente marcado en tinta roja: un libro abierto rodeado por la leyenda *Biblioteca de Catalunya.*

–¡Qué raro! –exclamó Oxford.

–Ejem..., ejem... ¿Qué ocurre aquí, señorita Ana? –dijo una profunda voz a su espalda.

Los tres se sobresaltaron y miraron hacia la entrada de la zona infantil.

–Buenas noches, señor Capdetrons –dijo Oxford temblorosa al recién llegado.

Leo y Rita permanecieron callados mientras una figura recortada en el hueco de la puerta se aproximó hasta el escritorio de la bibliotecaria que, instintivamente, escondió el libro en su regazo. El hombre tendría unos cincuenta años, iba vestido con un traje oscuro, su cara era completamente redonda y en ella despuntaba un minúsculo bigotito negro, que le hubiera dado cierto aire simpático de no haber sido por esos ojos que los miraban inquisitivos y autoritarios.

Leo sintió un escalofrío que le recorrió la espalda. La figura le resultó extrañamente familiar, le recordó al profesor Cuadrado.

Oxford se excusó:

–No..., no ocurre nada, señor Capdetrons. Los chicos se han quedado para ayudarme a ordenar unos libros, ya empezábamos a marcharnos cuando usted ha entrado.

Dicho lo cual, introdujo el extraño libro en su bolso, cogió su gabardina, un lote de libros y a los chicos por las mangas para llevarlos hacia la salida una vez que recogieron sus carteras. Capdetrons, el director de la biblioteca, los siguió con la vista. Pasaron rápido por el solitario vestíbulo, alguna lámpara de la zona de adultos estaba aún encendida. Leo se fijó en un hombre que, de espaldas, consultaba un fichero. Cuando pasaron por delante de la puerta, la figura se giró lentamente y los miró. Sintió una punzada en el estómago: era el profesor Cuadrado. Había logrado olvidarse por una hora del instituto, pero, una vez roto el hechizo de Oxford y los libros, volvía a la cruda realidad. El profesor acababa de verlo y temía que lo hubiera reconocido.

Salieron a la calle precipitadamente y dejaron atrás el edificio andando a buen ritmo. El peso de los libros no hizo que aminoraran la marcha hasta llegar a las Ramblas.

—¡Vaya! —se lamentó Oxford.

—¿Qué ocurre? —le preguntó Rita.

—Con las prisas he olvidado apagar el ordenador.

Como iba cargada con un paquete de libros, Leo y Rita se ofrecieron a acompañarla hasta la calle Princesa, donde vivía. Tras atravesar los preciosos palacios góticos, llenos de curiosos ventanales que ocupaban casi toda la calle, y poco antes del transitado Paseo del Born llegaron al bloque y subieron las angostas escaleras. Cada rellano estaba débilmente iluminado por una miserable bombilla. El tercer piso era el de la bibliotecaria, que abrió la puerta y les dejó entrar en la vivienda, de reducidas dimensiones y que parecía ser más alta que ancha. Sus paredes estaban recubiertas de estanterías llenas de libros perfectamente alineados de todos los colores, grosores y tamaños.

Leo contempló el conjunto extrañado.

—Deben de ser miles —susurró Rita a su lado.

—No tenéis por qué preocuparos. No soy una ladrona de libros —los tranquilizó al ver cómo miraba Leo los estantes—. Se trata de la biblioteca de mi padre. Las novelas eran su gran afición.

—¿Te... te los has leído todos? —preguntó Leo asombrado.

—Todavía no, Leo. Todo llegará —le respondió sonriendo.

—¡Oh! —exclamó Rita, al coger un libro de la mesa del recibidor—. Es mi favorito —confesó.

Era *Mujercitas*, de Louise May Alcott. Oxford sonrió, también era el suyo.

Después de descargar el paquete de libros en el comedor, les mostró el resto de la casa. Los libros se amontonaban por todas partes y, donde no había libros, había espacios para colocar... más libros. Les ofreció un zumo. Estuvieron hablando del colegio, de sus compañeros, de Abram, del profesor Cuadrado y en fin, de todo lo que para un estudiante representa, a veces, un problema. A Leo le tranquilizó que Oxford no se tomara muy en serio lo del examen de historia. Charlaron de otros asuntos, hasta que a Rita se le ocurrió preguntar:

–¿Por qué te has puesto tan nerviosa cuando ha entrado el director?

–Veréis –dijo–, husmea en el trabajo de los demás.

–¿Es lo normal, no?... Es el jefe –razonó Rita.

–Sí, pero no es trigo limpio, podéis creerme. Siempre anda rodeado de gente extraña... –dijo confidencialmente.

Unos minutos más tarde se despidieron de Oxford.

–Recuerda que debes presentar el trabajo antes del próximo viernes –le recordó cuando se marchaban.

Él la miró y se atrevió a pedirle lo que había deseado desde que encontró el libro.

–Oye, Oxford.

–¿Sí?

–El... el libro –dijo tragando saliva–. ¿Te importaría prestármelo? Sí..., ya sé que todavía no está fichado, pero he pensado que tengo cierto derecho a leerlo antes que cualquier otro. Piensa que si no hubiera sido por mí...

Rita se lo quedó mirando como si viera aterrizar una nave extraterrestre en el Paseo de Gracia.

—¡Por supuesto! —le respondió la bibliotecaria al instante. Con la sola posibilidad de que sintiera interés por un libro, lo daba por bien empleado.

—Oye, para lo que necesitéis ya sabéis donde estoy —se despidió de ellos desde la puerta del piso.

Folch

–Oxford es muy simpática –dijo Rita mientras bajaban por las escaleras–. Ha sido muy bonito ofrecerse para echarte una mano en el trabajo.

–Sí, ha sido genial –respondió él.

Al llegar a la calle se despidieron hasta el día siguiente. Leo aceleró el paso, deseaba llegar a casa cuanto antes para, también cuanto antes, pasar el mal trago de la entrega de notas; también para examinar el libro con más detenimiento, y para que llegara el día siguiente y poder ajustar cuentas con Abram en el instituto, pues el muy cobarde se había largado al ver el peligro. Aunque la experiencia en la biblioteca no había sido del todo mala. Había conocido a Oxford y al menos había empezado el aburrido trabajo sobre Alejandro Magno.

Con estas cavilaciones llegó a su casa. Los Valiente residían en una vivienda de dos plantas en la calle Mallorca.

Antes de cenar entregó las notas pero, como esa noche daban un partido de fútbol por la televisión, su padre no prestó demasiada atención. Su madre, sí. Lo mandó a su cuarto y le prometió que se quedaría sin compactos de juegos y de música hasta las siguientes calificaciones.

«Buf», se dijo, «podría haber sido peor. Era lo menos que me merecía». Pero no dijo nada, no fuera a ser que el castigo aumentara. Le había fastidiado que su hermana se riera de los cuatro suspensos, pero ya tendría ocasión de revancha: a ella le daban las notas la semana siguiente.

Abrió la puerta de su cuarto, en el que, además de la cama y el armario de la ropa, había un escritorio y encima un PC. La mesa estaba repleta de compactos de música. En las paredes había algunos posters deportivos y por el suelo estaba esparcida una considerable cantidad de cacharros inútiles.

–Cualquier día me da el puntazo y lo ordeno –dijo al pisar el casco de Buzz Lightyear.

Descargó la mochila encima de la cama, sacó las carpetas, el estuche y el libro, y encendió el PC. A continuación humedeció una toalla con agua y terminó de limpiar los restos de telarañas negras que colgaban del libro. Aparecieron más claras y brillantes las letras doradas del título, así como los dibujos de unos personajes y los signos de sus extremos. Estaba mirando los dibujos de la portada cuando el ordenador emitió un sonido:

–¡Bip, bip!

La ventanilla de correo parpadeaba. «¿Quién me habrá mandado un *e-mail*?», se preguntó. Situó el ratón encima del icono y lo pulsó. Segundos después se descargó el mensaje:

Para: leovaliente@hotmail.com
De: abramhigo@msn.com
Fecha: 7/11

Mensaje: Siento lo de esta tarde.
Abram

–No se te habrá secado el cerebro escribiendo –murmuró al ver la brevedad del mensaje.

Apretó el icono de reenvío y redactó resumidamente lo ocurrido en la biblioteca después de que él «huyera como un cobarde». Incluyó una explicación del hallazgo del libro y la repentina aparición del director. Envió el *e-mail* y apagó el ordenador. Ya se encontraba dispuesto para ver de qué iba el libro. Se echó encima de la cama y lo abrió por la primera página, «a ver si paso de la cinco», se dijo.

EXCAVACIONES EN EL CASCO ANTIGUO

Mateo Folch había recibido la nota esa mañana en su despacho del Museo de Arte y Arqueología. La habían traído hacia las diez.

«Precisamos análisis técnico sobre unos restos aparecidos al abrir una zanja para las obras de la calle Nueva, n.º 22-26».

No era infrecuente que ese tipo de avisos llegara a su despacho, para que un experto viera lo que había sido descubierto en algún solar. Las constructoras encontraban a menudo restos de cerámica o piedras labradas con relieves y tenían obligación de informar a las autoridades. Como constituía parte de su trabajo, decidió subir al tercer piso del museo para hacerse con un plano de la zona. Antes de salir del despacho arrancó la hoja del calendario con tan mala fortuna que se llevó tres o cuatro de golpe, las recompuso con un trozo de celo y se fijó en la nueva que señalaba, en letras de molde rojas y negras: 7 de noviembre de 1951.

Leo miró su calendario, colgado en la pared. «Vaya coincidencia», pensó.

El museo era un antiguo edificio con sótano y tres plantas. En el subterráneo se desarrollaba la actividad de restauración, almacenamiento y montaje de exposiciones. En la primera planta estaban ubicadas la recepción y las salas de arte románico y gótico; en el segundo piso las oficinas y algunas salas de exposiciones que se estaban reformando y en la tercera planta se encontraban los despachos del Director, del Gerente y las salas de Documentación, Biblioteca y Archivo. Allí se guardaban los planos y los informes de las excavaciones supervisadas por la Comisión de Antigüedades.

En el plano de situación vio que el solar había sido una antigua fábrica de lejías, ya derruida, edificada sobre los restos del antiguo convento de franciscanos, en su extremo sur se encontraba el claustro. Concluyó que, probablemente, la cuadrilla de excavadores de Construcciones

Esteba, S. A., se había topado con algún muro del antiguo convento y que por tanto se trataría de una inspección rutinaria, un informe de medio folio indicando que no había restos de importancia y que los trabajos de construcción podían reanudarse.

Leo dejó de leer, se puso el pijama y se metió en la cama. Entre las sábanas, el libro parecía tener mejor aspecto. Aunque estaba cansado y no sabía cuánto tiempo aguantaría leyendo.

Folch bajó hasta la planta baja del museo y en el vestíbulo llamó por teléfono al profesor Romaní. Como cada jueves, iban a almorzar juntos en el restaurante del Casino y no quería que el profesor se olvidara; era tremendamente despistado. Folch se aseguró de que recordaba la cita que mantenían desde hacía, más o menos... veinticinco años. Una vez obtuvo la confirmación del almuerzo, se puso el sombrero, se ajustó la corbata y salió a la calle.

El profesor era una eminencia en lenguas antiguas y un consumado bibliófilo. Sentía auténtica pasión por los libros antiguos y no tardaba ni medio minuto en encontrar el que buscaba, lo cual no dejaba de tener su mérito, pues poseía más de tres mil quinientos volúmenes perfectísimamente desordenados.

Sus únicas salidas consistían, prácticamente, en los almuerzos con Folch y en su otra gran pasión: el cine. Durante sus encuentros aprovechaban para ponerse al día de los avances en sus respectivos temas de investigación histórica.

Leo soltó el libro de golpe como si le hubiera quemado las manos. ¿Había leído bien? ¿Investigación histórica? ¡Él no estaba dispuesto a tragarse un rollo de ese tipo!

Folch llevaba poco tiempo en el cargo de conservador del patrimonio histórico-artístico de la provincia. No contaba más de treinta y cinco años de edad, pero ya acumulaba suficiente experiencia para el cargo de conservador. Había pasado largas temporadas excavando las antiguas ciudades sumerias en oriente, colaborando con la Universidad de Chicago. Era de complexión fuerte aunque no muy alto. Su rostro cuadrado transmitía seguridad y sus ojos claros despertaban confianza. Acostumbraba a vestir con una usada, pero cómoda, chaqueta que le servía tanto para atender visitas en el museo, como para inspeccionar iglesias o excavaciones arqueológicas. Siempre llevaba consigo un conjunto de lápices afilados y una libreta de cuero azul, para anotar lo que creyera de importancia en su trabajo de campo.

Tomó el tranvía en la plaza de España para acceder a la zona antigua. Bajó por la Avenida del Paralelo y se apeó delante de las Atarazanas, cuyos arcos como grandes bocas se abrían delante del puerto. Serían las once menos cuarto de la mañana cuando llegó al solar, en el que vio a una docena de obreros sentados encima de un montón de escombros. Una grúa móvil estaba preparada a un lado de la calle y un camión Barreiros, rojo, aparcado en la entrada. La actividad parecía detenida.

El capataz que había mandado la nota se encontraba junto a una excavación, en el centro del solar. Cuando le avisaron se acercó a saludar a Folch y lo acompañó hasta el gran agujero rodeado de un pasamanos hecho con tablones, a modo de barandilla.

–Esto –dijo el capataz señalando hacia el gran agujero– apareció esta mañana.

Folch se asomó. A unos tres metros de profundidad dos obreros desenterraban lo que parecía una forma humana con las manos cruzadas sobre el pecho, cubierta de barro.

–¿Un... un asesinato? –preguntó confuso.

–No creo –respondió Ciritort–, es una estatua de piedra.

–¡Uf! –respiró aliviado.

Extendió el plano de la excavación y comprobó que el agujero correspondía aproximadamente al claustro medieval. Se decidió a bajar para ver con detalle lo que desenterraban. Se abotonó la chaqueta y empezó a descender a trompicones por la escalera de mano.

–¡Con cuidado! –le previno el capataz Celedonio al ver que tropezaba.

Cuando aterrizó en el suelo vio que, efectivamente, la pieza descubierta era lo que parecía: un sarcófago medieval. Se agachó para verlo mejor y, aunque tan sólo habían desenterrado la mitad, ya podía entreverse la figura rojiza de un caballero medieval. Pidió que acabaran de desenterrarlo. Otros cuatro operarios bajaron al pozo por orden del capataz y siguieron profundizando alrededor del sepulcro.

Leo detuvo la lectura. De la calle le llegó el sonido de unas herramientas. «¿Hay alguien trabajando... de noche?», se dijo. «No puede ser, son más de las once de la noche».

Miró por la ventana para asegurarse, pero en ese momento sólo ocupaba la mojada calzada un camión de la basura. Oyó un silbido y el camión arrancó. Afuera no había nadie más. «¡Hubiera jurado que …!».

Pensó que leería unas líneas más y dejaría el libro hasta el día siguiente.

Cuando acabaron lo izaron con ayuda de unas cuerdas. Desde arriba, Folch y el capataz dirigieron los trabajos para que el sepulcro subiera nivelado. Con ayuda de la grúa lo introdujeron en el camión. Una vez instalado y asegurado, Folch agradeció al capataz la ayuda prestada y regresó al museo.

De camino, instalado en la cabina del camión, le asaltó una pregunta: ¿Por qué enterrar a tres metros de profundidad un sepulcro que estaba bellamente esculpido para ser admirado en los pasillos de un claustro o de una iglesia?

Minutos más tarde descargaban la pieza en el hangar del museo. Su gran garaje conectaba directamente con el almacén, donde se amontonaban en grandes cajas restos de esculturas góticas, algunos retablos y piezas embaladas para ser devueltas a las colecciones que las habían prestado. En las estanterías se encontraba diseminado material del montaje de la última exposición: «Arte religioso del Pallars Sobirà, siglos XI-XIII».

Con ayuda del personal del museo montaron el sarcófago en una plataforma y lo condujeron hasta el departamento de Restauración. Folch y el restaurador limpiaron los restos de barro adheridos al sepulcro con agua a presión. Poco a poco éste fue recobrando su aspecto original y el suelo se tiñó del color de la arcilla incrustada en el sarcófago. «Una pieza de valor, gótico temprano», dedujo Folch al verla limpia y reluciente. Se trataba de una tumba medieval de piedra grisácea. En la tapadera, el caballero, vestido con cota de malla que le protegía parte del rostro, llevaba la cabeza cubierta por un casquete. Parte del cuerpo estaba oculta por un gran escudo de piedra repleto de crucecitas, tenía las manos entrelazadas a la altura del pecho y los pies descansaban sobre un pequeño león. Al limpiar la parte frontal, descubrieron un relieve con una inscripción flanqueada por dos parejas de escudos llenos de cruces. Varios restauradores con delantal blanco se acercaron para comentar la buena conservación de la pieza. La profesora Picamoixons, especialista en heráldica, se acercó a él para decirle:

—Creo que los escudos pertenecen a los Cruïlles, una noble familia del Empordà.

—¿Estás segura? —le preguntó él indeciso.

—Casi con certeza, son bastante conocidos.

A continuación Gumersindo Vilopriu, el conserje, buen aficionado a la paleografía y a quien gustaba descifrar las complicadas caligrafías medievales, le dictó el texto grabado en el frontal:

HIC IACET NOBILIS AC MAGNANIMUS VIR DOMINUS GILABERTUS CRUDILIS INCLITI DOMINI REGIS MILITE QUI PRO CHRISTI NOMINE ET FIDES KA-

THOLICAE DESFENSIONE PERFIDOS SARRACENOS IN LOCO SIRIAE ET CONSTANTINOPOLIS ET NAVAE STRENVISSIME GUERRAM DUCENS MULTOS DE IPSIS CELEBRES TRIUMPHOS TAM IN TERRA QUAM IN MARI, DIVINA VIRTUTE PROGECTUS OBTINUIT ET IN EISDEM GESTIS ARDINS AD DEI GLORIAM ET TOTIU HONOREM PATRIAE INFATIGABILE ANIMO LAUDABILITER PERSEVERANS, TANDEM DEI PERMISSANE VIAM ETIAM UNIVERSAE CARNIS INGRESSUS SEXTA KALENDAS AUGUSTAE ANNO DOMINI MCCXII.

Con ayuda de Pasqualet Vallfogona, licenciado en Clásicas, tradujeron su significado:

«AQUÍ YACE EL NOBLE Y MAGNÁNIMO VARÓN GILABERTO DE CRUÏLLES, ÍNCLITO SEÑOR, SOLDADO DEL REY DE ARAGÓN, QUE EN NOMBRE DE CRISTO Y DEFENSA DE LA FE CATÓLICA GUERREÓ VALEROSAMENTE EN SIRIA, EN CONSTANTINOPLA Y EN LAS NAVAS, Y OBTUVO SEÑALADOS TRIUNFOS, TANTO EN EL MAR COMO EN TIERRA, PROTEGIDO POR LA DIVINA VIRTUD, PERSEVERANDO LAUDABLEMENTE CON INFATIGABLE ÁNIMO EN LAS MISMAS ARDUAS GESTAS, PARA GLORIA DE DIOS Y PLENO HONOR DE LA PATRIA, ENTRÓ FINALMENTE, POR PERMISIÓN DE DIOS, EN LA VÍA DE TODA CARNE, EL DÍA SEXTO DE LAS CALENDAS DE AGOSTO DEL AÑO DEL SEÑOR DE 1212».

–¡Un cruzado! –exclamó Folch con perspicacia.

–¡Vaya, vaya! –señaló Vallfogona atusándose el bigote–. A saber las aventuras que habrá vivido este caballero... Siria, Constantinopla y las Navas de Tolosa –dijo siguiendo la inscripción con el dedo–. Un buen currículum ¿no te parece?

Folch sonrió satisfecho.

–Verdaderamente es un tema de investigación interesante y se podrá escribir un buen artículo para Archivo Español de Arte o Analecta Sacra Tarraconensia –dijo satisfecho.

El resto de colegas, tras observar la pieza, regresó a sus actividades. No era tan extraño que, de vez en cuando, ingresara en el museo una pieza excepcional. Realizados los trámites burocráticos, Folch fue a notificar el hallazgo a Eliseu Maria Gisclareny, director del museo. La incorporación de una pieza de esa envergadura merecía una especial atención. Mientras subía por la escalera al tercer piso, siguió dándole vueltas a algo que no acababa de cuadrarle: la profundidad a la que habían encontrado el sepulcro. Aun suponiendo que hubiera sido enterrado –improbable porque era un sepulcro para ser admirado–, no estaría a tres metros de profundidad, a no ser que hubiera alguna poderosa razón... Quizás el mismo difunto no quería que se le encontrara ni vivo ni...

«Claro, algo debió pasar», se dijo Leo, coincidiendo con la opinión del investigador.

–O sea que un cruzado ¿eh? –le preguntó por segunda vez Eliseu Maria Gisclareny cuando tuvo a Folch sentado frente a él en el despacho.

–Eso parece –le respondió éste.

Gisclareny era un tipo común, bajito y con una calva más que notable. Pronunciaba las palabras con un suave seseo. Gran parte de su simpatía radicaba en sus ojillos bailones, que miraban a través de unas gafas de culo de botella. Cumplía con su trabajo y administraba el museo con absoluta normalidad. El flujo de visitantes no era muy elevado, ni las necesidades culturales de la Junta de Museos le forzaban a organizar más de una exposición anual. Mantenía las salas permanentes en un orden que no iba más allá de lo correcto. Con Folch las relaciones eran esporádicas, pero cordiales.

–Muy bien, ¡lo felicito! –apuntó, mientras los ojillos se movían sin lógica alguna, porque al leer el informe miraban a Folch y cuando éste hablaba leía el papel–. Si no recuerdo mal no teníamos ningún sepulcro con un sujeto de estas características

–Así es, director. No teníamos ningún cruzado –precisó Folch.

–Eso, eso. Lo que yo decía... un cruzado. ¿Y qué? ¿Ya habéis abierto el sepulcro y habéis visto qué hay en su interior?

–No hemos tenido tiempo, lo haremos por la tarde. Son prácticamente las dos y hora de ir a almorzar.

Gisclareny se sobresaltó.

–¿Las dos? ¡Mecachis! –dijo alarmado al mirar su reloj

y caer en la cuenta de que tenía una comida con el secretario provincial.

Se disculpó y cogió la bufanda y el abrigo, que intentó ponerse al revés. Folch le ayudó y el hombrecillo salió precipitadamente del despacho. Cuando bajaba por la escalera a saltitos le gritó:

–Por la tarde ya seguiré oyendo los detalles de la operación.

Folch lo saludó con la mano y se fue a comer con el profesor Romaní, a quien deseaba contar lo sucedido aquella mañana y los pormenores del asunto que había concluido una semana antes, el caso de las iglesias románicas del Pirineo.

Leo sintió un ligero picor en la punta de la nariz, se rascó y pasó página para leer el siguiente capítulo.

Gilaberto de Cruïlles

A las dos y cuarto en punto, la esbelta figura del profesor Romaní, con su elegante abrigo gris, hizo su entrada en el casino. Tenía el cabello blanco y en la frente sonrosada apenas se notaban las incipientes entradas. Como cada jueves, habían acordado encontrarse en el vestíbulo del casino, y como cada jueves se dispuso a esperar.

«Este chico...», murmuró para sí, «nunca aprenderá a llegar puntual». Se sentó en el recibidor y se puso a leer La Vanguardia de ese jueves, 8 de noviembre. El periódico publicaba en su portada la noticia del aniversario de la muerte del Cardenal Cisneros, siguió leyendo algunas noticias acerca de las declaraciones del Ministro de Obras Públicas sobre la inminente inauguración del ferrocarril entre Tremp y la Pobla de Segur. Después de leer las noticias de actualidad y las efemérides, pasó de largo las páginas deportivas y los anuncios de soluciones para la calvicie y de medias de nylon, el último invento americano.

Ojeó la página de las películas en cartelera. En los cines Montecarlo-Niza se proyectaba Corazones en llamas, con Fred McMurray; en el Capitol daban Kim de la India, con Errol Flynn. Se decidió por esta última, le gustaban los filmes americanos de antes de la guerra. Pensó que era un anticuado, pero a sus sesenta y siete años sabía que ya no iba a cambiar.

Pensó en Folch, del que se había hecho cargo en 1924, cuando tenía ocho años, tras el fallecimiento de sus padres en el accidente ferroviario. Tuvo que preocuparse de su educación, durante los ratos que se lo permitió su trabajo en la Biblioteca General. La verdad era que al chico lo educó la calle, donde a menudo se había visto envuelto en asuntos turbios con Nicolau Mastegot, ahora inspector de policía y veinticinco años atrás otro golfillo como Folch. La calle, sí, y las lecciones que él mismo le había impartido en arte, historia y lenguas clásicas cuando visitaban los principales museos y ciudades de Europa, hasta que el «chico», como lo llamaba cariñosamente, supo más de arte e historia que muchos profesores de universidad. «En fin», se dijo el profesor al hojear de nuevo el periódico, «a ver a qué hora comemos hoy».

Folch observaba al profesor a través de la cristalera del casino desde hacía rato. Lo apreciaba mucho, pues todo cuanto sabía y cuanto era se lo debía a él. Los años habían dejado su huella en el rostro del profesor, que desde lo del juicio había envejecido. Se le había apartado de su cargo de director de la Biblioteca General por un oscuro asunto en el préstamo de unos manuscritos. Era cierto que el profesor no pedía que se vigilara estrechamente a los usuarios que quisieran consultar esos documentos clasificados. La acusación sostuvo que el estudiante no había devuelto unos valiosos pergaminos medievales y toda la responsabilidad recayó en el profesor. De nada valió que el universitario testificara en favor de Romaní y jurara haber devuelto ese material. Folch siempre había visto una mano negra detrás de todo aquello. Delfí Capdetrons, antiguo secretario del profesor, ocupó el cargo de director a las pocas semanas.

Al profesor lo mantenía vivo en los circuitos intelectuales su prestigio y el ser presidente de la Asociación de Bibliófilos de la ciudad, porque, siempre que algún estudioso tenía alguna duda, acudía a consultársela. Era una eminencia mundial. El profesor debió intuir su presencia, porque se desperezó, miró hacia la ventana y lo saludó con una sonrisa. Folch entró en el casino y fue a estrecharle la mano.

–Buenos días, profesor.

–Hola, muchacho –le respondió jovialmente.

Se sentaron en la mesa que indicó Pierre, el *maître* del restaurante.

–¿Dos, como *siempgue*? –les preguntó.

Ambos asintieron.

La comida transcurrió con la calma habitual. Degustaron una menestra de verduras y lenguado a la *meunière*; el vino blanco, del Penedés. Romaní atendió a las explicaciones sobre el caso de los expoliadores de las iglesias pirenaicas. Folch le contó que habían salvado un conjunto de capiteles románicos en Sant Joan de Boí. Gracias a su colaboración se había detenido a la cuadrilla que había operado en los valles de Barruera y Salardú.

–Desgraciadamente, los cabecillas que lo coordinaban desde Barcelona todavía no han sido detenidos. Pero Nicolau Mastegot está siguiendo una pista –concluyó Folch–. Por cierto, ¿cómo va su investigación sobre las paráfrasis de la Odisea en los manuscritos del siglo XV?

El profesor Romaní le miró complacido.

–Estoy comparando las compilaciones renacentistas sobre los versos del canto homérico.

«¡Buf, vaya rollo!», se lamentó Leo. El reloj marcaba las once y veinte y tuvo ganas de cerrar el libro.

El profesor empezó a contarle los avances de sus hallazgos en las palabras griegas usadas por Homero, y a Folch empezaron a cerrársele los ojos.

–¡Ejem! –el profesor interrumpió su discurso, apuró su copita de coñac y le preguntó–: Pero creo que tenías alguna noticia fresca, ¿no es cierto?

Folch se desperezó al instante, asintió, sorbió un poco de café y empezó con la narración de lo ocurrido esa mañana. Hizo hincapié en la rareza de la profundidad a la que se había encontrado al caballero.

En este punto Romaní le interrumpió:

–¿Sabes si se trata de los Cruïlles de Peratallada, en el Empordà?

–Todavía no puedo responderle, profesor. No he tenido

ocasión de averiguar nada acerca del caballero, aunque la profesora Picamoixons así lo ha creído.

Por lo visto el profesor sabía algo más y se dispuso a escucharlo atentamente.

—Fue una familia de aventureros, varios de sus miembros participaron activamente en los ejércitos de los reyes catalanes y conquistaron la isla de Mallorca a principios del siglo XIII. Además, ten en cuenta que si el caballero, cuya sepultura habéis descubierto, fue enterrado en el convento de los franciscanos, lo fue años después de muerto, porque ese convento no fue edificado hasta mitad de dicho siglo y él murió como dices en 1212, después de la batalla de las Navas de Tolosa.

Folch estaba admirado de la cantidad de conocimientos que podía albergar en su plateada cabeza el profesor, que a continuación se pidió otro café.

—Con lo cual —concluyó Folch— alguien debió ordenar que se enterrara el sarcófago a esa profundidad.

—Quizás exista alguna poderosa razón que ahora nosotros ignoramos.

Pierre trajo el café del profesor y se quedó charlando con él. Folch se despidió, debía regresar al museo.

—Mantenme informado, es interesante —le dijo el profesor al despedirse.

—Descuide.

Hacia las cuatro de la tarde estaba de vuelta en el museo. Pasó por su despacho antes de dirigirse al departamento de restauración. Encima de la mesa tenía una nota del jefe de la cuadrilla de excavaciones de urgencia: no habían halla-

49

do nada en los contornos del hueco dejado por el sepulcro, tan sólo algunos fragmentos poco importantes de cerámica, que ni merecerían la pena ser estudiados. Los obreros de Construcciones Esteba, S. A., podían reanudar sus trabajos.

Mientras se dirigía a Restauración, se cruzó con el simpático Sinforoso Humet, del departamento de Catalogación.

–¿Te has enterado? –le preguntó.

–No, ¿de qué? –se extrañó Folch.

–De lo del sótano, ¿de qué si no? Allí abajo reina una confusión de mil demonios. Unos desconocidos han entrado en la sala de Restauración y, por lo que parece, han intentado abrir el sepulcro.

«Típico», se dijo Leo, «siempre aparecen cuando el protagonista no está».

–¿Cómo? –se alteró Folch.

–Es en el sótano–le advirtió Humet.

Bajó al departamento de Restauración y vio que varias personas rodeaban al conserje Gumersindo Vilopriu, el cual explicaba por enésima vez lo ocurrido.

–Los he sorprendido poco antes de que lograran su propósito. ¡Querían abrir el sepulcro de Cruïlles! –exclamaba–. Entonces he empezado a gritar.

–Sus gritos han ahuyentado a los cacos –explicó Vallfogona a los demás.

Folch pidió a Vilopriu que le describiera a los individuos.

–Todo ha sido muy rápido –le confesó el conserje–. Eran dos tipos. Al alto le cruzaba la cara una cicatriz en forma de tres invertido. El pequeño era un tipo corriente. ¡Ah! –añadió, haciendo un esfuerzo de memoria–, ambos llevaban gabardina.

Folch los relacionó instintivamente con los ladrones de arte que había desenmascarado en el Pirineo. Apretó las mandíbulas y exclamó:

–¡Vaya porquería!

Leo se extrañó pero siguió leyendo.

Apretó las mandíbulas y exclamó:
–¡Maldición!
En cualquier caso, pasa...

–¿Cómo? –exclamó soltando el libro que cayó al suelo. La palabra había cambiado. Las letras parecían las mismas pero no lo eran. Se frotó los ojos. No podía ser. ¿Habría leído mal? Volvió a coger el libro y leyó una vez más.

Apretó las mandíbulas y exclamó:
–¡Maldición!
En cualquier caso, pasa...

Detuvo la lectura. Estaba seguro de que unos segundos antes había leído otra palabra. Releyó la frase varias veces y se frotó de nuevo los ojos.

En cualquier caso, pasaron unos minutos hasta que comprobaron que no había ido más allá de un buen susto.

En el taller de restauración no parecía que faltara nada: en las alacenas se amontonaban las cerámicas iberas y griegas; tampoco habían tocado los dos cálices de oro que se encontraban en la mesa del taller para ser cuidadosamente limpiados. Las tablas doradas del retablo de Bernat Martorell seguían en su sitio, listas para ser devueltas a las salas de pintura gótica. Todo parecía en orden.

Folch y Gumersindo Vilopriu siguieron limpiando el sepulcro antes de proceder a abrirlo. Dieron las siete de la tarde y sus compañeros se despidieron hasta el día siguiente. Vallfogona se les unió cuando acabó su jornada. Ya había oscurecido y la tenue luz de las farolas de la calle se colaba por los estrechos ventanucos. Afuera parecía que había empezado a lloviznar. Acabaron de limpiar la figura restregando por la piedra un pequeño estropajo de estopa. El sarcófago relucía en el suelo, el agua con que lo habían limpiado le daba un brillo que atornasolaba la piedra. Pronto lo tuvieron listo para ser abierto. Vallfogona y Vilopriu se colocaron en un extremo y Folch en el otro, agarraron bien los extremos de la tapadera y tensaron los músculos, cuando Folch ordenó:

–¡Ahora!

Los rostros se contrajeron y enrojecieron por el esfuerzo. La tapadera crujió al tercer intento.

Una ráfaga de viento muy frío se coló en la habitación y Leo oyó un crujido que lo dejó sin respiración. Un ligero estremecimiento empezó a subirle desde la punta de los pies por las piernas. Su madre le había advertido que esos ruidos se debían a la dilatación de la calefacción, pero él no se lo acababa de creer. Era como si en esos momentos se encontrara abriendo el sepulcro.

Tras varios esfuerzos la tapa se movió hacia uno de los lados, empujaron lentamente, la levantaron y la depositaron en el suelo. El sarcófago escondía en su interior un esqueleto de cierta envergadura, a juzgar por el cráneo y los omoplatos. Iba vestido con ropajes largos de color pardo. Entre los huesos de las manos sostenía una espada oxidada, cuya empuñadura estaba rematada por una piedra sencilla. Parte del esqueleto quedaba oculto por el gran escudo de bronce.

–Mira –señaló Vallfogona–, el muerto te sonríe.

–Eso se llama rictus del cadáver –le corrigió Gumersindo Vilopriu.

–Entonces será el sonrictus del cadáver.

Una vez concluido el proceso se despidieron de Folch hasta la mañana siguiente. Él les dijo que recogería las herramientas, guardaría los restos del difunto en una caja y se marcharía también. De pie en el taller de restauración, siguió con la vista a sus dos compañeros, que se alejaron hacia la escalera y apagaron las luces, discutiendo sobre la sonrisa del difunto. Faltaban pocos minutos para las doce de la noche.

«Caramba», se dijo Leo, «se va a quedar solo... Solo, en un edificio oscuro, con un esqueleto». Se arrebujó entre las sábanas y siguió leyendo.

53

Pasados unos minutos Folch oyó cómo se cerraban los portones de la entrada con un retumbo seco y metálico. Gumersindo Vilopriu y Vallfogona acababan de salir a la calle. El caballero Gilaberto de Cruïlles lo miraba a través de sus cuencas vacías, medio cubiertas por el casquete de cuero.

Leo sintió ganas de dejar la lectura. Empezaba a ponerse nervioso. Seguía con la sensación de estar junto a Folch, en el taller de restauración, con la única compañía de ese esqueleto y de las calladas figuras de los retablos medievales. ¿Y si aparecía un fantasma? Él no había creído nunca en los fantasmas. Le parecían una paparruchada todas esas historias que se decían verídicas. «Aunque... si tanto se habla de fenómenos paranormales por algo debe ser...». Se agitó entre las sábanas y siguió leyendo.

Todo seguía silencioso en el museo. Miró a su alrededor y le pareció ver multitud de ojos que lo seguían con la mirada; eran las figuras de los retablos. Empezó a sentir un hormigueo en el estómago, pero se repuso de inmediato; en peores situaciones se había visto. Además no se sentía solo.

Leo detuvo la lectura una vez más. «¿Qué quiere decir?». Le dio la sensación que estaba pensando en él... Como si viviera lo que se encontraba leyendo. Como si las letras lo envolvieran formando palabras en las que se encontraba presente... Hasta que levantaba los ojos del libro y entonces se difuminaban como el humo.

Entonces el carillón de la plaza de España dio las doce campanadas, profundas y claras.

Leo oyó cómo las campanas de la vecina iglesia empezaban a sonar. Contó las doce campanadas, una a una. «¡Las doce en punto de la noche! ¡Llevo más de una hora leyendo *El libro azul*!». No podía creérselo: más de una hora leyendo. Nunca en su vida había... «Qué curioso», pensó, «acaba de dar la misma hora que en el libro». Y esa coincidencia no le gustó... Miró su despertador, pero sólo marcaba las once y media. «Pues sí que atrasa», se dijo, «porque acaban de dar las doce». Comprobó la hora en su reloj de pulsera pero... ¡también marcaba las once y media! La cabeza empezó a darle vueltas porque acababa de oír doce campanadas... y no podía ser que hubiera oído las campanadas... ¡del libro! «Calma, colega, calma», respiró hondamente, «deben ser imaginaciones tuyas...».

Lo que llamó la atención de Folch no fueron la calavera, ni el casco metálico abollado, ni el vestido que algún día fuera bermellón y que estaba por entero cubierto de polvo. Sino que, al levantar el pesado escudo, apareció una funda de cuero, tiró con cuidado de ella, la desprendió con facilidad y al hacerlo un pliego de papiros se deslizó de su interior y cayó al suelo.

«¿Qué será el papiro?», se preguntó Leo. Aunque estaba confortablemente en su cama, no podía seguir adelante sin saber qué rayos había encontrado Folch. Se levantó para consultar el diccionario. Éste decía que el papiro era una «lámina sacada del tallo de esta planta y que empleaban los antiguos para escribir en ella». Aclarado el punto siguió leyendo.

A continuación extendió la cartela de cuero encima de la mesa junto a los papiros. Proyectó la luz de la lámpara hacia ellos y procedió a desanudar las cuerdecillas, duras como el hierro. Con la ayuda de unas tijeras pudo abrir el legajo y sacar un pergamino en bastante buen estado.

«¿Qué será el pergamino?», se preguntó. «Piel de animal adobada y estirada que sirve para escribir en ella, forrar libros y otros usos», leyó en el diccionario.

Con cuidado extendió el pergamino sobre la mesa. Era grande y estaba marcado con un sello sobre cera roja. Sus conocimientos de latín y de paleografía le permitían traducirlo. Así que cogió la libreta, un lápiz afilado y se dispuso a leerlo, cuando sonó el teléfono del museo.

–¿Diga?... Buenas noches... ¿Oiga?...

No obtuvo respuesta. Tan sólo oyó una respiración y a lo lejos un ruido, algo así como el de unas casetas de feria, lo que contribuyó a aumentar su extrañeza.

«¿Qué es este ruido?», se dijo Leo. A su lado oyó una respiración. Cerró el libro, y escondió la cabeza debajo de la almohada. La sangre empezó a bombearle la cabeza con fuerza y su corazón se aceleró. Había alguien con él en la habitación y esta vez... ¡estaba seguro! Aguantó la respiración. ¿Seguro?, o... ¿se lo había parecido? Dudó de sí mismo. «¿Qué estoy haciendo con la cabeza escondida debajo de la almohada?». Eso era una criaturada y a él le había pasado la edad para esas tonterías. Se armó de valor y sacó la cabeza. ¡Estaba en su propia casa! Y... ¡Qué caray, solamente estaba leyendo un libro...! Se quedó inmóvil para ver si oía algo. Nada.

Se levantó de la cama y se acercó a la puerta. Dudó unos instantes y la abrió para comprobar que al otro lado nadie respiraba. Tampoco encontró nada debajo de la cama, sólo un par de malolientes calcetines que se aguantaban tiesos. Concluyó que había oído su propia respiración... «Seguramente la emoción del momento me ha hecho confundir». Volvió a meterse en la cama, sin quedarse del todo tranquilo. *El libro azul* empezaba a ponerle realmente nervioso, era la tercera vez que tenía sensaciones extrañas.

Pensando que se trataría de un bromista o de Vallfogona con ganas de seguir bromeando, Folch colgó el teléfono, no dio más importancia al asunto y empezó a leer el pergamino.

«Dado que no conocemos el día ni la hora que el Salvador ha designado desde toda la eternidad para que le rindamos cuentas de nuestras vidas, hago disposicion de mis últimas voluntades. Yo, Gilaberto de Cruylles, desde mi feudo de San Miguel, en plena salud corporal, revoco cualquier testamento anterior y...».

Miró al cruzado Gilaberto de Cruïlles, depositado en una caja de cartón. El testamento detallaba a quién legaba los viñedos, el castillo, y las otras propiedades. Disponía que se le enterrara en un sepulcro labrado en piedra y dejaba estipulado que se dijeran cincuenta misas por su alma, para lo cual entregaba veinte sueldos. Al final disponía que los ejecutores del testamento fueran su hermano Godofredo y Hug de Mataplana, que firmaban como testigos.

Folch leyó la inscripción del sarcófago. Las fechas coincidían. El difunto había dictado testamento el día de su muerte. Recordó que la batalla de las Navas de Tolosa, que enfrentó a los sarracenos contra los reyes cristianos de la península, había tenido lugar pocas semanas antes, el 16 de julio de 1212. ¿Pudo ser herido gravemente en esa batalla y morir a los pocos días de regresar a su castillo? Tendría que contrastar la hipótesis con el profesor Romaní.

Los papiros del caballero

Folch dejó a un lado el testamento del caballero y cogió el pliego de papiros. Parecían encontrarse en bastante buen estado, así que los examinó a la luz de la lámpara y con la ayuda de un fino abrecartas fue separando las hojas acartonadas y empezó a leer el testamento del caballero.

Leo bostezó y se tapó con la sábana. «En el sótano del museo hace frío», pensó.

–Mmm... papiro egipcio escrito con caracteres medievales, siglo XII o XIII, muy interesante...

Las contó. Eran seis hojas escritas por una cara en letra menuda, parecía minúscula francesa.

«Godofredo, querido hermano, sé que estoy gravemente herido y moriré pronto, lo he sabido desde el día de mi regreso de cuando celebrábamos mi retorno de la cruzada.»

Permíteme expresar lo mucho que me ha apenado haber sido la causa de vuestro sufrimiento. Mi estado no se debe sólo a las penurias pasadas en el sitio de Constantinopla, ni a las durezas de su asedio. Se debe al estado de ansiedad en que me hallo. Los sudores fríos, la inapetencia para la comida, los paseos nocturnos, no tienen una explicación racional, bien lo sé. Pero desde mi regreso me he visto empujado a esperar».

Leo volvió a bostezar. En su vida había leído tanto rato seguido. Miró el reloj y vio que en ese momento eran ya las doce de la noche.

«El origen de mis males es el viaje que inicié el año de la Cruzada de 1201 para unirme a las tropas de Thibaut de Champagne. ¡Alistarme a una cruzada! Sabes bien que ese era mi deseo desde que, en el castillo, aquel fraile predicó la Cruz de la expedición del Rey Ricardo de Inglaterra, el año de 1187. Entonces no pudo ser, pero yo iría y combatiría por la Cruz en los Santos Lugares.

»Esperé largos años soñando cada noche con otra expedición. La empezó a predicar en el Castillo de Ecri el fraile Fulko y me sumé de buen grado. Ordenadamente nos alistábamos y cosíamos la cruz en nuestras ropas.

»La única flota capaz de transportar durante meses hombres, animales, provisiones y material de guerra era la Veneciana. Así que, tras unas semanas de navegación y tras atacar sin éxito Calcedonia y Crisópolis, desembarcamos al otro lado de la ciudad de Constantinopla y acampamos en Gálata, en la ribera oriental. Se decidió dar el bastón de mando del primer batallón a Balduino de Flandes porque contaba con un gran número de bravos caballeros. Su hermano Enrique y Mateo de Wallincourt y otros caballeros de su país formaron el segundo cuerpo en la batalla, muchos otros formamos el tercer y cuarto batallón, todos grandes caballeros en hechos y armas.

»El día previsto se embarcó para acercarse al puerto y vivir o morir, era el 17 de marzo. La empresa de atacar Constantinopla por mar fue una de las más dudosas que se haya emprendido jamás. Los obispos y los clérigos animaron a confesión y a otorgar testamento oral unos a otros, lo cual hicimos con gran piedad.

»Embarcamos con los caballos de guerra armados y los yelmos atados. Los que entrarían más tarde en combate iban en otras barcazas, más grandes. La mañana era hermosa y el Emperador Alejo nos esperaba al otro lado con sus huestes preparadas. Sonaron las cornetas y las galeras iniciaron la marcha.

»No preguntes, Godofredo, quién tenía más prisa para entrar en combate: los caballeros saltaron de los barcos totalmente armados, con los yelmos cerrados, las lanzas empuñadas en la mano. Se oía el entrechocar de escudos y los tintineos metálicos predecían el fragor y los gritos de la batalla.

»Los griegos ofrecieron una buena resistencia, pero cuando nuestras lanzas se les precipitaron encima dieron media vuelta y huyeron dejando el campo solitario. El conde Balduino, al frente de la avanzadilla, se acercó al sitio de acampada del Emperador Alejo, pero éste había huido a Constantinopla y había dejado su campamento en pie. Nuestros barones mandaron acampar cerca de la Torre de Gálata, que cerraba la entrada al puerto y que tomamos al asalto esa misma noche. Al día siguiente nuestros barcos y galeras entraron en el puerto.

»Así pasamos unas semanas hasta que los barones se pusieron de acuerdo para seguir con el ataque y se decidió que unos lo harían por mar y otros por tierra. Se descansó por espacio de cuatro días y al quinto se armó al ejército y las fuerzas avanzaron por el puerto hacia el palacio de Blaquernas».

En este punto Folch vio que los trazos de la escritura eran titubeantes y se ayudó de la lupa para proseguir con el relato.

«El jueves por la mañana, 17 de julio de 1203, todo estaba listo para el asalto y las escalas para acceder a las murallas, acabadas; los venecianos también estaban dispuestos en el mar. De los siete batallones cuatro entramos en combate y tres quedaron en el campamento. El marqués Bonifacio de Montferrat se quedó en el campo con los borgoñones, los hombres de la Champagne y Mateo de Montmorency.

»Las murallas estaban bien defendidas por ingleses y daneses; el ataque fue duro y fiero. Algunos caballeros y dos sargentos lograron subir en la escala y hacerse con el muro; cincuenta más los siguieron y allí lucharon con hachas y espadas. Mientras tanto, el dux de Venecia dispuso sus galeras, sus transportes y sus bajeles en línea. Entonces se vio el prodigio del ataque. Cuando él mismo, un hombre anciano, recubierto por entero de hierro y sosteniendo el estandarte del patrón de su ciudad, San Marcos, gritó a sus huestes, a la proa de su galera, que lo pusieran en tierra, que él haría justicia en los cuerpos enemigos con sus propias manos y así atracó el barco en tierra y el León de San Marcos puso pie a tierra. Cuando los venecianos vieron el estandarte en tierra y la galera de su señor delante de las suyas, todos desearon ser los primeros en llegar para luchar junto al dux y alcanzar grandísima gloria.

»El hecho es que los griegos abandonaron las murallas y los venecianos penetraron en ellas todo lo rápido que pudieron y capturaron veinticinco torres con su gente. Cuando el Emperador vio que habíamos entrado en la ciudad mandó a su gente en tan gran número que los nuestros vieron que sería imposible sostener lo conquistado. Prendimos fuego a los edificos y el viento sopló en nuestra dirección. El humo ocultó a nuestra gente, que se retiraba de las torres que habían conquistado.

»Ese día luché como nunca, sin separarme en ningún momento de Hug de Mataplana, mi compañero. Los griegos se retiraron al palacio-fortaleza de Filopas. El usurpador Alejo huyó cargando con sus riquezas y el auténtico Emperador fue repuesto en el trono y ratificó los pactos que su hijo había firmado con los cruzados.

»Muchos soldados y caballeros del ejército fuimos a visitar la ciudad y sus maravillas, sus ricos palacios y sus iglesias, que las había en gran cantidad. Todos los barrios de aquella ciudad eran extremadamente ricos y en nada comparables a las capitales que hasta ese momento habíamos visto. Se reclamó al Emperador que pagara lo acordado el año anterior, pero se retrasaba y respondía con evasivas o excusas, y no hacía sino de vez en cuando pobres pagos. El marqués Bonifacio de Montferrat lo visitó pero también a este respondió el Emperador con frases bonitas y el marqués se dio cuenta que jamás había tenido intención de pagar al ejército. Hubo entonces una reunión de urgencia con el dux de Venecia y se decidió enviar una embajada final para que le diera un ultimátum, pero sólo obtuvieron vagas promesas.

»Así fue, Godofredo, como empezó la guerra por tierra y por mar con el sitio de la ciudad, que se alargó hasta el corazón del invierno. Los griegos se proveyeron de aceite y pez, materiales inflamables, para tratar de incendiar los barcos de nuestra flota y pasamos muchas noches en guardia.

»El mediodía del jueves, 8 de abril, todos embarcamos y entramos los caballos en los barcos y se empezó el asalto a las murallas que defendían la ciudad por mar. Se luchó fieramente y con orgullo hasta la hora de nona. Pero, por nuestros pecados, los peregrinos sufrimos muchas bajas ese día y los griegos se regocijaron de ver que nos batíamos en retirada.

»Estuvimos dos días esperando. Vimos cómo el Emperador acampaba con todo su poder en un espacio abierto y montaba su pabellón escarlata. Llegó la orden de atacar por mar, y el buen Dios nos hizo llegar un viento llamado Boreas que acercó a dos barcos, el Peregrino y el Paraíso, a una de las torres de defensa. Un veneciano y un franco, llamado Andrés de Urbos, entraron uno por cada lado, y detrás de ellos muchos más y se tomó la torre, abrieron la puerta y se conquistó una parte de la ciudad. Cuando el resto de caballeros lo vieron, reanudaron sus esfuerzos y conquistaron cuatro torres más. Rompieron tres puertas, se bajó a los caballos de los barcos y los caballeros pudieron entrar en tropel.

»El marqués Bonifacio de Montferrat cabalgó hasta el Palacio de Bucoleon y al llegar se le rindieron con la condición de que respetara sus vidas. En el palacio se encontró un magnífico tesoro que fue el primer botín del saqueo que se produciría al cabo de unas horas. También se rindió el Palacio de las Blaquernas, donde se encontró otro gran tesoro aunque no tan importante. Saqueamos palacios e iglesias sin dejar de reventar ninguna puerta, ni de pasar por las armas a todo el que se nos resistiera. Los soldados parecían sedientos de una venganza inhumana. Obtuvimos oro, plata, ricos ropajes, sedas y brocados, piedras preciosas, perlas en gran cantidad y finos trabajos de orfebrería. Según dijo el mariscal de la Champagne, no se había visto un botín como aquel en ninguna guerra».

Los ojos de Leo se cerraron lentamente. Dejó el libro sobre la mesita de noche y apagó la luz. Lo último que vio fue el redondo despertador, que marcaba las doce y media de la noche.

El saqueo de Constantinopla

Al día siguiente su madre entró en la habitación y empezó a levantar las persianas:

—¡Buenos días! —chilló dulcemente en su oído.

Leo se desperezó lentamente, abrió el ojo derecho y vio en el despertador que eran las ocho de la mañana. Pensó que debía seguir un ratito más en la cama, pero al recordar los extraños sucesos que acababa de vivir aquella noche se levantó enseguida, debía explicárselo a sus amigos. Fue al baño, se aseó y bajó corriendo a desayunar, en la mesa del comedor su padre estaba acabando de tomar el café, leyendo la prensa.

—Mñññsssdías —murmuró al sentarse sin hacer ruido.

—¡Hola, Leo! —exclamó su hermana.

—Buenos días, Leo —dijo el señor Valiente.

Su hermana se rió y él la amenazó con el puño sin que su padre le viera, pues seguía enfrascado en la lectura del periódico. Su madre estaba atareada en la cocina.

– Leo...

–¿Sí, papá?

La camisa no le llegaba al cuerpo. La noche anterior su padre no había hecho ningún comentario acerca de las notas. Su hermana se despidió alegando una excusa.

–¿Tú piensas que yo me paso el día trabajando para que tú holgazanees?

–No, papá...

La bronca que siguió fue de vértigo. Se lo había ganado a pulso. Después de prometer aplicarse más en los estudios engulló unas tostadas con mantequilla, sorbió el café con cacao y pidió permiso para llamar por teléfono. Seguía preocupado por la inquietante lectura del libro y quería comentarlo con Rita y Abram. Esas coincidencias: las campanadas y la misteriosa respiración podían ser fruto de su imaginación, como nunca había leído un libro... «A lo mejor son efectos normales cuando se lee más de dos horas seguidas», se dijo.

Se levantó de la mesa y fue hacia la cocina, descolgó el teléfono y marcó el número de Abram.

–¿Diga? –respondió su compañero.

–¿Abram?

–Hola, Leo.

–Tenemos que vernos antes de entrar en clase. He de decirte algo importante.

–De acuerdo, en la esquina de siempre. Anoche recibí tu mensaje, de verdad que lo siento –volvió a excusarse.

–Bueno..., ya hablaremos. Nos vemos en cinco minutos, ¿de acuerdo?

67

–Vale.

–Avisa a Rita.

* * *

Rita y Abram se encontraron a las nueve menos cuarto de la mañana en la confluencia de las calles Aragón y Paseo de Gracia, a pocas manzanas del instituto. Leo llegó un poco más tarde.

–Lo siento –se excusó.

–Bien, tú dirás. ¿Qué pasa? –preguntó Rita, que no parecía de muy buen humor esa mañana.

Les explicó que había empezado a leer el libro y lo que en él había sucedido, les contó el hallazgo de Folch e hizo hincapié en las cosas raras que le habían ocurrido.

–Está escrito con tanto detalle y precisión que –titubeó– ... que tuve la sensación de que sucedía mientras lo leía.

–¿Cómo? ¿Qué? –exclamaron sus amigos a dúo.

–¡Serán imaginaciones tuyas! –dijo Rita–. ¿Quieres hacernos creer que te ocurre lo mismo que al protagonista de *La historia interminable*?

–¿Al protagonista de qué? –le preguntó él–. Rita, te prometo que no te estoy engañando.

–¿Estás mezclando ficción y realidad? –dijo ella riéndose–. Tú... tú tienes que ver a un psicólogo.

Siguieron andando hacia clase, mientras intentaba convencerles inútilmente.

–Bien, ya lo comprobaremos –dijo a las puertas del instituto, por las que entraban los estudiantes precipitadamente.

El rubiales Borja Depuig se acercó seguido de sus dos amigotes y le tocó el hombro riéndose:

–Oye, Valiente, ¿hoy también nos amenizarás la clase de historia? –dijo al subir los escalones del instituto.

Los otros dos se mofaron por el comentario y añadieron algunas puyas.

–¡Ánimo con el trabajo para Cuadrado, Valiente! –gritó uno de ellos para que pudieran oírlo en la otra acera.

–¡Recuerda que tenemos historia a penúltima hora! –añadió el otro abriendo su enorme bocaza.

Abram se quedó rezagado sin atreverse a intervenir. Rita estuvo a punto de contestarles, pero se contuvo apretando los puños. Ya era suficiente fastidio el asunto del trabajo, para que encima los castigaran por pelearse a las puertas del instituto.

–Olvídalo –dijo Leo–, es un repelente.

Dejaron que entraran en clase antes que ellos y se entretuvieron delante del tablón de anuncios en el pasillo. Cuando entraron en el aula Rita fue la primera en ver la pizarra. Depuig había tenido tiempo de dibujar en ella una caricatura de Leo seguido de un corazón atravesado por una flecha y un nombre: Cuadrado.

Varios compañeros estaban esperando a que Leo entrara en el aula. Pero Abram distrajo su atención y cuando Leo vio la pizarra, Rita ya había empujado a los que le impedían el acceso al borrador.

–Idiotas –dijo al borrarlo.

La mañana se desarrolló con normalidad. Tras la clase de naturales siguió la de informática y llegó la hora del descanso. Rita salía al pasillo cuando Leo le hizo señas para que se acercara a su pupitre.

–¿Querrás acompañarme esta tarde a la biblioteca?

–Bueno, si quieres...

–Sí, por favor –le suplicó.

Durante el descanso siguió sentado en su pupitre y esperó a que todos salieran del aula para abrir *El libro azul*.

Folch siguió leyendo las hojas de papiro. Era más de la una de la madrugada y el museo estaba helado. Sin embargo el relato le mantenía en vilo. Confiaba hallar algún dato que explicara algo más del caballero.

«Y es a este punto, Godofredo, adonde quería llegar con mi relato. Para que entiendas el estado en que me encontraste al regresar de la Cruzada. Todo empezó la tarde en que se cometían los más brutales pillajes, en la que los sacerdotes eran sacados a la fuerza de sus iglesias y los cálices de oro, robados. Después de andar vagando por las calles con Hug de Mataplana, mi compañero de armas, con un saco de riquezas, nos dirigimos a una iglesia cercana para pasar la noche. Queríamos resguardarnos de miradas curiosas o traidoras, pues la codicia por el oro y las riquezas podía animar a los menos favorecidos por el saqueo.

»Era una pequeña iglesia construida, como todas, con elevadas cúpulas, en la parte vieja de la ciudad. La iglesia se llamaba San Salvador de la Chora, y era un antiguo monasterio que se encontraba a escasos pasos de la puerta de Adrianópolis. Tan sólo una puerta se mantenía en pie; la otra reposaba en tierra, arrancada de sus goznes. En su vestíbulo vimos las magníficas pinturas que la decoraban por completo; encima de nuestras cabezas había una cúpula adornada con un precioso mosaico dorado. Seguimos avanzando y vimos que estaba llena de soldados, que tras profanar su recinto sagrado comiendo, bebiendo y cantando canciones, salían cargados de iconos de la Virgen y los santos, y todo género de sedas y paños litúrgicos.

»Mataplana y yo nos quedamos en la iglesia y él se puso a deambular por la gran nave con un cabo de vela en sus manos. Ya había oscurecido por completo y a través de las pequeñas ventanas entraba la parpadeante claridad de los incendios. En su recorrido, Mataplana iba descubriendo nuevas sorpresas en cada pared; pues debes saber que los griegos decoran sus iglesias con ricos mosaicos de oro que narran historias bíblicas. Uno de ellos representaba a San Miguel empuñando su flameante espada. ¡Cuál no fue nuestra sorpresa cuando, al apoyarse en la pintura, se accionó un mecanismo y se abrió una puertecilla recubierta por la angelical figura! Su interior nos mostró una magnífica coraza de plata, dorada en alguna de sus partes. En el centro sobresalía una extraña cabeza dorada de mujer, cuyos cabellos eran diminutas serpientes».

Leo seguía sentado en su pupitre leyendo ávidamente el relato del cruzado. Por el pasillo le llegaba el ruido de los juegos de sus compañeros.

«Me levanté de inmediato y fui hacia él. Mataplana iluminaba la coraza con su vela y pudimos ver la delicada obra. Los dos coincidimos en que no se trataba de un simple adorno. Estaba cubierta de polvo, pero el brillo que despedía era notable. Se había usado en varias batallas porque la coraza presentaba diversas abolladuras. Se trataba de un arreo militar muy cuidado y bien bruñido. Era de un tamaño algo menor al normal, como si hubiera pertenecido a un joven o a algún guerrero de poca estatura. Me pidió que sostuviera la vela y cogió la coraza entre sus manos. Recuerdo que era muy liviana y me la tendió para que la sopesara. Estábamos guardándola en el saco, cuando oímos unos pasos de botas claveteadas a nuestras espaldas y una voz ordenó detenernos. El que así había hablado era un caballero escocés del séquito de Mateo de Montmorency que se había dedicado a vagar por las calles en busca de fortuna, como nosotros. Había entrado en la iglesia y había visto cómo encontrábamos la coraza; se llamaba Schaw de Sauchie y se atrevió a ordenarnos que le entregáramos la armadura. Ante nuestra negativa empezó el forcejeo con Mataplana.

»Estaba dispuesto a desenvainar su espada para dilucidar la cuestión, cuando otro caballero salió sigilosamente de detrás de una columna. Se trataba de Andrónico Arispoulo y, según dijo, era monje de uno de los monasterios de Monte Athos. Llevaba un buen rato durmiendo en la iglesia cuando le despertó el forcejeo y se interesó por el motivo de la disputa. También a él le había gustado la coraza que había hallado Mataplana. ¡Ya no eran dos sino tres los interesados en el hallazgo!

»En éstas nos encontrábamos cuando otro caballero, que había permanecido echado en el suelo de la iglesia de la Chora, vestido como un sarraceno, con largos faldones y una espada cimitarra al cinto, se presentó reclamando la coraza. Dijo llamarse Cagalomaris Tzimistes y era capadocio de nacimiento. En pocos segundos sumábamos cinco los que nos interesábamos por la armadura. Exasperado por la absurda situación Hug de Mataplana gritó a los caballeros que no estaba dispuesto a comerciar con una cuadrilla de salteadores de caminos. Siguió diciendo que la coraza la había encontrado él con gran esfuerzo, y que, si alguno se atrevía a arrebatársela, se las vería con una amiga muy fiel que lo acompañaba a todas partes, y mientras lo decía desenfundó su espada. Lo mismo hicieron los otros caballeros y yo mismo. En pocos instantes la iglesia, a medias iluminada por las velas y la antorcha que alguno sostenía, se llenó del metálico entrechocar de las espadas. Por suerte, las fuerzas andaban escasas y los estómagos llenos de viandas y vino».

La puerta del aula se abrió de repente y alguien entró. Leo levantó la vista del libro y comprobó horrorizado quién era.

–¿Qué haces aquí? –le preguntó el profesor Cuadrado.

–Leo un libro –respondió con desgana.

Sin pedirle permiso le cogió el libro. Leo tuvo que contenerse para no arrebatárselo.

–¡Vaya porquería! –dijo hojeándolo.

Leo calló. Con lo grande que era el instituto ya era mala suerte que hubiera ido a dar con él.

–Más te valiera que leyeras lo que dice el libro de texto sobre Constantinopla.

Leo puso cara de imbécil y asintió para que le dejara en paz. Cuando el profesor desapareció de su vista miró *El libro azul*. Se dio cuenta de que algo sabía sobre esa antigua ciudad.

–¡Oink, oink! –gruñó en dirección a la puerta desierta.

«Hug sostenía el saco con el brazo que no empleaba para la lucha, pero no pudo evitar que en un descuido se escapara de su mano y cayera con estrépito, vaciándose su contenido. Y así, entre los tres, descubrieron el secreto que guardaba celosamente la coraza en su interior, pues a causa de los violentos movimientos se desprendió la cabeza de mujer que decoraba la armadura, que no era otra cosa que una puertecilla disimulada, al instante dos objetos se precipitaron al suelo. Al oír el tintineo metálico, Mataplana y el escocés se abalanzaron sobre un papiro doblado que había caído y yo recogí la moneda de oro. Schaw de Sauchie, el escocés, y Hug ya estaban a punto de volver a repartirse mandobles con sus espadas, para dilucidar a quién pertenecía el papiro, cuando oímos un chirrido. En el juicio final pintado en la pared se abrió una puerta; la luz fue agrandándose en el vano hasta que un anciano monje, de larga barba blanca, nos iluminó con su antorcha. Se colocó entre nosotros y se presentó como Lazario Metochites. Había oído y presenciado nuestra discusión a través de los agujeros disimulados en la pared. Conocía el motivo de la pelea y se ofreció a arreglar la complicada situación. Siguiendo su consejo nos sentamos, no sin dificultad, en la escalinata que subía al presbiterio, y a la luz de su antorcha examinamos los objetos que habían salido de la coraza.

»La moneda de oro era antigua. La pureza del material nos reveló que no podía tratarse de una encuñación reciente. Seguidamente comprobamos el contenido del papiro. Una vez extendido en el suelo, vimos que se trataba de un plano, como de dos palmos de ancho, lleno de gruesas líneas negras rodeadas de varias palabras en griego. Los trazos parecían querer dibujar una especie de pasadizo laberíntico que se enroscaba en sí mismo. Había un punto señalado en rojo en el centro; de las letras del plano solo retengo un nombre: Padasarga o algo similiar».

Leo miró su reloj. Todavía le quedaban cinco minutos para que sonara la sirena y se reanudaran las clases.

«Las palabras griegas no tenían ningún sentido, pero supusimos que el plano tendría alguna relación con la moneda y la coraza antigua. No era descabellado pensar que, de ser así, el mapa podía proporcionarnos algunas monedas más de ese peso y tamaño. Así, entre unos y otros, empezó a hablarse de un fabuloso tesoro. Si resultaba cierto que el mapa podía conducirnos a un buen botín, todos queríamos nuestra parte, y Metochites, el monje, quería que nos alejáramos de allí cuanto antes. Por ello nos hizo caer en la cuenta de que estábamos enfrascados en una cruzada y había que empezar por conocer el sitio al que se refería el plano. Nos aconsejó esperar a una

75

mejor ocasión; todos juzgamos sus palabras como prudentes y decidimos dividir el plano en cinco partes. Cada uno decidiría dónde guardar la suya y se lo confiaría a uno de los compañeros.

»El primero que lograra descifrar el texto buscaría al caballero de quien hubiera recibido la pista y éste a su vez al siguiente. De esta manera, reunidos todos de nuevo, uniríamos las partes del plano y emprenderíamos la búsqueda. Echamos suertes para ver a qué otro caballero dábamos nuestra señal. De esta manera, aun en el caso de que todos menos uno falleciéramos, el superviviente podría encontrar un pedazo y sucesivamente los otros.

»A mí me tocó en suerte revelárselo al caballero capadocio y así lo hice. Por su parte el monje llamado Andrónico Arispoulo me reveló que escondería su parte del plano en su monasterio de la Lavra, en Monte Athos. La señal que me dijo fue: "El ladrón vigilará mientras comas".

»No entendí nada, pero por indicación suya supuse que, si alguna vez debía ir a la Lavra, ya lo comprendería. Los demás fueron intercambiando su señal con quien les hubiera tocado en suerte, confiando en que nadie tuviera que buscar su pedazo, pues sería prueba evidente de que no estaba con vida. Para refrendar nuestra común fraternidad juramos ante Dios, la Virgen Santísima y los Santos en la capilla del Salvador de la Chora, junto al palacio de Blaquernas. Aquí acabaron los sucesos de Constantinopla, pues unos días después regresamos al puerto, donde embarqué en una galera veneciana. Escondí el papiro en Cruïlles, en el sitio indicado por los leones.

»Ahora comprenderás, Godofredo, mi actitud. Por qué pasaba las horas encerrado: porque consultaba todos los mapas y libros de viajes que llegaban a mi poder; porque interrogaba en la corte a cualquier viajante o mercader, para ver si conocía esas palabras griegas que no me han dejado vivir desde que regresé. En vano he esperado el día que llegaran uno o varios de los compañeros con la noticia de que podíamos partir en busca del tesoro. Ahora me doy cuenta de que todo ha sido una quimera, una idea absurda. El tesoro no existe, nunca ha existido. Fue producto de nuestra imaginación.

»Por eso, cuando hace unos meses el rey se alineó con los otros monarcas para detener a los sarracenos en el sur, me alisté. Y ahora estoy aquí postrado en este lecho, redactando estos papeles para que puedas comprender mi destino. Las heridas de mi cuerpo y de mi alma son demasiados profundas, y ya sólo deseo que el divino hacedor disponga de mi espada para...».

En este punto Folch vio que un trazo oblicuo seguía a la última letra y descendía por el papel. El caballero no había escrito nada más. Era más de la una de la noche cuando terminó de leer el texto y no supo qué pensar, pero intuía por qué Godofredo había sepultado a su hermano Gilaberto bajo tierra. Debió ser una vergüenza contar con un miembro de la familia que pasaba los días y las noches mirando al horizonte y preguntaba a sabios y a mercaderes por el sentido de unas extrañas palabras griegas. Godofredo debió enterrar a su hermano con sus armas, su testamento y su relato. De este modo enterraba la idea que lo había carcomido.

Estaba rendido por el cansancio de la agotadora jornada, así que recogió sus cosas y apagó la lámpara. Atravesó el sótano, subió al primer piso y se dirigió a la entrada del silencioso y oscuro museo. Se subió las solapas de la chaqueta y salió a la calle. Hacía un frío de mil demonios. Sólo deseaba llegar a casa para dormir lo que quedaba de noche. A la mañana siguiente debía estar en el museo a las ocho y media en punto. Miró la fachada del edificio y vio luz en el tercer piso, en el despacho del director. No le llamó la atención que estuviera trabajando a esas horas. Gisclareny prefería trabajar fuera de horas, de noche, cuando había paz y silencio.

Mientras andaba por la calle intentando poner en orden los sucesos de aquel día, las preguntas se arremolinaron en su cabeza. Una coraza griega aparecida en Constantinopla y con el plano de un laberinto en su interior era algo muy, muy interesante... Tendría que contrastar la información aparecida con el profesor Romaní. Así como dilucidar otros interrogantes, como ¿estuvo realmente loco el caballero?, ¿había desesperado en vano?, ¿existía realmente un tesoro oculto?

Siguió por la calle y no percibió la presencia de un automóvil negro aparcado en la misma acera del museo, en cuyo interior brillaban las brasas de dos cigarrillos. Cuando dobló la esquina y se alejó hacia la Gran Vía, dos sombras, una alta y otra más baja, bajaron del coche, se acercaron sigilosamente a la puerta de hierro y la forzaron.

78 Entonces se oyó la estridente sirena.

–Vaya, justo ahora tenía que sonar –se lamentó Leo.

El descanso de la mañana había terminado. Guardó El libro azul en el cajón de su pupitre y se preparó para la siguiente asignatura. Sus compañeros empezaron a entrar en el aula. Cuando vio a Rita le hizo un gesto.

–Tenemos que hablar.

–¿Ya has vuelto a leer ese dichoso libro? –le preguntó ella frunciendo el ceño.

–Sí, pero no te preocupes, no he padecido ninguna alucinación esta vez.

Rita respiró aliviada.

–¿Vendrás conmigo esta tarde a la biblioteca? Quiero seguir con lo del trabajo...

–Ya te he dicho que sí, ¡plasta! –le respondió al sentarse en su pupitre.

Aunque no era eso exactamente lo que Leo quería. Tenía pensadas unas cuantas preguntas para hacer a la bibliotecaria.

El resto del día fue rutinario hasta que llegó la clase de historia. Cuadrado les empezó a explicar algo sobre las cruzadas y por primera vez en su vida creyó que era algo interesante. Pero ¡ay!, la noche anterior había dormido poco y los párpados le pesaban como losas... Al cabo de unos minutos cabeceaba ricamente en su pupitre. Se encontraba soñando con Folch, que entraba a la mañana siguiente en el museo para averiguar qué había sucedido con los dos individuos, cuando alguien le dio un codazo en las costillas y oyó unas risas.

–¡Valiente! ¡Levántate!

Cuando se dio cuenta, el profesor de historia estaba señalándole con el dedo para que se acercara a su mesa.

–¡Oh, no! –se lamentó.

Cuadrado le mandó ponerse frente a la clase para que todos pudieran disfrutar del espectáculo. Rita se tapó la cara con las manos, sabía que Leo no tenía ni idea de lo que Cuadrado había explicado la última media hora y que era capaz de responder que le importaba un bledo.

Una sonrisa burlona acompañó a la primera pregunta:

–A ver, Valiente, tú que llevas toda la clase atento –en la primera fila Depuig y otros compañeros rieron–, seguro que podrás respondernos: ¿En qué año se produjo el sitio de Constantinopla?

Se oyeron unos murmullos. Leo dudó unos instantes mientras se retorcía las manos, pero recordó que algo sabía del tema. Sí, lo había leído con detalle la noche anterior.

–Mmm... –respondió–... entre marzo y a... abril de... de 1204. Si bien la cruzada era predicada desde 1201 y empezó en... en 1202, cuando los cruzados zarparon de Venecia rumbo a Bizancio o Constantinopla, como prefiera –respondió.

Cuadrado se sorprendió de la correcta respuesta. Los murmullos de sus compañeros se transformaron en sonidos de aprobación, a la vez que varias cabezas asentían. Rita dejó de taparse el rostro y miró estupefacta a su amigo Leo. Abram estuvo en un tris de ponerse a aplaudir. Parecía que Leo se había salvado. Pero Cuadrado siguió disparando contra él con otra pregunta, sonriendo maliciosamente:

–Bien, bien... –titubeó– y... ¿podrías decirnos quién comandaba los ejércitos que atacaron Constantinopla?

Se oyeron murmullos de expectación. Era una pregunta muy difícil.

–¡Silencio! –ordenó Cuadrado.

Leo ya no dudó de estar en la dirección correcta y le dio los nombres, apellidos y graduaciones de los jefes de cada una de los ejércitos; sin omitir al dux de Venecia, ni a cada uno de los principales caballeros.

El profesor Cuadrado empezó a ponerse nervioso. Sus compañeros estaban atónitos. En la clase se estaba produciendo un duelo y Leo, que sudaba a mares, llevaba ventaja. Pero no, el profesor de historia no se arredró y le preguntó confiando en que a la tercera le pillaría en calzoncillos:

–Muy bien... muy bien –forzó la sonrisa–. Y hablando de todo un poco... ¿Sabes cómo se desarrolló el asedio?

La clase enmudeció. Eso no lo había explicado, ni estaba en su libro de texto. ¡Era una pregunta de especialista! Cuadrado acalló las protestas pegando un manotazo encima de la mesa.

–¡Silencio, he dicho! ¡Responde, Valiente, si no quieres sacar un cero en la próxima evaluación!

La clase dejó de respirar. Todos eran conscientes de que, si respondía a la pregunta, la balanza se habría inclinado de su lado. Leo sorprendió a propios y extraños; estuvo más de cinco minutos dando detalles topográficos, de las operaciones militares y tácticas acerca de la toma de Constantinopla.

Cuadrado oyó las explicaciones mientras abrió la boca y las gafas se le deslizaron por la nariz. Se sentó para contemplar la lección magistral que Leo impartió en el encerado verde, detallando los sectores de las murallas y de los principales edificios. Rita, Abram y el resto de sus compañeros lo miraban incrédulos. ¡Leo sabía más del tema que el propio Cuadrado!

Seguía dando explicaciones cuando sonó el timbre. Casi toda la clase prorrumpió en gritos de júbilo y docenas de papeles volaron por los aires. Rita murmuró mirando a Cuadrado:

–Te ha salvado el timbre.

Susanita Mollet se giró con curiosidad al oírla y Rita le sonrió angelicalmente. Estaba feliz de haber presenciado el combate. Había visto cómo Leo respondía a cada pregunta de Cuadrado con seguridad. Lo del mapa en colores había sido un gancho directo a la mandíbula. Cuando el profesor salía cabizbajo de la clase, Leo se giró hacia Rita y le guiñó el ojo otra vez, ella le devolvió el saludo y ambos cruzaron la mirada con Abram que estaba al fondo de la clase, sonriendo orgulloso con los ojos brillantes por la emoción. Su mejor amigo acababa de ganar el combate en un solo *round*.

La siguiente clase transcurrió tranquila. La Señorita Hooper les mandó hacer unos ejercicios de inglés y pronto dieron las cinco de la tarde. Después de ordenar los pupitres y borrar la pizarra pudieron abandonar el aula. Los comentarios a la salida fueron muy elogiosos por parte de todos los compañeros a excepción de Depuig y sus amigotes, que se alejaron molestos. No habían podido reírse de Leo.

–Oye Leo ¿pero cómo...? –le preguntó Rita.

–Todo lo he aprendido en *El libro azul* –le susurró al oído, mientras se alejaban camino de la biblioteca.

Robo en el museo de arte

La calle del Carmen era un hervidero de gente que andaba en todas direcciones a esa hora de la tarde. Los comercios estaban abarrotados y los ding-ding de las bicicletas que cruzaban por delante de ellos sonaban por todas partes.

–Debes creerme, Rita –concluyó Leo cuando volvió a contarles lo sucedido la noche anterior.

Rita andaba despacio a su lado. Mientras les había contado lo de la tumba y el papiro, había callado. Pero lo había mirado asombrada cuando les contó lo demás.

–Ya te he dicho que esto es absurdo, Leo –le cortó.

Por toda respuesta él les abrió el libro.

–¿Veis lo que dice aquí?

–Sí, dice maldición, ¿y qué?

–Pues anoche, la primera vez que lo leí, había escrita otra palabra y al volverlo a leer... ¡Había cambiado! ¡Lo prometo! ¡Tenéis que creerme! –dijo Leo exaltado.

–Claro que quiero creerte Leo, pero te repito que eso es sencillamente: ¡Im-po-si-ble! –respondió ella–. ¿Cómo quieres que un libro reproduzca en la realidad lo que estás leyendo?

Abram permanecía callado a su lado.

–¿Tú qué dices, Abram? –le interrogó Leo.

–No sé qué decirte –respondió tímidamente–. Me parece que ayer tuviste demasiadas emociones y quizás no lo leíste bien y...

No sabía qué pensar, si les decía que se dieron esas coincidencias no podía habérselo inventado. Se le veía muy convencido, no estaba jugando y Leo no era un mentiroso.

–Bien, sólo hay una manera de averiguar si es cierto o no. Este libro tiene algo extraño y lo vais a ver, comprobaremos si lo que nos ocurre a Folch y a mí es verdad o es todo una invención –dijo acelerando el paso.

–¿Lo qué le ocurre a quién? –preguntó Rita.

–A Folch. Es el protagonista de mi libro –sentenció.

Abram y Rita cruzaron una mirada y se encogieron de hombros. Llegaron a la biblioteca y dejaron de hablar del tema.

–Hola, Oxford –saludaron a la bibliotecaria al entrar en la sala infantil.

Abram se quedó detrás de ellos.

–Hola, tú debes ser Abram, ¿me equivoco? –dijo Oxford.

–Ho... hola –la saludó rojo como un tomate.

Abram y Leo ocuparon la mesa que la bibliotecaria les

indicó, la misma que el día anterior. Rita se quedó con ella para explicarle lo que había ocurrido en clase. Oxford atendió entre divertida e incrédula a la explicación sobre los conocimientos que Leo había adquirido en tan poco tiempo y las raras sensaciones que había sentido al leer el libro. Leo se sentó en la silla frente a Abram y abrió *El libro azul*.

Al día siguiente Folch llegó al museo pasadas las nueve de la mañana. Se había quedado dormido.

–Menos mal. No soy el único –murmuró Leo.
Abram le preguntó:
–¿Cómo dices?
–Nada, no te preocupes, hablaba conmigo. Ya sabes que estoy un poco... –dijo moviendo el dedo alrededor de la sien.

A la entrada del museo había aparcados dos coches patrulla de la policía. Junto a ellos montaba guardia un agente. La puerta del museo había sido forzada, la cerradura de la puerta estaba partida y los cristales de una de las hojas, hechos añicos. Entró y, después de saludar al conserje, un agente le indicó que subiera al despacho del director. Lo esperaban. Gumersindo Vilopriu le dio a entender con la mirada y el gesto que lo tenía todo bajo control. Folch se tranquilizó.

Subió al tercer piso y ya imaginaba con quién iba a encontrarse. Llamó a la puerta y una voz gruesa ordenó desde el interior:
–¡Adelante!

Era el inspector de policía, Nicolau Mastegot, que se volvió para ver quién entraba. Folch se encontró frente a su amigo de infancia: más de metro noventa de estatura, cara robusta y un mentón prominente que conectaba con un cuello de toro de quien siempre había sido un buen defensa de rugby. Calculó que se habría fumado, al menos, medio paquete de cigarrillos, porque buena parte de la ceniza reposaba en las solapas de la gabardina, entre las que despuntaba una corbata verde cobalto. Folch lo miró con desaprobación y Mastegot se limpió instintivamente.

—¿Cómo estás? —lo saludó al estrechar su mano.

Folch se fijó en los que estaban sentados alrededor de la mesa. Allí se encontraban, además de Narciso Lomillo, gerente del museo, otro inspector de policía y un individuo que le presentaron como el doctor Friedendorff, director del Centro de Lenguas Extranjeras y patrono del museo. Eso significaba que aportaba una generosa cantidad de dinero de su bolsillo para financiar la entidad; supuso que Gisclareny habría creído conveniente llamarlo. Era un tipo alto embutido en un traje oscuro que estaba sentado en la silla como un cuatro. En el cuello de su inmaculada camisa lucía un minúsculo nudo de corbata, iba peinado con gomina y llevaba la barba bien rasurada. Entre las manos sujetaba con fuerza un maletín.

Gisclareny se levantó y le saludó. Entonces Folch se fijó en el mal aspecto que presentaba esa mañana el director del museo, tenía un ojo hinchado y de color violeta tirando a negro.

—Buenof díaf —le dijo.

Además del ojo a la funerala, los puñetazos que le habían propinado los ladrones le habían hecho saltar varios dientes.

–Fueno, fueno. Como veo que ya fe conocen uftedes, podremof hablar de los detayef.

Efectivamente así era, Folch y el inspector se conocían desde los ocho años de edad, cuando se habían peleado por unas chapas de refrescos y... habían acabado en comisaría. Desde ese día se habían vuelto inseparables. Se habían jugado el pellejo en más de una ocasión, pero habían logrado salir airosos por la fuerza de uno o la perspicacia del otro.

–Entonfef, fi el infpector tiene la amafilidad de ponerte al día de fuf pefquifaz... –dijo Gisclareny al inspector, mientras ocupaba su silla.

Nicolau Mastegot empezó a relatar, con su voz de barítono, lo que habían encontrado en el museo a las ocho de la mañana, cuando la policía fue avisada por alguien del servicio de limpieza.

–Además de los dientes del director, hallados en el suelo de este despacho, también se ha encontrado una colilla de cigarrillo americano y se han echado en falta setecientas cuarenta y dos pesetas con diez céntimos de la caja registradora, el importe de la entrada de ayer en el museo. Aun así, descartamos que el móvil sea el robo, dado que hemos hallado huellas de los dos individuos en el almacén del sótano y no han sisado...

–¿Cómo? –intervino el gerente Narciso Lomillo.

–Robado –aclaró Mastegot–... ningún objeto de valor.

Al acabar su exposición hizo algunas preguntas a Folch acerca de cómo había dejado el servicio de Restauración la noche anterior, pues fue allí donde actuaron los ladrones.

–Pienso que querían saber qué había en el interior de un sepulcro gótico que apareció ayer en unas obras –dijo Folch. Al nombrar el sarcófago, el doctor Friedendorff se incorporó ligeramente de la silla y prestó más atención. El hecho no pasó inadvertido a Folch, que a continuación relató el hallazgo del caballero y sus pertenencias, sin citar el papiro ni el testamento.

–Muy interesante. Y... ¿por qué crees que buscaban ese sepulcro? Si no es mucho preguntar –dijo el inspector.

–Porque ya lo intentaron por la tarde.

–¿Quieres decir que se trata de los mismos delincuentes? –se extrañó Mastegot.

–Es probable.

–Caramba. ¿Qué contenía esa tumba? ¿Alguna joya?

–No, sólo huesos– puntualizó Folch.

–Ya –dijo Mastegot, sin creerse una palabra.

En ese momento el doctor Friedendorff se acercó al director del museo.

–¿Cree usted que ya queda descarrtada la parrtisipación de este individuo en el rrobo? –susurró señalando a Folch con el pulgar– ¿Por qué el inspectorr no hacerr más preguntas?

«Qué sucio», pensó Leo.

Eran ya las seis menos cinco de la tarde cuando Rita vino a sentarse junto a ellos y se puso a hacer deberes.

–Para mañana tenemos lo de inglés, no te olvides.

Leo asintió y siguió con el libro.

El inspector oyó el comentario, porque se giró hacia Friedendorff y le dirigió una mirada cetrina:

–¿Quién es el inspector aquí, usted o yo? Este individuo no es sospechoso de nada,–dijo– al menos de momento....

–Perro inspectorr –dijo el alemán–, usted debería tenerr en cuenta que él, después de cerrarr, estaba en el museo.

Mastegot acercó su cara a un palmo de la del doctor Friedendorff.

–¿Tendría la amabilidad de callarse..., porr favorr?

«Je, je, je, bravo, inspector», pensó Leo.

El sujeto iba a responderle, pero la cuestión quedó zanjada por causas de fuerza mayor: los puños de Mastegot doblaban en tamaño a los del doctor. Tras otras cuestiones insustanciales, dio por concluida la reunión y dedicó el resto de la mañana a entrevistar al personal del museo.

–¡Ay! –dijo de repente Abram a su lado.

–¿Qué te ocurre? –le preguntó Rita.

–Me he clavado una astilla jugando con la mesa... –dijo mirando compungido su dedo.

–¿A ver? –dijo Leo cerrando el libro.

Una minúscula gotita de sangre empezaba a aflorar en la carne sonrosada.

–Vamos a enseñárselo a Oxford –ordenó Rita haciendo levantar a Abram de la silla.

Leo les siguió con el libro entre las manos hasta la mesa de la bibliotecaria.

–Hola, ¿qué queréis? –les dijo ésta cuando los tuvo enfrente.

–Abram se ha clavado una astilla en el dedo –dijo Rita.

–Una astillota –la rectificó Leo riéndose.

–Déjame ver.

Oxford tomó la mano herida entre las suyas. Abram no quería ni mirar, se sentía desfallecer. La bibliotecaria tomó la lupa, sin la cual era imposible ver la herida, y acercó la lámpara de flexo al dedo lastimado.

–¿Es... es grave? –gimió Abram.

–Sobrevivirás... –sonrió Oxford sacando la astillita con la ayuda de unas pinzas.

Después los tres regresaron a la mesa y siguieron cada uno a lo suyo.

Cuando el inspector terminó la ronda de entrevistas en el museo se encaminó al despacho de Folch, entró y cerró la puerta.

–¿Qué tal tus investigaciones, inspector? –dijo sonriente Folch, ofreciéndole una silla.

–¿Por qué no me lo cuentas tú? Porque aquí, si alguien sabe algo, ése eres tú, y no me equivoco. Te conozco demasiado bien... –dijo mientras colgaba la gabardina en el perchero.

–Tal y como veo las cosas –respondió calmadamente Folch–, alguien anda buscando algo.

–Sigue –le animó el inspector encendiendo un cigarrillo.

–Pues como te digo es sencillo, alguien habrá encontrado algo y otro quiere apoderarse de ese algo...

–Claro como el agua. Continúa –le ordenó.

–Tengo una pista que puede ser muy buena –se rindió Folch.

–O no –apuntó su amigo.

–O no –condescendió él.

–O puedes jugarte la vida.

–O no.

–¡O sí! –gritó Mastegot pegando un puñetazo en la mesa a la vez que apagaba el cigarrillo.

Folch se quedó pensativo.

–Esto lo han hecho profesionales y ya ves que no se andan con chiquitas –dijo Mastegot aludiendo a los dientes de Gisclareny.

Folch había conseguido sacarlo de sus casillas una vez más, pero la honda amistad que les unía hizo que tuviera que explicarle el contenido del papiro sobre el saqueo de Constantinopla.

–¿Andas detrás de algo? –preguntó Mastegot.

–No estoy seguro, tengo que aclarar unos detalles esta tarde con el profesor Romaní. Pero se trata de algo importante y, si lo que intuyo se confirma, muy apetitoso. Te llamaré –le prometió.

–No te metas en embrollos –le instó Mastegot, consciente de que, si lo hacía, él lo estaría media hora más tarde–. Y ojo con el alemán, no me ha gustado nada.

Folch asintió. Habían tenido la misma sensación.

Leo levantó la cabeza del libro y miró hacia Oxford, que estaba atendiendo a unos niños. El reloj marcaba las seis y diez. Ya llevaba leídas 92 páginas del libro, ¡todo un récord!

Cuando el inspector se hubo marchado, Gisclareny se acercó al despacho de Folch, que se encontraba redactando el informe de una vasija medieval de plata.

−¿Fe puede pafar?

−Se ve que esta mañana todo el mundo tiene que hablar conmigo.

−¿Cómo difes?

−Nada, nada −respondió indicándole una silla−. Adelante señor Gisclareny. ¿Qué se le ofrece?

−Fueno, fueno... Pues mire, Folch, no me andaré con rodeof −dijo sentándose−. Tengo la fenfación de que ufted fabe algo más acerca de lo fuzedido efta noche y que a mí me ha falido por un alto prefio, como puede verfe a fimple vifta. Si no, no tiene explicafión que quifieran robar el fepulcro... ¿Y puef?

Folch se fijó en la hinchazón de su ojo. Había disminuido un poco a lo largo de la mañana. Se acercó al armario y le ofreció un vaso de agua para enjuagarse la boca.

−El caso es que pueden ir detrás de algo que escondiera el sepulcro −le explicó.

−¿De qué fe trata?

Entonces Folch se vio en la obligación de contarle también el hallazgo del papiro y de revelarle parte de su contenido. Una vez lo hubo comprendido, Gisclareny, que no estaba de humor, le ordenó entre gárgaras:

–Efpero que efte pergamino y efte papiro ingrefen hoy mifmo en el archivo –dijo secándose la boca dolorida–. Unof profesionalez como nofotros no podemof faltarnos las normaz. Ademáf, el doctor Friedebdorff está muy interefado en esa piefa y refulta que es el máximo benefactor de nueftro museo, no fé fi... me captaf.

Folch entendió el mensaje enseguida. El museo subsistía gracias a las donaciones privadas y la del alemán debía de ser muy cuantiosa.

–Así que está muy interesado en el sepulcro... –dijo para sí Folch.

–¿Cómo difes?

–¿Mmm? No, nada. Perfectamente. Haré lo que pide.

–Grafias –se despidió Gisclareny saliendo del despacho.

Folch se resignó a ingresar los documentos en el archivo de la biblioteca, y a partir de ese momento estarían a disposición de cualquiera. Si decidía creerse el relato de Cruïlles y buscar cada parte del plano, debería darse prisa.

–¡Bien, Folch! –murmuró Leo.

Rita y Abram giraron la cabeza hacia él. Rita levantó los ojos al cielo y meneó la cabeza en señal de desaprobación. Leo no le prestó atención y volvió la página para leer el siguiente capítulo.

La coraza de la iglesia de la Chora

Folch llamó a la puerta del piso del profesor y éste le abrió. Llevaba un libro en una mano y las gafas en la otra.

–Profesor... –le dijo nada más entrar.

–Buenas tardes –respondió dejándole pasar.

Folch llegó hasta la sala tras atravesar un pasillo lleno de libros y se acomodó en la butaca.

–He tenido un día muy agitado. Ayer por la noche abrimos la tumba del caballero.

–Bien –respondió Romaní sentándose enfrente y cerrando el volumen para escucharlo. La noticia no era una novedad.

–¿Y encontrasteis algo extraño? –preguntó.

–No exactamente, quiero decir sí. Pero lo importante ahora no es eso. Unos desconocidos han asaltado dos veces el museo.

–¿Cuándo?

–Ayer mientras comíamos y esta pasada noche. Forzaron la cerradura y dieron una paliza al director, que se encontraba trabajando en su despacho.

–¡Caramba! –exclamó el profesor–. Y ¿crees que puede tener relación con lo que había en el sepulcro?

–Creo que sí.

Había llegado el momento de ponerlo al corriente de los últimos hallazgos. Después de describirle la coraza, el profesor dio un respingo en su sillón.

–¿Cómo? ¿Dices que la coraza de la que hablan los papiros tenía la cabeza de medusa en el centro ? –se maravilló– ¿Sabes lo que puede significar eso?

–Creo que sí –respondió Folch.

Leo se revolvió impaciente en su silla. El profesor Romaní parecía saber a quién había pertenecido esa armadura.

–¿Te pasa algo, Leo? –le preguntó Rita, que seguía realizando los ejercicios de matemáticas.

–¿A mí? ¿Qué quieres que me pase?

Apenas podía contener la alegría. No recordaba al profesor tan excitado desde que encontraron un extraño ejemplar de Jenofonte escrito en latín. Folch terminó de contarle el relato escrito por Gilaberto de Cruïlles.

–Desgraciadamente no podrá leer el relato, acabo de ingresarlo en la biblioteca.

–¡Dios mío! –exclamó el profesor, que se levantó para mirar por la ventana–. Esa descripción –siguió diciendo–

coincide... coincide con la de la coraza que aparece en el mosaico de Pompeya.

–Sí, me di cuenta al leer el papiro. La descripción concuerda con la del mosaico de la batalla entre Darío y Alejandro.

–¿Me estás diciendo que en el siglo XIII unos cruzados encontraron, en una iglesia de Constantinopla, la coraza de Alejandro Magno y lo que él guardaba en un compartimento secreto?

«¡Ahí va!», se dijo Leo asombrado. «Esto viene que ni pintado para mi trabajo».

–¡Exactamente! –concluyó Folch igual de excitado–. Y eso no es todo, profesor.

Romaní volvió a sentarse.

–Además, alrededor del plano que hallaron los caballeros había unas palabras. Una de ellas era «Padasarga», ¿le dice algo?

Esperó a ver el efecto que ese nombre producía en el profesor, que volvió a levantarse de su butaca y empezó a deambular por la habitación asintiendo con la cabeza de modo casi imperceptible. Tomó un volumen de la estantería y hojeó sus páginas.

–Padasarga, padasarga...

No quería precipitarse en su juicio y la emoción del momento le impedía concentrarse. Volvió a acercarse a la ventana y llamó a Folch:

–Acércate, mira: te han seguido. Ese sujeto lleva ahí desde que has llegado –le dijo.

Abajo, en la calle, había un individuo apoyado en una farola cubierto por una gabardina. El sombrero no permitía adivinar sus rasgos.

El profesor se retiró de la ventana y, aproximándose a su escritorio, se puso a comparar dos o tres diccionarios de lugares antiguos antes de emitir su veredicto.

–Sí... –dijo–, no hay duda. Lo que cita el caballero no puede ser otra localización que los palacios persas de Pasargada.

Los ojos de Folch brillaron.

–No estaba seguro, quería contrastarlo con su opinión –dijo.

–...no puede tratarse de otro sitio.

–Si fuera cierto... –dijo Folch.

–... y encontráramos los cinco fragmentos de los que hablan los caballeros...

–...tendríamos el plano secreto...

–...del lugar donde esconder algo de gran valor –concluyó el profesor excitado.

Folch se dejó caer en el sillón y estiró las piernas satisfecho. Si todo se confirmaba daría con uno de los secretos arqueológicos mejor guardados de la historia. Aunque por el momento no supiera de qué podía tratarse. Tan sólo sabía que en Monte Athos empezaba la sucesión de pistas.

Un golpe de suerte y casualidad lo habían puesto en sus manos, pero no pensó mucho en ello, pues recordó a los sujetos que habían intentado robar el sepulcro. Habría que tenerlos en cuenta, porque estaban demasiado bien informados.

97

–Hay algo que se me escapa, profesor.

–¿Sí? –preguntó Romaní.

–¿Cómo llegó esa armadura a Constantinopla? ¿Qué ocurrió a la muerte de Alejandro Magno con su armadura?

–¡Ah!, eso... –el profesor no pareció dar mucha importancia al asunto.

Se acercó a la biblioteca y cogió la célebre biografía de Renault.

–Escucha –leyó–: «Alejandro Magno murió en Babilonia un tórrido día de junio del año 323 antes de Cristo. Había conquistado buena parte de Persia hasta llegar al río Indo y sus soldados lo adoraban como a un dios. Los lamentos se propagaron por la rica ciudad de los jardines colgantes; los intrépidos soldados de su guardia personal deambularon bañados en lágrimas; los persas, que lo habían aceptado como a su rey, se raparon la cabeza en señal de duelo; los templos apagaron sus fuegos».

Leo seguía leyendo sentado a su mesa en la biblioteca. No conocía todos esos detalles de la muerte del emperador griego.

–«Durante más de dos años, oros y piedras preciosas de incalculable valor iban a parar al taller en el que los artesanos perfeccionaban una carroza fúnebre digna de su destinatario. El cuerpo quedó cubierto por un paño mortuorio de púrpura bordado en oro, sobre el cual se exponía su armadura. Encima se construyó un templo dorado».

El profesor detuvo la lectura y cerró el libro para ofrecer una taza de té a Folch, que aceptó encantado.

Desde la cocina le preguntó:

—¿Dices que entraron en el museo y buscaron algo en el sepulcro?

—Eso dije, sí.

—Y... ¿cómo sabían lo que había en él?

—Eso me pregunto yo también —dijo para sí.

—Solamente existe una posibilidad...

—¿Sí? ¿Cuál?

La cabeza del profesor asomó por la puerta de la cocina.

—...que otro de los caballeros dejara algo escrito y que tus amigos ya hayan encontrado otra pista.

—No había pensado en ello.

El profesor entró en la sala de estar con el té en una bandeja.

—¿Azúcar?

—Uno, gracias, profesor.

Se tomaron en silencio la humeante infusión durante unos segundos. Considerando la importancia del hallazgo, el profesor continuó con la lectura del traslado del gran Alejandro:

—«En virtud de su grandísima fama atrajo a muchos espectadores. En cada ciudad a la que llegaba, la gente salía a su encuentro y lo seguía al partir. Semana tras semana, al ritmo de las mulas, el resonante y enorme santuario de oro atravesó lentamente más de mil seiscientos kilómetros de Asia».

El profesor se acercó otra vez a la ventana y comprobó que el individuo de la gabardina seguía bajo la farola.

—«Entrando en la región de Siria llegó su antiguo general Tolomeo, establecido en su ciudad de Alejandría, en Egipto, y procedió a un reverente secuestro. Llegados a Egipto, el sarcófago pasó unos años en Memphis mientras se construía un magnífico recinto sagrado. En el año 89 antes de Cristo un descendiente, Tolomeo IX, apremiado por las deudas, fundió el sarcófago para pagar a los mercenarios y acuñar moneda. Los partidarios de Alejandro albergaron su cuerpo en un sarcófago adornado con vidrios de colores. Julio César visitó el sepulcro, Augusto dejó como tributo un estandarte imperial. En el 300 después de Cristo el monumento todavía seguía en pie».

El profesor Romaní cerró el libro y se pasó la mano por los cabellos.

—No dice nada más. Supongo que la coraza debió de pasar a Constantinopla, como muchas otras riquezas, sobre el siglo VI de nuestra era, cuando el general bizantino Belisario conquistó Egipto. Desde entonces sus restos y la armadura permanecieron en la capital del Imperio de Oriente hasta 1204. Donde la descubrieron los caballeros cruzados. Pienso que es la explicación más racional —concluyó Romaní.

Folch había asentido en silencio.

—¿Cuándo te marchas a Grecia? —preguntó el profesor dando por supuesto que seguiría con la investigación.

—Esta noche —respondió él sin dudarlo.

—Vigila, piensa que hay alguien más siguiendo esta pista —le recomendó—. Cualquiera puede hacerlo ahora que has dejado los documentos en el archivo de la biblioteca. Te lo suplico, ten cuidado.

Era la segunda persona que se lo advertía en pocas horas. Mientras se estrechaban la mano, Romaní cogió un libro de su biblioteca, un diccionario griego-castellano, bastante grueso y pesado.

–Por si te es útil.

–Gracias, profesor.

–Mantenme informado. Telegrafíame.

–Descuide.

Folch abrió la puerta de la casa y salió. Era ya de noche. Al llegar a la calle comprobó que el desconocido seguía bajo la farola y se alejó por la acera. El individuo lo siguió, pero no resultó difícil despistarlo en la línea 3 del metro. Se sentó en el primer asiento libre que encontró y abrió el diccionario al azar. En el interior, entre sus recortadas hojas, destacaba una pequeña Magnum con la culata de marfil y doce balas doradas calibre 9 milímetros.

Leo miró a su derecha sonriendo. Rita seguía haciendo deberes y Abram había cogido un cómic para pasar el rato, anotó en su libreta los datos que acababa de dar el profesor y cerró el libro para poner en orden sus ideas.

Ahora sabía que lo importante era ese plano; que correspondía a un lugar llamado Pasargada; que servía para recorrer un pasadizo laberíntico una vez encontrara los cinco fragmentos. Por último sabía que el protagonista del libro debía buscar la única pista que tenía en un monasterio de Grecia.

«Me lo estoy tomando muy en serio», pensó y algo iluminó repentinamente su mente.

–¡Hay una manera de saberlo! ¡Puedo averiguar si todo esto es un cuento chino! –dijo a Rita de sopetón.

Ella se sobresaltó y le puso el dedo índice en la boca.

–¡Chssstt! ¿De saber qué?

–Primero hay que averiguar si existe ese mosaico.

–¿Qué mosaico? –se extrañó Rita.

–Dicen que la coraza está representada en un mosaico de Pompeya.

–¿Qué coraza?

–¡Buf!, la que encontraron aquellos caballeros en Constantinopla.

Abram dejó el cómic encima de la mesa y atendió.

–¿Y qué más? –preguntó.

–Segundo –siguió Leo–: averiguar si alguien entró a robar esa noche en el museo de arte...

–¿Un robo?

–Sí, Abram. Según lo que dice el libro, parece que la noche del 7 de noviembre de 1951 entraron a robar en el museo. Y, tercero, si en el museo se conserva el sarcófago del caballero Gilaberto de Cruïlles.

–No es del todo absurdo –dijo Rita–. Al menos para ver qué relación tiene este libro con la realidad.

Leo se puso manos a la obra y susurró.

–Abram.

–¿Sí? –respondió un poco atemorizado.

–¿Por qué no buscas tú en algún periódico si ocurrió algo esa noche?

Abram lo miró extrañado, pero se levantó y se dirigió a los ficheros.

—¿Adónde quieres ir a parar? —le preguntó Rita.

—Quiero quedarme tranquilo y comprobar que tenéis razón, que todo son coincidencias, que no hay nada raro en este libro. Por cierto —añadió—, ¿podrías averiguar qué ocurrió con Alejandro cuando venció al rey Darío? Me interesa lo que tenga que ver con un palacio llamado Pasargada.

—¿Cómo has dicho? —preguntó Rita que oía ese nombre por primera vez en su vida.

—Pa-sar-ga-da —le repitió.

Rita se levantó de la silla deletreando mentalmente el nombre y se dirigió a los estantes de la sección de Historia. Él por su parte fue a consultar con la bibliotecaria, que tenía ante ella a varios lectores de corta edad.

—Este libro no te lo puedo prestar —decía a una niña de unos nueve o diez años.

—¿No? —preguntó ésta tristemente.

—No. ¿Ves? Tiene una marca en su interior que dice «excluido de préstamo». La niña se marchó a su sitio y devolvió el libro a la estantería, cogió otro que le gustó y miró a la bibliotecaria, que asintió.

—Hola, Leo —susurró Oxford.

—Hola.

—¿Necesitas algo?

Leo se fijó que esa tarde había cambiado el jersey oscuro del día anterior por uno de cuello alto, rojo. La pregunta que quería hacerle no era sencilla y no quería pasar por idiota.

—Oxford —carraspeó—, ejem... ¿Recuerdas ayer cuando quisimos sellar *El libro azul*?

Ella le miró abriendo los ojos como platos y asintió, pues ya intuía cuál iba a ser la pregunta.

–Sí, me acuerdo.

–¿Por qué crees que el libro no se dejó sellar?

Oxford le miró extrañada.

–... Pero Leo, el libro se dejó sellar. Lo único que ocurrió es que el sello o la tinta debían estar secos... o, ¡qué sé yo!, quizás el libro estuviera lleno de polvo y no quedó la marca de la biblioteca o...

–Oxford –repuso él mirándola seriamente–. El libro no tiene ni pizca de polvo y el papel parece de buena calidad. En todo esto hay algo extraño, ¿verdad? ¿Te ha contado Rita que ayer por la noche viví las mismas situaciones que describe el libro?

Ella asintió, confusa. Rita se lo había contado nada más llegar a la biblioteca.

–Sí. Oigo ruidos, siento emociones al mismo tiempo que el protagonista, comparto lo que está viviendo. ¡Esto no es normal!

–¡Chsst! –hizo ella– ¿De verdad? ¿Crees que puede tener algo mágico? Tendrías que prestármelo para hacerme una idea.

Leo se echó para atrás.

–Bueno, no me mires así, olvídalo.

Leo se sobrepuso. No se lo quería prestar, aunque tampoco encontró un porqué. Nadie tenía derecho a interferir en su libro, sólo él podía colaborar con Folch. Quiso hacerle a la bibliotecaria la misma pregunta que le había hecho a Rita, pues sabía que las dos habían leído muchos libros.

Era la primera vez en su vida que se encontraba en una situación como aquella:

—¿Crees en las historias que has leído?

—¿Qué quieres decir? —se interesó Oxford dejando sobre la mesa los libros que le entregaba un chico.

Cuando éste se alejó, Leo siguió preguntando:

—¿Piensas que se puede transformar la ficción en realidad? Quiero decir si podemos adentrarnos en lo que leemos.

—¿Como cuando te metes dentro de un juego de ordenador y eres tú el que actúa?

—Sí —respondió entusiasmado, empezaban a entenderse.

—No, creo que no. Es absurdo.

Leo se llevó un buen chasco.

—¡Oh! —dijo desilusionado—. Pero piensa, ¿y si las situaciones que te describe el libro son reales y vives a la vez que el protagonista? ¿No es vivir la ficción?

Por toda respuesta Oxford le colocó la mano en la frente. ¿Sería verdad que debería visitar a un psicólogo, como había dicho Rita? Leo regresó de inmediato a su sitio, molesto. Nadie entendía lo que trataba de explicar. Intentó proseguir con la lectura, pero no podía concentrarse, necesitaba encontrar respuestas a sus preguntas.

Pasados cinco minutos estaba de nuevo frente a la bibliotecaria.

—Necesito tu ayuda.

—Bien..., ¿qué necesitas?

—¿Qué es Pompeya?

—Es una antigua ciudad romana que quedó sepultada por la erupción de un volcán, Vesubio creo que se llamaba.

–¿Puedes saber si allí se conserva un mosaico sobre Alejandro Magno?

Ella reflexionó unos segundos.

–Podemos ver si el museo de Pompeya tiene una página web. ¿Sabes algo más?

–Parece ser que se trata de un gran mosaico romano.

–Bien, probaré –repuso ella.

Se puso ante el teclado del ordenador y conectó con el citado museo. Tras buscar en sus salas virtuales dio con una fotografía del mosaico.

–¡Aquí la tenemos! –dijo girando la pantalla del ordenador hacia Leo.

En el ordenador se formó una pequeña imagen en color. Desgraciadamente era una fotografía de baja definición y no podían apreciarse los detalles, pero a pie de foto se leía:

Mosaico de Alejandro. Casa del Fauno, Pompeya (s. II a. de C.).

–Es cierto... ¡Existe el mosaico que citaba el profesor Romaní!

–¿Quién? –preguntó Oxford.

–Mmm... ¿Qué? –disimuló Leo– No, nada. Cosas mías... Necesito verlo más grande. ¿No ofrecen una imagen de mejor calidad?

Intentaron clicar con el ratón encima de la pequeña fotografía, pero no pudieron lograr mayor resolución.

–Creo que no –dijo Oxford.

La bibliotecaria buscó en la página web y vio que ofrecía la dirección electrónica del museo.

–Pero hay una posibilidad –dijo tecleando un correo electrónico en el ordenador.

De: zonainfantil@gencat.cat
A: museipompeiani@pompeia.it
Fecha: 8/11

Mensaje: Prego facciano la cortesia d'inviarmi una fotografia del mosaico d'Alessandro nella Casa del Fauno di Pompeia con una difinizione superiore a 1 Mb e formato jpg. Grazie.

Attentamente,
Servizio infantile Biblioteca di Catalunya.

–¿Es italiano, Oxford? –preguntó Leo fijándose en el texto.

–Más o menos. Espero que respondan. ¿Dónde están Rita y Abram? Hace rato que no los veo –le preguntó.

–Me están ayudando a buscar una información. Por cierto –le dijo–, necesito consultar algún libro sobre Alejandro, debería ir a la zona de adultos.

–¿Desea algo? –preguntó Oxford a un hombre alto con bigote rubio que se había aproximado a ellos y que llevaba un buen rato fisgoneando los libros de las estanterías, junto a la mesa de la bibliotecaria.

–¿Mmm?... No, nada. Gracias.

Tal como había aparecido, el individuo regresó a la zona de adultos. Leo frunció el ceño:

—¿Quién es?

—No lo sé, no lo había visto en mi vida —respondió ella tendiéndole el pase a la otra sala.

* * *

Era la primera vez que Leo entraba en esa ala de la biblioteca. La altura de los armarios, de varios pisos, fue lo que le causó mayor impresión. Cada uno de ellos tenía una escalera de madera para encaramarse a la estructura que corría sobre unos raíles. Leo se acercó a la bibliotecaria y le presentó el papel que acababa de darle Oxford.

—¡Hola! —la saludó alegremente.

—¡Chssssst! ¿Qué necesitas?

«Caray, qué antipática», se dijo.

—Busco un libro que hable de las campañas de Alejandro Magno en Persia —susurró.

Por detrás se acercó un anciano que depositó unos gruesos volúmenes encima del mostrador.

—¿Ha terminado con ellos, profesor?

—Sí, perfectamente, Angustias. Muchas gracias —respondió el caballero.

—Buenas tardes, profesor.

—Buenas tardes —se despidió el anciano.

Luego la bibliotecaria se dirigió a Leo y le señaló una enorme fila de ficheros.

—Mira en esos archivadores y busca alfabéticamente.

«Caramba», pensó Leo, sin saber por dónde empezar. «Deben de ser cientos».

Se acercó a la primera hilera de ficheros buscando la A... Al... Alej y encontró la referencia de Alejandro Magno..., ¡a quien le correspondía un taco imponente de fichas! ¡No podía leérselas todas!

–¿Puedo serte de ayuda, jovencito? –dijo una voz a sus espaldas.

Se trataba de un hombre de mediana estatura, con el cabello completamente blanco. Llevaba puesto su abrigo y estaba a punto de salir de la biblioteca. Era el mismo caballero que acababa de devolver los libros a la bibliotecaria. Si era el único dispuesto a echarle una mano en la sala de adultos, tendría que aprovecharlo.

–Tengo que hacer un trabajo para mi profesor de historia –le respondió.

–Y ¿qué estás buscando?–le preguntó.

–Algo sobre la conquista de Persia por Alejandro, algo que hable sobre los tesoros que consiguió o sobre Pagardalsada, o algo así...–disimuló.

–¿Mmm...? ¡Ah! Pasargada –le corrigió el anciano–. No está nada mal, nada mal... ¿No serás un cazador de tesoros, verdad? –le preguntó sonriendo.

–¡Nooo! –disimuló Leo. No podía fiarse de nadie, primer consejo del inspector Mastegot.

El anciano se quitó las gafas y enarcó una ceja cuando le dijo repasando las fichas:

–Mmm..., veamos..., sí, pienso que Hammond y Hamilton te servirán. Con estos dos creo que será suficiente. Ya verás, pide estos dos libros...

Le tendió dos papeletas de préstamo y le dictó:

–Hammond, N. G. L., *Alejandro el Grande*. Londres 1980. Tiene el registro 234.564 y su topografía...

–¿Topoqué? –le interrumpió.

El anciano se sonrió y sus ojos brillaron.

–El índice topográfico es el orden en que se guardan los libros en los armarios de una biblioteca.

–Ahh...

–Copia también el otro –le siguió dictando–: Hamilton A. *Alejandro*...

El anciano le dio unos golpecitos en la espalda y ambos se apartaron porque molestaban a un hombre que quería consultar un fichero contiguo al suyo. Leo hubiera jurado que se trataba del mismo individuo al que acababa de ver merodeando cerca de la mesa de Oxford y parecía estar muy pendiente de lo que hablaban.

–Muchas gracias. ¿Cree que aquí encontraré lo que busco?

–¡Oh!, por supuesto. No hay libro que se me resista –le respondió–. Pero éstos no son libros de aventuras, que son los que deben gustarte...

–¡Uf!, no... –le confesó Leo–. Esos no los trago.

–Tanto mejor. Son todo ficciones, no te dejes engatusar... No hay nada como la verdadera historia.

Le guiñó un ojo y se despidió:

–Buenas tardes y hasta la vista.

–Adiós, y gracias otra vez.

Se le quedó mirando mientras se dirigía a la salida. Luego se dio la vuelta y estuvo a punto de golpearse con alguien que consultaba los ficheros pegado a su espalda, ¡el tipo de antes con el ridículo bigotito rubio! y... ¡hubiera jurado que había estado leyendo sus papeletas mientras se despedía del anciano!

–Perdón –le dijo el hombre apartándose de su lado en dirección a la salida.

Leo pidió los dos libros a la bibliotecaria y estuvo esperando un buen rato hasta que se los trajeron. Copió durante unos minutos lo que le interesaba y volvió a la zona infantil. Pasaba por delante del despacho del director cuando se abrió la puerta de improviso y de ella salió el tipo del bigotito acompañado por el director Capdetrons. Leo dio un respingo y se metió en la zona infantil corriendo. ¡Lo habían mirado como si fuera un ladrón!

Volvió a sentarse en su sitio para seguir leyendo, pero con un ojo puesto en la puerta.

–¡Ah! Estás aquí... –oyó que le decían por detrás.

Se dio la vuelta y se encontró con su amigo Abram, que cargaba con un grueso volumen del que sobresalían unos papelitos.

–¿Dóndes estabas?

–En la zona de adultos –respondió Leo–. Un hombre mayor me ha ayudado a encontrar unos libros. ¿Qué es esto? –preguntó.

–Lo que me has pedido. ¿Recuerdas?

–¡Ah! sí, sí. Perdona.

Abram depositó el enorme libro de tapas negras encima de una mesa vacía.

–¿Has encontrado algo?

–Creo que sí –respondió Abram–. Esta es *La Vanguardia* del año que me has dicho, pero, Leo, he de decirte que...

Pero Leo ya no le escuchó porque estaba avisando por señas a Rita. Ésta llamó a Oxford, que salió de detrás de su escritorio y se sumó al grupo.

–Adelante –le ordenó Leo cuando los cuatro estuvieron ante el gran volumen.

Abram abrió el periódico por el primero de los papelitos blancos.

–¡Alehop!.., primera sorpresa.

En la página del 2 de noviembre de 1951 había una foto en blanco y negro. En ella aparecían varios tipos sonrientes frente a una pequeña iglesia románica. El titular decía:

«ÉXITO POLICIAL EN LOS PIRINEOS»

A pie de foto podía leerse:

«El inspector Mastegot y los conservadores Folch y Vallfogona con varios agentes delante de la pequeña iglesia románica de Erill-la Vall».

La noticia seguía con la narración de la operación de captura de varios ladrones de obras de arte en las iglesias del Pirineo de Lérida.

Leo sonrió, mientras Rita y Oxford miraron la página del periódico incrédulas. Abram cerró esa página y abrió la siguiente que estaba señalada. Correspondía al día 9 del mismo mes.

–Mirad aquí –dijo señalando con el dedo, satisfecho de sus pesquisas–, entre las noticias de sucesos.

«La pasada madrugada del día 8 del corriente, unos desconocidos forzaron la puerta del Museo de Arte de la ciudad y por lo que parece tuvieron acceso a las salas de exposiciones. Según ha confirmado la dirección del museo a esta redacción no ha habido que lamentar ningún robo. Las mismas fuentes han señalado que, en breve, dispondrán de un servicio de alarma conectado las veinticuatro horas para evitar sucesos como el reseñado».

–¡Ajá! ¿Qué os decía yo? –dijo Leo triunfante–. ¡Es real! Lo que he estado leyendo en el libro... ¡sucedió! ¡Todo es real!

–Eso no es todo, todavía hay algo más, Leo, si... –empezó a decir Abram.

Pero no le dejaron terminar. Rita y Oxford estaban confusas.

–Qué raro –dijo Rita.

–Se trata de una casualidad –afirmó Oxford.

–Quizás el autor del libro aprovechó unos sucesos reales para...–intentó explicar Rita.

–¿Para qué? –quiso saber Leo.

–Para montar una historia ficticia –razonó ella–. Quizás el libro recoge unos hechos reales, pero de ahí a decir que ocurren cuando uno los lee...

–¿Queréis escucharme? –repitió Abram.

–¡Ahora no! –le cortó Rita.

–Tengo que decir que...–quiso insistir Abram.

–¡Chhssst! –le hizo Leo.

–¡Chicos, chicos...! –intentó calmarlos Oxford.

–Pero si todo es real puede ser que suceda como dice ¿no? –persistió Leo–. Existe el mosaico, existen Folch y el inspector Mastegot... lo acabas de leer: ¡son reales!

–Sí claro..., fueron reales. A saber si ya están muertos –respondió Rita.

–¿Mu... muertos? –palideció Abram.

–Es un decir –le tranquilizó Oxford al verle como un folio blanco.

–Entonces, ¿cómo te explicas que yo viva los sucesos realmente? –persistía Leo.

El volumen de las voces había ido subiendo y los ánimos caldeándose.

–¡Para creerse eso hay que haber perdido la chaveta! –concluyó Rita.

El comentario encolerizó a Leo:

–¡¡Si alguien ha perdido aquí la chaveta, esa eres tú, pero de eso hace semanas y...!!

–¡¡Chhhsssssssst!!

Se dieron la vuelta y vieron a una niña de seis o siete años con un libro de cuentos entre los brazos.

–Por favor –dijo escandalizada–, esto es una biblioteca...

–¡Tú, renacuaja, a tu sitio! –le dijo Oxford señalando una mesa–. Me basto y me sobro para poner orden. ¡Ejem!... más o menos.

Luego se volvió a los chicos y les dijo:

–Antes de dar por definitivas estas casualidades, debéis averiguar si existen realmente ese sarcófago y esos documentos hallados en su interior. Lo mejor sería que cualquier día os acercarais al museo a ver ese sepulcro.

Abram se quedó con el tomo de *La Vanguardia* entre las manos. Le quedaba un papel entre las páginas del periódico, pero ninguno había querido escuchar lo que tenía que decir, y la tercera noticia que había señalado era mucho más importante que las otras dos.

Rita decidió bajar al patio de la biblioteca a pasear un rato; Oxford se puso a trabajar en su mesa escritorio y Leo se quedó solo con el libro entre las manos. «La que he armado», se dijo, «en dos minutos he logrado que todos se enfaden conmigo».

*

Rita estaba dolida y molesta. Leo lo notó enseguida, cuando bajó al claustro del piso bajo. Se acercó a través de las arcadas que rodeaban el pozo central. La luz del atardecer caía amarilla sobre el recinto. Dieron unas vueltas alrededor del pozo en silencio. De la calle cercana les llegaba el ruido de los automóviles.

–Siento lo de antes Rita –se disculpó–, no quiero que estés enfadada por esa tontería.

–No te preocupes, Leo, todo ha sido culpa mía –reconoció ella.

Se sentaron en el brocal del pozo en silencio hasta que ella abrió una de sus libretas.

–Esto es lo que he encontrado de lo que me has pedido antes– le dijo reponiéndose–. Es un resumen de varias enciclopedias, por si te sirve para el trabajo.

–¡Oh! Gracias.

Estuvo unos segundos leyendo la letra redonda de su amiga.

—¿Crees que es importante? —le preguntó ella.

Leo leyó en voz alta:

—«Darío empezó a retirarse hacia el mar Caspio después de la batalla de Isso».

—¿Cuál fue esa batalla? —le preguntó Rita con curiosidad.

—Fue la definitiva derrota del rey persa Darío, la que se representa en el mosaico de Pompeya. Después de eso, Alejandro conquistó todos sus territorios —le respondió, y siguió leyendo—: «Alejandro persiguió a Darío. La mayoría de sus soldados no podían seguirlo, muchos caballos murieron. En once días había recorrido trescientos diez kilómetros». ¡Qué pasada!

—Parece que después de la batalla cabalgaron sin parar para capturar con vida al rey persa —aclaró Rita.

—«Viajando de noche por el calor —siguió leyendo— en el tramo final con sus quinientos jinetes cabalgó sin parar setenta kilómetros».

—Sí, murieron cientos de caballos.

—Rita..., creo que ya entiendo ¿lo ves?

—¿El qué?

—Pues que todo ese gran esfuerzo se hizo para capturar vivo a Darío.

—Sí... es cierto —dijo Rita—. Debía llevar consigo algo que interesaba a Alejandro. O no hubiera cabalgado durante tantos kilómetros. No habría sacrificado a hombres y a caballos. Pero... ¿qué podía tener Darío?

–Reflexiona, Rita –respondió Leo–. Solamente podía ser algo que abultara poco: algo que valiera mucho y para lo que Alejandro estuviera dispuesto a arriesgarse hasta el final.

–¿De qué podía tratarse?

–¿Qué te parece si llevaba consigo el plano del lugar donde ocultaba sus riquezas?

–¡Caramba! ¡Sí! –exclamó–. Podría ser... ¡el plano del laberinto de Pasargada!

Leo sonrió.

–El mismo que encontraron los caballeros en el interior de la coraza en Constantinopla.

–Leo...

–¿Sí?

–Puede ser que en esa fortaleza escondiera...

–...Sí, Rita..., creo que allí escondió...

–¡El tesoro de los persas! –gritó ella.

–¡Chhsstt! No grites, hasta las paredes oyen. Me pregunto cuánto oro podía haber reunido Alejandro en esas conquistas.

Subieron de nuevo a la biblioteca. En la zona infantil ya casi no quedaba nadie. Rita recogió sus cosas y se marchó a casa.

–Mi hermano sigue enfermo y tendré que ayudar a mi madre. Hasta mañana –se despidió.

–Hasta mañana.

Rita fue a saludar a Oxford, que le dijo:

–Abram se ha marchado, estaba enfadado porque no le habéis hecho caso con lo de la noticia.

«¿Qué noticia?», se preguntó Rita cuando salía a la calle.

También Oxford salió de la zona infantil en dirección al depósito del sótano y por primera vez Leo se quedó solo. No le importó demasiado, así podría meterse de lleno en el libro. «Meterme de lleno en el libro: ¡cómo me gustaría!», se dijo. Y sintió algo parecido a un escalofrío.

Decidió que hasta las ocho y media lo mejor que podía hacer era seguir leyendo el proyectado viaje de Folch a Grecia. Le quedaba cerca de media hora para que cerraran la biblioteca y ya había hecho los ejercicios de matemáticas en clase. Así que abrió el libro y empezó otro capítulo.

Friedendorff

Durante todo el trayecto Folch estuvo repasando lo que el profesor le había dicho. Al llegar a plaza Catalunya se apeó del metro y antes de entrar en su casa dio una vuelta, para comprobar que nadie lo había seguido. Consultó el horario de trenes. En Cerbère podría hacer transbordo al tren de la costa azul y, pasando por Niza, llegar a la frontera con Italia a la madrugada siguiente. En un mapa de Grecia verificó que al cabo de dos días podría embarcar en Salónica rumbo al antiguo monasterio. Preparó su equipaje, se aprovisionó de algunos libros, una lámpara de petróleo, cerillas, cuerda, una navaja y útiles de aseo. Abrió su pequeña caja de caudales, cogió un puñado de billetes y salió.

Nicolau Mastegot había terminado de cenar. Estaba apaciblemente sentado en su sillón, intentando sintonizar su viejo receptor para oír las noticias, cuando sonó el timbre de la puerta.

–Voy yo –dijo su mujer.

Se oyó el ruido de la puerta al cerrarse y Folch entró en la reducida sala de estar.

–Vienen a verte –dijo Gertrudis, la señora Mastegot.

Mastegot se percató rápidamente de que algo ocurría. Su amigo venía preparado para emprender un viaje, porque dejó la pequeña maleta en el suelo.

–¡Hola, tío Mateo! –dijeron un niño y una niña que no sobrepasaban los cuatro años de edad, desde la puerta que comunicaba el comedor con el resto de la vivienda.

Folch se dio la vuelta y gritó bromeando:

–¡Cuando os pille, os como a los dos!

–¡Estos niños deberían estar durmiendo! –voceó Mastegot que seguía intentando ajustar Radio Nacional sin ningún resultado–. ¡Vaya porquería de radio me vendió Ullastrell!

Folch llevó a los niños hasta la habitación, los metió en la cama y regresó al comedor.

–Estamos detrás de algo gordo, Nicolau. Me marcho a Grecia por unos días.

–¿Lo del sepulcro?

–Sí.

–¿Cuándo sales?

–Esta noche a las diez y media desde la Estación de Francia. Dentro de un par de días estaré en Grecia. Es la única pista que tengo.

–¿Va todo bien?– le preguntó el inspector, que tenía un olfato muy fino.

–Me están siguiendo –explicó Folch.

–¿Quién?

–Supongo que los mismos que entraron en el museo; y andan detrás de esta pista. ¿Qué sabes de Friedendorff?

–También a ti te llamó la atención, ¿verdad?

–Sí.

–¿Crees que...?

–Podría ser.

–¿Sospechas de Gisclareny? –preguntó el inspector.

–¿Del director del museo? No. Dudo que fuera capaz de algo así. Además lo del ojo y lo de... –dijo señalándose los dientes– lo exculpan por completo.

–Sí, eso lo descarta. Por lo que hace a nuestro amigo Friedendorff, he hecho mis averiguaciones.

–¿Y?

–Lleva afincado en Barcelona desde 1944. Dirige un centro de traducción y enseñanza en un edificio modernista que ha alquilado en el paseo de Gracia con Aragón.

–¿Nada sospechoso?

El inspector negó con la cabeza.

Leo miró el reloj. Eran las ocho y cuarto. Oxford todavía no había regresado del sótano.

–¿En qué piensas? –dijo Mastegot.

–¿Recuerdas cuando encontraste la agenda de los contrabandistas de piezas de arte del Pirineo? –dijo Folch.

–Sí... ¿Por qué?

Desde la mesa camilla, donde remendaba unos calcetines, se oyó la voz de la señora Mastegot:

–En una de las páginas habían escrito «avisar a F», ¿verdad?

Ambos miraron a Gertrudis, que no se perdía una coma.

–F... de Friedendorff –apuntó Mastegot, que se maravilló de la memoria de su mujer.

–Podría ser. Vigílalo –le aconsejó Folch.

–Descuida. ¿Quieres que te acompañe a la Estación de Francia?

–Te lo agradeceré, todavía he de comprar el billete.

Leo sintió que algo empezaba a quemarle. «¡Oh! Me he quedado dormido encima del libro».
Seguía en la biblioteca y la luz de la lámpara le había calentado mucho la cabeza. Miró a su alrededor, no había nadie más en la sala infantil y sintió un escalofrío. Se levantó y se dirigió a Oxford, que estaba de espaldas ordenando una estantería.

–Oye, Oxford –le dijo.

–¿Cómo dice?

¡No era ella! Otra mujer estaba ordenando libros detrás del escritorio de Oxford.

–¿Dó... dónde está Oxford? –preguntó Leo a la mujer.

–¿Quién?

–La bibliotecaria.

–La bibliotecaria soy yo –respondió la mujer.

–¿Cómo dice? –se extrañó Leo– ¿Y... y Oxford?

–Aquí no hay nadie que se llame así.

–¿Y la señorita Ana?, quiero decir.

–Aquí no trabaja ninguna señorita Ana.

–¿Cómo que no...?

–Venga, vuelve a tu sitio y no molestes. Se acerca la hora de cerrar y debo terminar con mi trabajo.

Se encontraba solo en la zona infantil con esa mujer desconocida, vestida con un viejo traje marrón, en cuya solapa colgaba un gran broche en forma de mariposa. Miró a su alrededor. Algo no encajaba. En las estanterías había menos libros, y encima de la mesa de la bibliotecaria... ¡no había ordenador! ¿Cómo podía ser? Hacía unos minutos estaba todo igual que siempre. ¿Quién había hecho esos cambios? ¿Y Oxford? ¿Estaría soñando?

–¿Dó... dónde está el ordenador?

–¿El qué? –lo miró la mujer estupefacta– ¡Venga niño!, regresa a tu sitio y recoge tus libros.

Leo se frotó los ojos y se pellizcó hasta hacerse daño, pero lo que estaba viviendo era real... Se percató de que las mesas de la biblioteca no eran de vivos colores y la desvencijada escalera estaba casi nueva y las lámparas de sobremesa eran otras y sólo podía ser que, o estaba soñando o...

–Perdone señora, una última pregunta...

La mujer lo miró uraña.

–¿En qué año estamos?

–¡Pero niño qué preguntas!, estamos en 1951... ¡Pues, a ver, ¿en qué mundo vives?!

¡En 1951! Leo tragó saliva y regresó lentamente a su sitio. En el reloj sólo faltaban diez minutos para que dieran las ocho y media, cerrarían la biblioteca y él ¿qué haría?

La mujer apagó la luz de su escritorio y salió cargada de libros. Se quedó solo y miró a su alrededor. No podía haberse metido dentro de la ficción del libro sin darse cuenta y, de ser así, ¿cómo lo había hecho? ¿Por arte de magia?

–Sí, sí –dijo una voz nasal que se acercaba–, crreo que la pista será la adecuada.

Alguien entró en la zona infantil y él se escondió instintivamente debajo de la mesa y pudo ver un par de botines en la sala.

Otra voz interrumpió a la primera:

–¿Qué pista ha seguido para llegar a descubrir que el sarcófago era el de uno de los caballeros, doctor?

–¡Ah! querrido amigo, muy interresante. Fue la Crrónica del monje Metochites que encontrró un colaboradorr mío en la antigua biblioteca de los monjes de Meteora, en Grrecia. En ella se explica el hallazgo de la corraza de Alejandro por parrte de varios caballeros en la crruzada de 1204.

–¿El monje Metochites participó en la aventura?

–No, el monje sólo oírr sus nombrres en la iglesia de la Chora, perro no dar ni una maldita pista en su relato.

–¿Seguro que se trata de la coraza de Alejandro, doctor?

–¿Cómo usted poder dudarr de mis investigaciones, amigo? –dijo con un mal disimulado enfado.

Leo recordó haber leído alguno de los nombres de los que estaban hablando. Metochites era el monje que entró en la iglesia de la Chora por la puerta secreta y, por lo visto, escribió una crónica de los sucesos. Un colaborador del doctor Friedendorff había hallado ese escrito y lo había puesto al corriente.

–Si todo se confirrma y nuestros hombrres siguen a Fiolch... –siguió diciendo.

–Folch –le corrigió la otra voz.

–Eso, Folch. Si lo atrapan con la pista del plano, el tesorro será nuestrro, ¡ja, ja, ja! –rió lúgubremente.

–Pero Doctor Fri... –se interrumpió.

–¡Sin nombrres! –le cortó–. Recuerrde, nada de nombres.

–Pero aquí no hay nadie, doctor.

–¿Cómo está tan segurro?

A Leo le dio un vuelco el corazón.

–...las parredes oyen –prosiguió la voz.

–En cualquier caso, ¿por qué no buscamos alguna de las pistas de los otros caballeros?

–Amigo mío –le respondió–, parece que usted no entenderr la cuestión. El monje Metochites vivía en el Monasterio de la Chora en Constantinopla. Allí vio cómo unos caballeros cruzados encontrraron una armadura, y la descrripción que hizo coincide con la del gran mosaico de Pompeya. Sabemos que los caballeros se reparrtieron el plano, pero no sabemos dónde lo escondieron. Porr lo visto este maldito investigadorrr...

–Folch.

–Eso, Folch. Ha encontrrado una de las tumbas de los cinco caballeros y ahora se dispone a conseguirr el plano.

–¿Ha ordenado que lo sigan?

–Por supuesto –rió la voz–, no quierro que se me escape. Mis dos mejorres hombrres le siguen la pista y nos mantendrrán inforrmados. Cuando tengamos en nuestro poderr el primer frragmento del papiro, ¡adiós Fiolch! Nosotros seguiremos con la investigación hasta reunirr los cinco pedazos e iremos a por el tesoro.

Leo sacó la cabeza de debajo de la mesa para verles la cara pero sólo pudo ver los zapatos relucientes y la rectilínea raya de un pantalón porque el otro individuo se dio la vuelta y tuvo que esconderse. Empezó a marearse por mantenerse tanto rato agazapado en esa incómoda postura debajo de la mesa. En una de las piernas le había dado un calambre y no podía aguantar más, tenía que moverse, estirarse o salir corriendo.

–Oiga y... –dijo el individuo.

–¿Mmm?

–¿Ha encontrado ya comprador para los frontales de altar de Barroera e Isil?

–No, todavía no tenerr comprrador, espero que dentro de unas semanas, cuando la policía deje de meterr sus sucias narices en este asunto, podamos conseguir algún compradorr.

«Barroera e Isil...», esos nombres también le dijeron algo a Leo, aunque no conseguía recordar cuándo los había leído. «Barroera e Isil», se repitió. ¿De qué le sonaban?... ¡Claro! El robo de piezas de arte en los pueblos del Pirineo, se dijo, y se alzó golpeándose la cabeza con la mesa.

–¿Ha oído usted?

–No. No haberr oído nada de nada.

–Le aseguro que hace un segundo...

–¡Basta! –le cortó autoritario.

–Entonces ¿lo sigo guardando todo en el local de la Ciudadela?

–Así debe serr hasta nueva orrden.

De repente callaron. La bibliotecaria volvió a entrar en la sala. Cuchichearon para que no los oyera.

–¿No han visto a un chico por aquí? –les preguntó la mujer.

–¿Un chico? –respondieron los dos alarmados– ¿Qué chico?

–Sí. Hace poco estaba por aquí. ¿No lo han visto? Leo maldijo su suerte. Si empezaban a buscarlo no les sería difícil encontrarle. Le entró una repentina sensación de angustia. Deseó vivamente regresar a la biblioteca con Oxford y que todo volviera a la normalidad. No sabía qué le podían hacer esos dos hombres. Optó por gritar para provocar un momento de confusión y salir corriendo. Tomó aire para gritar con todas sus fuerzas y entonces...

Dieron las ocho y media en el reloj blanco de la pared, redondo como una gran moneda. Sonó el timbre y Leo abrió los ojos estupefacto. ¡Estaba sentado otra vez en la silla, acostado encima del libro, agarrándolo con fuerza!

Se giró a su derecha y vio a... Oxford. ¡Había estado durmiendo!

¿Durmiendo? No estaba tan seguro. Miró otra vez hacia la mesa y allí seguía Oxford. Cerró el libro, recogió sus cosas y se levantó para hablar con ella.

–O... Oxford –empezó a decirle.

–¿Qué te ocurre Leo? –le dijo con preocupación–. Estás blanco.

–Señorita Ana, la esperan en Dirección –les interrumpió uno de los conserjes.

Oxford se levantó.   **127**

–Después hablamos –dijo a Leo.

Entretanto, el conserje le indicó que recogiera su mochila y se fuera a casa porque tenían que cerrar. Leo obedeció, tenía que respirar el aire de la calle, la cabeza empezaba a darle vueltas y sentía una opresión en el pecho. Si realmente acababa de vivir la ficción, Folch estaba en peligro. Pero... ¿cómo ponerse en contacto con él?

Cuando llegó a la calle, respiró hondamente y sin saber por qué empezó a correr hacia su casa.

El viaje a Monte Athos

–¿Qué te ocurre Leo? ¿Te encuentras bien? –le preguntó su madre al verlo entrar en el comedor.

–No es nada, ya se me pasará. Debo de estar un poco resfriado.

Todavía no se había repuesto de lo que acababa de ocurrir en la biblioteca.

Cenó un poco y subió a su cuarto. Sacó el libro de la mochila para continuar donde lo había dejado, con Folch y Nicolau Mastegot camino de la Estación de Francia. Sabía que lo estaban persiguiendo, su vida corría peligro y él hubiera deseado decirle lo que había oído a los ladrones de piezas de arte. Estaba convencido que uno era Friedendorff y el otro por fuerza debía ser alguien bien relacionado con él y que pudiera circular por la biblioteca a esas horas sin levantar sospechas... Sólo podía tratarse de alguien que trabajara allí... «¡Claro!» –se exclamó intentando recordar el nombre del secretario del profesor Romaní–: «Capdellamps, el director de la biblioteca, ese debe ser el aliado de Friedendorff».

Folch había dicho que al profesor Romaní lo habían echado injustamente. Así se explicaba todo, al dominar el museo y la biblioteca, esa banda podía actuar impunemente y robar las obras de arte que les viniera en gana.

Si había permanecido por unos minutos en el interior del libro, ¿sería posible comunicarse con Folch? Él no había hecho nada por su parte, el libro lo había transportado misteriosamente para que oyera esa conversación.

Se echó encima de la cama para leer.

Nicolau Mastegot acompañó a Folch a la vieja estación en uno de los coches patrulla. Eran las diez y cuarto de la noche y el último convoy estaba en el andén número dos. De la máquina se elevaban gruesas volutas de humo hacia el esqueleto de la compleja estructura de hierro, sostenida por dos grandes arcos y cientos de vigas de acero. Los pistones de la locomotora Santa Fe repicaban metálicamente y algunos trabajadores de la Red de Ferrocarriles subían los equipajes al coche. Folch se acercó a la estafeta de Telégrafos mientras Mastegot saludaba a sus hombres en el cuartelillo de la estación.

Compraron el billete a Cerbère.

–¿Qué harás al llegar a Francia? –le preguntó el inspector.

–Haré transbordo al nocturno de la costa azul que, de madrugada, llegará a Italia. Allí cogeré otro tren hasta Rímini, donde pienso tomar un barco. Con un poco de suerte atravesaré Grecia hasta Salónica en tren, allí me recogerá Andrónikos.

–¿Quién?

–Un arqueólogo amigo mío. Nos conocimos en las campañas de Oriente. Acabo de enviarle un telegrama.

En el andén había pocos pasajeros. Anduvieron hasta la puerta de uno de los vagones.

–Pero no sé... –titubeó Folch.

–¿El qué? –preguntó Nicolau Mastegot.

–Todo esto... No parece tener mucha lógica. Salir en busca de un plano que quizás no exista. Estoy pensando que quizás sea todo un poco precipitado, quizás no valga la pena el esfuerzo y...

¿Cómo? Leo no podía ni imaginar que Folch se echara atrás en el momento de empezar el viaje.

–¡Hazlo! –murmuró.

–Está bien. Lo haré –dijo guiñándole un ojo.

–¿Me has guiñado el ojo? –le preguntó sorprendido el inspector.

–No, a ti no.

Mastegot volvió la cabeza. Pero no había nadie más.

Leo soltó el libro de golpe. «¡Me ha guiñado el ojo a mí!». Se levantó de la cama y miró por la ventana. En la calle creyó ver una sombra inmóvil frente a su casa. «¿Me estarán vigilando?», se preguntó.

Llegaron al vagón de cola y se detuvieron bajo la pálida y blanquecina luz de las farolas.

–En fin –dijo el inspector dándole una bolsa de papel mientras subía al vagón–. Toma, esto te lo ha preparado Gertrudis. También hay algo mío. El jefe de estación levantó el banderín y la locomotora emitió un prolongado silbido. La máquina piafó y, resoplando, se puso pesadamente en marcha, mientras ellos se despedían. En unos segundos el inspector era una mancha en el andén. No había ni rastro del individuo que lo había seguido esa tarde.

Con la maleta en la mano y el macuto a la espalda, avanzó por el pasillo. Cuando encontró un compartimento vacío, entró y dejó su equipaje en el portamaletas. En la bolsa que le acababa de entregar el inspector, había dos bocadillos, un revólver y una cajita de municiones. «Gracias, inspector», pensó, y lo puso junto al que le había entregado el profesor.

La locomotora lanzó al convoy en dirección a Francia en medio de la noche. En unas dos horas y media iban a cubrir la distancia que los separaba de la frontera. Estuvo atento a cada persona que circulaba por el pasillo del vagón, no quería sorpresas desagradables.

En Cerbère los pasajeros cambiaron de convoy, a uno más ancho y cómodo. Nadie le llamó la atención, quizás le habían perdido el rastro.

«No Folch, no te engañes, saben adónde vas», dijo Leo. Se colocó bien la almohada y siguió leyendo.

Un hombre entró en el compartimento y se sentó.
–*Bonsoir* –lo saludó.

Era un comerciante de Béziers que había estado una semana en Barcelona, se explicó. Cuando sonó el silbato, la locomotora respondió al saludo y el tren empezó su andadura. Eran pasadas las doce y media de la noche y sólo algunos mozos estaban pendientes de su marcha. Habían avanzado unos cincuenta metros, cuando los frenos de la locomotora chirriaron y el convoy detuvo su marcha con espasmos. Varias cabezas se asomaron por las ventanas.

–Alguien está subiendo en el último vagón –dijo su compañero de compartimento–. Nos hemos pagado poco antes de salig pog completo del andén, le ha ido pog un pelo no pegdeglo. No –se corrigió–. No es uno, son dos hombges los que suben.

«Oh, no», se dijo Leo.

Folch se asomó por la ventana, pero sólo pudo ver los pies del último individuo subiendo al tren. El jefe de la estación volvió a dar la salida cuando el semáforo cambió del ámbar al verde. La locomotora piafó y expulsó varios chorros de vapor al ponerse otra vez en marcha.

En unos minutos estaban lanzados rumbo a Perpignan. La noche era larga y Folch pasó la primera hora mirando por la ventana; en la lejanía se veían algunas luces desperdigadas. Su compañero de compartimento se apeó en Béziers.

Corrió los visillos de lona verde, cogió el revólver del profesor Romaní, lo puso sobre su regazo tapándolo con la chaqueta y apagó la luz del departamento. Las estaciones fueron sucediéndose: Agde, Sete, Montpellier... Dormía profundamente cuando la pistola se deslizó de su regazo y resbaló hasta el suelo.

Leo se alarmó.

Sobre las cuatro de la madrugada el convoy paró en Marsella para repostar agua. Folch seguía durmiendo en su compartimento. A lo lejos se oía el ruido de los vapores expulsados por la máquina.

La puerta del compartimento estaba cerrada hasta que una mano hizo girar suavemente el pomo dorado y la luz del pasillo se coló débilmente por la abertura. Una figura se asomó al interior y avanzó lentamente hacia él. Folch se agitó en sueños. Un objeto destelleó en la mano del individuo que entraba en el compartimento. La sombra empezó a tantear con una mano la pared, mientras la otra avanzaba con cuidado. El convoy estaba quieto y sólo se oía la expulsión del vapor por las válvulas.

Leo se llevó la mano a la boca instintivamente. «Si no aviso a Folch, ¿quién lo hará? Está dormido e indefenso, y... ¡este tipo lleva algo entre las manos!».

La sombra tanteó a Folch y...

−¡NOOOO! −gritó Leo.

...se sobresaltó.

«¡Ha funcionado! ¡He logrado despertarle!».

Unos pasos subieron corriendo por la escalera y la puerta de su habitación se abrió con estrépito. ¿Quién iba a entrar? ¿El misterioso atacante? ¿Folch? ¿Su madre?

–¿Qué te ocurre? –dijo esta última en batín y zapatillas de noche–. ¡Son más de las once y deberías estar durmiendo!

–¿Mmm? –dijo haciéndose el dormido.

–Has gritado y nos has espantado a tu padre y a mí. ¿Qué te ocurre? –le preguntó.

–No sé, debía estar soñando...

–Déjate de tonterías. Ponte el pijama y métete dentro de la cama, ¡tienes medio minuto!

La obedeció rápidamente. Cuando ella salió de su cuarto, metió la mano debajo de la cama y recuperó el libro. No podía dejar ese capítulo a medias...

Una voz profunda dijo a Folch encendiendo la luz del departamento.

–*Pegdone* la molesia. El billete *pog favog*.

–¡Buf! –hizo Leo. ¡Era el revisor!

Folch vio que se trataba de un orondo empleado de la *Compagnie des Chemins de Fer,* con su uniforme azul de botones dorados y gorra de plato con el símbolo de la compañía. Respiró aliviado, sacó el billete de su cartera y el revisor lo marcó con las tenacillas de taladrar. Cruzaron la frontera con Ventimiglia, ya en Italia, a las siete y media de la mañana y el vapor siguió por la costa hasta Génova, donde se apearon. A lo lejos se adivinaba el amplio puerto lleno de buques mercantes, de grúas y de mástiles que sobresalían entre los edificios.

El transbordo al tren italiano se hizo con rapidez y Folch subió al ferrocarril de la línea Génova-Milán que en Piacenza se desviaba hacia el este y bajaba por la costa hacia Rímini, donde tenía previsto embarcar. A las tres de la tarde el tren hizo su entrada en la estación, pasando cerca del antiguo puente de Tiberio. Decidió acercarse cuanto antes al puerto, a la *Stazione Maritima di Rimini,* para adquirir el pasaje para Durrës. Era día de mercado y los aledaños de la estación estaban llenos de sombrillas de vivos colores. Llegó hasta la costa donde unos jugadores de petanca discutían acaloradamente.

–No hay barcos que partan a Durrës hasta la semana siguiente –le notificaron en la compañía naviera–. Si desea embarcar deberá prolongar su viaje hasta Bari y enlazar con algún transbordador.

Volvió a la estación central por la vía Principe Amedeo, que corría pareja al río. La calle estaba llena de los entoldados del mercadillo llenos de los más insospechados artilugios caseros, desde paraguas hasta coladores. Así se distraía, hasta que llegara la hora de subir al tren, cuando al final de la calle le pareció ver a dos individuos que al verlo aceleraron el paso. Folch se dio la vuelta y empezó a andar en dirección contraria.

Cuando miró para atrás los individuos, uno alto y otro más bajo, habían empezado a correr y optó por torcer a la izquierda. Era una calle estrecha y sin salida. A lo lejos vio lo que podía ser su salvación: un puesto ambulante que vendía sábanas, mantas, faldas, pañuelos estampados... Ambos sujetos llegaron corriendo al callejón y se detuvieron mirando a los transeúntes. En uno de los puestos, dos rollizas aldeanas ofrecían todo tipo de hortalizas; otra vendía patos y gallinas. Encima del tablón que hacía de mostrador tenían varias cestas de mimbre llenas de huevos. Más allá, una tienda ofrecía todo tipo de ropa de saldo. Los individuos estuvieron un buen rato revolviendo los bajos de las mesas y mirando fijamente al personal, desconcertados.

–¡Pimientos! ¡Pimientos verdes y rojos, de gran calidad! ¿Señores? –exclamó una aldeana cubierta con un gran pañuelo a cuadros blancos y rojos.

Uno de los hombres se la quitó de encima con un aspaviento. ¡No tenía tiempo para pimientos!, y siguió mirando a los viandantes con una amenazadora mano metida en el bolsillo. Se alejó sin mirar a la otra aldeana que gritaba:

–¡Tomates, tomates frescos! ¡Comprad los mejores! ¡Comprad!

Folch, debajo del improvisado disfraz de campesina, tuvo tiempo suficiente para ver una gran cicatriz en la mejilla del individuo y recordó la descripción que había hecho Gumersindo Vilopriu, el conserje, de los individuos que habían asaltado el museo. Cuando faltaban sólo cinco minutos para que partiera el tren, abandonó su puesto en el mercado ambulante y se dirigió a la estación. Allí, los dos sujetos se dedicaban a examinar a todos aquellos que subían al tren, pero no repararon en la rolliza campesina cargada con una imponente cesta de huevos.

137

–Permiso –dijo, pasando entre ellos y subiendo al último vagón.

Era el último tren que salía ese día hacia el sur. Los dos individuos recorrieron el andén hasta la máquina plateada y regresaron. El silbido anunció que el ferrocarril iniciaba su partida. Las puertas se cerraron automáticamente. El tren empezaba a coger velocidad cuando algo salió despedido de una de las ventanillas.

–¿Cómo? –exclamó el sujeto bajito, al recibir el impacto del huevo en su gabardina.

–¿Qué? –hizo el individuo de la cicatriz, cuando otro huevo estalló en su cara.

Pero el tren ya se alejaba y ninguna cabeza se asomó por sus ventanas.

* * *

Pasadas las diez de la noche, el convoy hizo su entrada en la estación de Bari y los viajeros se apearon. Después de pasar tranquilamente la noche en una pensión en la vía Giusseppe Cabruzzi, Folch embarcó a primera hora de la mañana hasta Durrës, en la costa albanesa. Tras nueve horas de navegación el barco atracó en el puerto de la antigua Dyrachium. Para llegar a Salónica debía viajar en tren hasta Elbasan, cincuenta kilómetros al este, donde llegaba la vía férrea, y después confiar en enlazar con los trenes de la región de Macedonia, al norte de Grecia. Llegó a tiempo de subirse a un macilento tren, tan desvencijado y viejo que no debía circular a más de cincuenta kilómetros por hora. Los pueblos que fue atravesando lo transportaron a una época pretérita, casi medieval. Atravesó Kavagë y Pegin, en medio de un paisaje abrupto y seco. En Tirana vio algún automóvil, pero abundaban los carros tirados por mulos. En Elbasan terminaba la línea férrea y tuvo que pasar la noche en la propia estación de tren. A la mañana siguiente se subió a un infestado autobús que amenazaba con caerse a pedazos en cualquier curva de la carretera. Después de más de dos horas de polvo y calor, el coche de línea se detuvo frente a un edificio que tan sólo conservaba algunas arcadas. Pasó la noche en la semiderruida estación y a la madrugada siguiente se subió al tren con destino a Salónica. El tren se detuvo unos minutos en Naussa y siguió su camino hacia la llanura de Salónica, situada frente al golfo del mismo nombre. Al fondo entrevió la gran mole del Monte Athos, que se alzaba poderosamente sobre el mar Egeo.

Salónica

Leo miró el despertador, que marcaba ya las once y media de la noche. Era la segunda noche que leía el libro y bostezó muerto de sueño cuando el ordenador dio una señal.

–¡Bip, bip!

Acababa de recibir un *e-mail*. Se levantó de la cama y se sentó frente a la pantalla.

–¿Quién puede ser? –se dijo al descargar el correo.

De: anaros@gencat.cat
Para: leovaliente@hotmail.com
Fecha: 8/XI

Mensaje: «Leo, aquí tienes la fotografía que me ha enviado el Museo de Pompeya, la han enviado esta misma tarde, pero ya te habías marchado de la biblioteca. No sé qué se traerán entre manos, pero, cuando me

han llamado, el director y otro individuo al que no conocía han estado interrogándome sobre ti. Les interesaba saber qué hemos consultado por Internet. Me ha dicho que habíamos infiltrado un virus a través de la red, pero es mentira. Le he dicho que no sabía de qué me hablaba, que lo único que hemos consultado por la red era un Museo de París. Se han quedado más o menos convencidos. Me han dicho que los avise cuando vuelvas a la biblioteca. Ándate con cuidado».

«¿Anaros? Yo no conozco a nadie llamado Ana Ros. ¿Quién me ha enviado este *e-mail*? ¡Ah!... es de Oxford». Le enviaba lo que le había pedido sobre el mosaico. Recordó que tendría que explicarle su experiencia en la biblioteca cuando oyó a esos dos hombres. «Descuida», pensó Leo.

Seguidamente apretó el icono de la pequeña fotografía que le adjuntaba. La imagen fue descargándose en la pantalla y pudo ver el gran mosaico de la batalla de Isso en todo su esplendor. En ella aparecía Alejandro a caballo atacando a un persa que trataba de liberarse de su montura. Esa parte izquierda estaba muy deteriorada. A la derecha se veía al rey Darío huyendo con sus soldados entre un erizado bosque de lanzas. Como la fotografía era de alta resolución la pudo ampliar suficientemente para ver con detalle cada tesela del mosaico y se fijó en la preciosa armadura, en cuyo centro estaba la cabeza de la medusa. El mensaje electrónico iba acompañado de un archivo que decía:

Procede de la Casa del Fauno de Pompeya, mide 3,4 x 6 m. Es copia romana de una pintura griega del s. IV a. de C. del artista Apeles, que llegó a ser pintor de la corte de Alejandro.

Después de anotar en su libreta lo que le acababa de enviarle, cogió el libro y reanudó la lectura.

Ese lunes por la mañana Andrónikos se encontraba en el ágora de Salónica, la antigua plaza porticada de la ciudad. Acababa de desenterrar una pequeña jarra y explicaba a sus estudiantes el uso ritual de esa cerámica decorada con figuras negras, cuando alguien lo llamó desde el otro extremo del conjunto arqueológico:

–¡Cagalomaris!

Cagalomaris Andrónikos se giró en redondo y vio a un individuo polvoriento y mal afeitado.

–Pero... ¿Quién?

–¡Soy yo, Folch! ¿No me reconoces?

–Caramba, pues, la verdad no... Te esperaba anteayer –le respondió dejando la cerámica en manos de un estudiante y acercándose a la valla.

–Verás –dijo estrechando su mano–, unos problemillas me han detenido en la frontera con Albania. Pero ¿recibiste mi telegrama?

–Por supuesto. Pero pasa, pasa.

Andrónikos abrió la puerta que daba acceso a la excavación y dijo a sus estudiantes:

–Tengo el gusto de presentaros a un colega mío, el profesor Folch.

Los muchachos lo saludaron y a continuación salieron de la excavación.

—¿Has comido?

—Todavía no. Acabo de apearme del tren.

Llegaron a la encalada vivienda de Cagalomaris. Folch se aseó y fueron a comer a un pequeño local situado cerca del puerto, un café-estanco con las puertas pintadas de azul cobalto. Tras la comida salieron del local para pasear cerca de las barcas de pesca fumándose un cigarrillo, entre los pantanales del puerto pesquero.

—Mi cuñado trabaja aquí, ¿sabes?

—No sabía... ¿Es pescador?

—Sí —respondió Andrónikos—, faena por el Egeo.

Llegaron al embarcadero, para saludar al pariente de Andrónikos. Todavía no había regresado de faenar y decidieron dar una vuelta para esperarlo.

—Y dime, ¿qué es lo que te trae por aquí? —le preguntó Andrónikos.

Folch le explicó entonces el motivo de su viaje y algunos detalles de lo que esperaba encontrar en el monasterio de la Lavra de Monte Athos.

—¡Ea, vosotros dos! —gritaron desde un tugurio entre los almacenes del puerto—. ¿Qué buscáis?

Eran tres hombretones sentados a la mesa de un café.

—¡Seguro que tramáis robar algo! —voceó otro de los tipos.

Andrónikos y Folch permanecieron callados para no meterse en complicaciones.

—¡Sí! —metió baza el tercero del grupo—, ya os hemos visto merodear por aquí en otras ocasiones...

Andrónikos se limitó a responderle con un gesto intraducible.

–Déjalo. Esos tipos quieren gresca –dijo Folch.

–Pues por mí no va a quedar.

Los tres individuos, con cara de animal, se acercaron blandiendo unas porras.

–Pero Cagalomaris, ¿estás seguro? Yo podré defenderme, pero tú...

–¡Oh! No te preocupes –le respondió sonriente –. Un poco de ejercicio nunca viene mal y... –se interrumpió para atizar un soberbio guantazo al primero que se acercó– desde que dejé la lucha grecorromana, he estado un poco anquilosado.

A continuación hizo una llave de lucha al segundo sicario que llegaba amenazante con una porra.

–¡Crock! –hizo la cabeza del individuo al chocar contra el suelo.

Folch se había remangado la camisa para dirigir un directo al ojo del que se había levantado del suelo. Los tres matones se llevaron la peor parte hasta que, como por ensalmo, otros cuatro individuos salieron de uno los pabellones. Se les acercaron rápidamente agitando unas barras de hierro y unas cadenas. Los tuvieron rodeados en unos segundos.

El que parecía el jefe señaló a Folch:

–Tienes algo que desea nuestro patrón.

–¿Quién? ¿Yo? –se extrañó él.

144   «Vaya, vaya», pensó Folch, «por fin han llegado a Salónica y han contratado a estos sicarios».

–Pues no sé de qué me habla –respondió Folch mirando de reojo un remo amarrado a los despojos de una embarcación.

Unas estridentes sirenas de barcos pesqueros que entraban en el puerto produjeron una gran algarabía y distrajeron la atención de los matones. Folch aprovechó para hacerse con el remo y desarmar al que acababa de hablar de un golpe en la mano.

Las sirenas de los barcos se oyeron más cercanas y alguien empezó a gritar desde uno de los pesqueros. Varios marineros saltaron de las embarcaciones a tierra y echaron a correr hacia ellos. Cagalomaris sonrió.

Tres chicos con manos como palas entraron como un *bulldozer* en un pastel de nata y empezaron a repartir mamporros a diestro y siniestro.

–Te presento a Dyonisos, mi cuñado... ¡Buuff! –sopló Cagalomaris al encajar un puñetazo en el plexo abdominal.

Agarró a su agresor, lo hizo voltear por encima de su cabeza y volar unos metros.

–Tanto gusto –le saludó Folch.

Cerró los ojos para no ver al sicario que caía con la boca abierta sobre una barca y acabó su parte sacudiendo en la barrigota a uno de los estibadores, que quedó doblado en el suelo. Los matones que no pudieron escapar por su propio pie fueron acompañados a la comisaría.

–Pienso que alguien debería acompañarte a Monte Athos –le aconsejó prudentemente Cagalomaris, después de ver lo que había provocado a las dos horas escasas de su llegada a la ciudad.

Leo bostezó, eran las doce menos cuarto. Pensó que dejaría a Folch en Monte Athos y se echaría a dormir.

A la mañana siguiente, el inspector Mastegot desayunaba en su despacho de la comisaría, mojaba ávidamente un pastelito de crema en el café cuando entró Hortensio Vermut, uno de los auxiliares.

–Inspector señor Mastegot –dijo.

–Buenos días, Hortensio... –le saludó al zamparse el pastelito.

–Servidor de usted.

–«Buenos días» –le corrigió Mastegot–. Se dice: «Buenos días, señor inspector», ¿comprendes?

–Sí, señor Mastegot, inspector –se cuadró el ayudante–. Pues resulta de que por la mañana, hoy mismo... por la mañana.

–Esta mañana –repitió él para sí, ya había terminado de desayunar y se limpiaba los dedos con una servilletita de papel.

–Decía que por teléfono ha llegado un telegrama.

–¡Pero Hortensio! ¿Cómo puede llegar un telegrama por teléfono?

–Yo no lo he dicho eso, yo he dicho que nos han avisado que el telegrama había que recogerlo en la estafeta, en la de correos.

–Pues claro que había que recogerlo, para eso habrán llamado ¿no? –dijo el inspector frotándose la cara.

–Lo que yo decía, pues en acto de servicio aquí el mendas... ha ido a la estafeta, la de correos. Cuando me han da-

do lo del telegrama, era para usted, de muy lejos, sí, viene...
Y yo que me he dicho seguro que será para el inspector y
he acertado, ¿lo ve?

–Sí, Hortensio, eres un sol y... ¿De dónde viene ese tele-
gramita? –dijo al estrujar el pisapapeles que tenía encima
del escritorio.

–¿De dónde? ¡Uy!... pues de muy lejos, de Saltónica o
algo así. ¿Tiene negocios en Saltónica, inspector?

Mastegot se alarmó.

–¿De Salónica dices?, ¿¡y dónde está ese maldito telegrama!?

–¡Ah! el telegrama. Sí, encima de mi mesa. Ahora se lo
recojo y se lo mando.

–¡Hortensiooo! –gritó fieramente el inspector, a quien
había sacado de sus casillas hacía rato.

El ayudante volvió con un sobre azul en un santiamén.

–¡Trae –le espetó arrancándole el telegrama de la mano– y sal por la puerta, no te quedes ahí plantado!

El inspector abrió el sobre azul de correos.

«TODO BIEN EN SALÓNICA. STOP. ALGUNOS DE-
SAGRADABLES ENCUENTROS. STOP. SE TE ECHÓ DE
MENOS ESTA MAÑANA EN EL PUERTO. STOP. LUCHA
GRECORROMANA INTERESANTE. STOP. MAÑANA EM-
BARCO A MONTE ATHOS. STOP. MANTENDRÉ INFOR-
MADO. STOP. Folch».

Leo volvió a bostezar y colocó bien la almohada para
seguir leyendo más cómodamente.

Sobre las cinco de la madrugada, Zakinthos, con algunos marineros, acompañó a Folch al puerto. Les esperaban más de doce horas de travesía, para ir y regresar de Agion Oros, el peñasco de los monasterios. Montaron los aparejos en la embarcación y salieron de la bahía de Salónica rumbo al tridente que forman las penínsulas.

Pasaron por delante del faro de Angelochorion y cuando empezaba a clarear avistaron las playas de Ormos. Sobre las diez bordearon la pequeña península de Kassandra y dos horas más tarde entraron en el golfo de Agio Oros. Al fondo se veía el islote de roca, y entre el oleaje sobresalía la cima de Monte Athos.

El patrón Zakinthos estaba preocupado porque se acercaba una rápida embarcación por la popa.

–¡Avante toda! –ordenó por el megáfono.

El barco avanzó más deprisa, casi a doce nudos.

–Nos van a abordar antes de llegar a la costa –dijo el patrón.

–Todavía están lejos –dijo Folch usando los prismáticos.

En la proa de la lancha que se acercaba como una centella venían dos individuos apostados, ambos sostenían un arma. Estaban a escasos trescientos metros y ellos se encontraban a unos doscientos de la costa de Dafni, donde se veían perfectamente los edificios de los monasterios de Simonos Petras y Dionysiou, colgados sobre el acantilado. Las máquinas del Heracles, el barco de pesca, hacía rato que marchaban a la máxima potencia.

Folch se percató del peligro y sin dudar ni un segundo

cogió su macuto, descendió por la escalera de babor y se lanzó al mar. Si lograba nadar cincuenta metros sería difícil que pudieran verle. Desde el pesquero colaboraron para ocultarlo deteniendo su marcha y ladeando la embarcación. Folch tenía unos minutos para poder alejarse sin ser visto. Al fin la lancha rápida abordó al pesquero y, para cuando los dos extranjeros lograron entenderse con los pescadores, él ya había llegado al embarcadero de la costa.

Eran más de las doce de la noche y se caía de sueño, así que cerró el libro y apagó la luz. Mientras intentaba dormir se preguntó por qué el director de la biblioteca interrogó a Oxford.

«Claro», recordó, «Oxford se dejó el ordenador encendido cuando nos fuimos de la biblioteca la primera tarde. Capdetrons lo pudo ver...». Bostezó ampliamente y al cabo de unos segundos estaba profundamente dormido.

El archontaris Amarynthos

A la mañana siguiente andaba medio sonámbulo hacia el instituto cuando alguien lo despertó entre los rugidos de los motores de la calle y algunos bocinazos.

—¡Leo! ¡Leo!

Era Abram, que iba con Rita y le gritaba desde el otro extremo de la calle Aragón, en el cruce con Pau Claris. Se encontraron a pocos metros del instituto.

—¡No os lo vais a creer! —les dijo Leo empezando a relatar lo que le había ocurrido en la biblioteca la tarde anterior.

—Pero bueno... ¡ya está bien! —exclamó Rita, harta de imaginaciones—. ¿Cómo quieres que te ocurriera eso?

—Hay algo más —prosiguió Leo sin hacerle caso.

Se calló porque se acercaban Borja Depuig y sus amigos, que se les quedaron mirando.

—¿Qué haces aquí, Abram? ¿No tendrías que estar con las chicas en la actividad de ballet? —le preguntó Depuig.

–¡Jua, jua, jua! –se rió uno de ellos.

–Quizás se ha olvidado el *maillot* rosa –añadió otro.

Rita y Leo miraron a su amigo, que seguía con la vista fija en el suelo mientras los otros tres entraban riéndose en el instituto.

–Un día de estos... –les amenazó Rita con el puño.

Cuando se alejaron Abram preguntó a Leo:

–¿Qué decías?

–Anoche me llegó un *e-mail* de Oxford: el director de la biblioteca la interrogó sobre lo que estábamos buscando en el ordenador.

–¿Lo del mosaico? –se interesó Abram.

Leo asintió.

–¿Qué le puede importar a él?

–Eso mismo me pregunto yo.

–Ese tipo es un metomentodo –dijo Rita enfadada.

–¿Crees que puede saber algo?

–Me temo que sí –dijo Leo–. Recordad que Oxford olvidó apagar el ordenador cuando salimos corriendo de la biblioteca.

–¿Quieres decir que está...? –preguntó Abram.

–Sí. Nos pueden estar espiando –concluyó Rita un poco nerviosa–. Todo esto es muy raro. Sólo nos falta comprobar que existe la tumba de Cruïlles y los documentos en el archivo y...

–¿Y qué? –le preguntó Leo ilusionado– ¿Me creerás?

Rita se calló, pensativa. Dentro de su lógica no era razonable creer en esa maravillosa posibilidad: ¡participar en una novela de aventuras!... ¡El sueño de su vida! Y para colmo... le estaba sucediendo a Leo, ¡a él!, ¡que jamás había abierto un libro!

–Lo del sarcófago de Cruïlles podemos averiguarlo si vamos al museo –terció Abram.

Rita se quedó pensativa y dijo:

–Pero para ver si están los papiros debemos entrar en la zona de investigadores de la biblioteca y hay que tener dieciocho años además de un motivo. Sólo puede entrar alguien que sea mayor o que lo parezca –dijo mirando interesada a Abram.

Leo también lo miró fijamente. Abram era bastante más alto que ellos dos.

–¡Eh! ¡Eh! ¡Alto! –exclamó Abram–. No estaréis pensando que yo...

En ese momento sonó el timbre que señalaba el inicio de las clases y tuvieron que entrar corriendo en el instituto. Abram se sentó en el pupitre contiguo al de Leo, desde donde vio lo mal que empezaba la clase.

–Abrid el libro de ejercicios por la página 131 –dijo Recaredo Singlot, el profe de matemáticas– y hacedme el 2, el 6, el 7, el 8 y el 9.

A algún listo le faltó tiempo para preguntar:

–¿Hay que copiar los enunciados?

–Por supuesto –respondió Singlot.

Abram sopló porque eso era lo único que no debe preguntarse nunca al profe cuando te ponen deberes. Al igual que el resto de la clase, empezó a copiar los enunciados en su libreta. Pasados unos segundos se volvió hacia Leo y le preguntó:

–¿Por cuál vas?

–¿Cuál qué? ¡Ah! Estoy en la página 153 –susurró–. Acabo de empezar un capítulo titulado «El *Archontaris Amarynthos*».

–¿Y los ejercicios?

Leo lo miró sin comprender. ¿Ejercicios? ¿Qué ejercicios?

Folch llegó a nado al pequeño embarcadero y se escondió entre los peñascos para evitar ser localizado. Era la una del mediodía y el sol empezó a calentarlo. Se encontraba bajo el monasterio de Simonos Petras, que se elevaba sobre el acantilado. En sus encaladas paredes se veían docenas de pequeñas ventanas como ojillos abiertos que miraban al mar.

Subió la abrupta cuesta y llegó a un pequeño y estrecho sendero que, supuso, debía de comunicar los monasterios de ese lado del litoral, los de Gregoriou, Dionisiou y San Pablo. Siguió el desierto camino que discurría entre encinas y pinos. Al cabo de un par de horas se detuvo cerca de la montaña santa, Monte Athos en griego, donde se levantaba uno de los monasterios fortificados más importantes de la edad media, la gran Lavra.

Descendió por el sendero y vio ante sí la majestuosa grandeza de sus torres de defensa. Dio la vuelta a las murallas y entró por el único portón del recinto, donde fue recibido por el monje portero, vestido con un hábito negro. Se trataba del *Archontariki,* que le hizo pasar a un sombreado zaguán.

–En señal de hospitalidad –le dijo ofreciéndole una especie de pan sin fermentar, una taza de café y una jarra de agua. Después de tomarlo agradecido, Folch le dijo:

–Desearía ver al abad.

El anciano y obsequioso monje le indicó con un gesto que esperara e hizo tañer una campana. Pasados unos minutos otro monje entró por la puerta que comunicaba el vestíbulo con un soleado patio lleno de árboles frutales, a través del que se entreveía parte del monasterio. Se trataba del Archontaris o abad de la Lavra. Llevaba una especie de tocado negro en la cabeza y una cruz plateada en el pecho.

–Alabado sea Jesucristo –dijo el monje al entrar en el zaguán–. ¿Qué deseáis?

–Paz y cobijo –solicitó Folch, siguiendo la tradición.

–Bienvenido seáis peregrino –le respondió el Archontaris, que lo invitó a acompañarle a través del patio de frutales y penetraron en el recinto sagrado.

La voz del profesor Singlot resonaba ceremoniosa en el aula. La pizarra se había llenado de sumas y restas de quebrados, con X y sin X... ¡Un martirio, sin duda! Se estaba mucho mejor leyendo el libro. Pensó que en todas las clases deberían dar permiso para leer tranquilo...

El ambiente que se respiraba en las sencillas salas del recinto era sosegado y silencioso. Tan sólo los graznidos de las gaviotas perturbaban la calma del monasterio. Después de pasar por delante del Katholicon, la roja iglesia de la Lavra, y del refectorio llegaron a una de las alas del complejo conjunto, edificado junto a las murallas. Todos los edificios tenían más de cuatro pisos de altura. Subieron por una serie de intrincadas escaleras y atravesaron varias dependencias.

En una, varios monjes trabajaban cueros y se esmeraban en arreglar unos aperos de labranza; en otra, cosían unos manteles blancos; en la siguiente, pegada a la biblioteca, leían y estudiaban o religaban libros decorados con bellas ilustraciones. A través de sus ventanas podía verse el brillante mar; al fondo divisó el barco de Zakynthos y la lancha de sus perseguidores, que se dirigía al puerto de la cercana Dafni.

–Por curiosidad –preguntó al monje–, ¿a qué hora se cierra el acceso al monasterio?

–Pues –le respondió el Archontaris mirando el reloj de sol por otra ventana– dentro de breves minutos serán las cuatro de la tarde y cerraremos las puertas. Ningún peregrino podrá entrar en el recinto hasta mañana al amanecer.

Siguieron adelante por las estancias y el Archontaris fue explicando a su huésped los distintos ámbitos que atravesaban. Por fin llegaron a sus apartamentos privados, compuestos de un despacho y una pequeña celda; dos bellos cuadros, dos iconos de la Anunciación y de *San Dionysiou*, en brillantes colores azules y rojos, presidían la habitación.

En la celda que hacía de despacho, le ofreció más café.

–Permitidme entregaros esto –dijo él tendiendo al abad la carta de presentación que había escrito Cagalomaris Andrónikos.

El anciano monje la guardó entre los amplios pliegues de su hábito y lo observó en silencio, estudiando sus facciones, que a menudo dicen mucho del alma de las personas. Al fin habló pausadamente:

–¿Qué es lo que habéis venido a buscar entre estos muros? ¿Paz? ¿Sosiego?

Folch sonrió:

–No, padre. Se lo dice mi amigo Andrónikos en la carta. En algún punto del monasterio hay oculto uno o dos objetos que son de vital importancia para mi investigación, quizás debajo de uno de los frescos de su refectorio. Lleva siglos allí, según leí en un texto que llegó a mis manos.

–Pues sólo hay una manera de comprobarlo –dijo el monje levantándose de la silla–. Después de la cena no os vayáis de la Trapeza, veremos qué podemos hacer. Dirigíos allí cuando oigáis los toques de campana tras los cantos de vísperas. Y ahora, si me disculpáis... –dijo agitando una campanilla.

Al instante entró un monje joven, alto y de anchas espaldas, que se encargó de acompañar a Folch a la celda que ocuparía esa noche.

Leo miró a la pizarra donde el profesor Singlot estaba enfrascado resolviendo una cosa a la que llamó ecuación. «¿Para qué servirán esas dichosas equis?», se preguntó. No les dio demasiada importancia y siguió leyendo.

Pasó unas horas en la minúscula celda intentando poner en orden sus ideas. Sobre las siete de la tarde oyó a los monjes cantar las salmodias de vísperas en el Katholicon. Salió de la celda y bajó al refectorio, situado en el centro de las edificaciones. Los monjes salieron en procesión de la iglesia y entraron en el local. Folch entró tras ellos. Lo cual fue para sus ojos como una explosión de color. Todas las paredes de la sala estaban recubiertas de pinturas al fresco, a un lado los relatos del pueblo de Israel y al otro los episodios de la vida de Jesucristo. El Archontaris lo invitó a sentarse a su mesa, situada en el centro.

Se entretuvo mirando las pinturas de ambas paredes, dubitativo. Alguna cosa no encajaba, las pinturas no correspondían al estilo de inicios del siglo XIII, cuando el monje Arispoulo debió esconder su señal en ese comedor, si había interpretado correctamente el papiro de Cruïlles.

–Perdón, padre –dijo con un susurro al anciano–, ¿de qué época datan estas pinturas?

–¡Oh! –se sorprendió el monje–, no soy un experto en obras de arte, pero creo que las repintó el gran Teófanes, a finales del siglo XIV.

¡Como había supuesto! ¡Las fechas no coincidían! Sacó de su macuto las tres hojas de papiro que no había ingresado en el archivo y releyó la frase: «el ladrón vigilará mientras comas». «El ladrón...», pensaba mientras recorría las escenas pintadas de izquierda a derecha, «el ladrón vigilará...». Fue mirando cada una de las escenas: la Anunciación, el nacimiento de Cristo en Belén..., mientras oía leer a un monje desde el altillo de la Trapeza. Pasó toda la cena intentando resolver el problema. Cerca de una ventana vio la escena que narraba la última cena de Cristo con sus apóstoles y cayó en la cuenta. «¡El ladrón es Judas Iscariote!». El que robaba de la bolsa común de los apóstoles. Las piezas empezaban a encajar: «... vigilará mientras comas».

Acabó la comida y los monjes empezaron a desfilar en silencio hacia la salida. Sólo se quedaron algunos recogiendo los cuencos y las bandejas usadas.

Folch pidió permiso al Archontaris y se subió encima de una de las mesas para acercarse a la figura de Judas, representado con barba y vestido con una larga túnica verde, que sostenía entre sus manos una bolsa de cuero. Lo miró a la cara y se fijó en sus ojos, que estaban entrecerrados y miraban hacia el refectorio de los monjes, como un aviso. Abrió su macuto, sacó de él una pequeña navaja y se giró hacia el Archontaris.

–No sé si me autorizaréis a realizar una comprobación, pero os prometo que lo dejaré igual que antes.

–¡Adelante, adelante! –le respondió–. Por lo que me dice el bueno de Cagalomaris en su carta podemos poner en vos nuestra confianza.

Folch empezó a rascar el ojo izquierdo de la figura con sumo cuidado. El yeso empezó a saltar y siguió profundizando en el pequeño hueco. Pasados unos minutos comprobó desolado que debajo de ese ojo no había nada, sin embargo hizo un último esfuerzo con la navajita.

Leo se revolvió nervioso en el pupitre. De fondo oía la monótona voz del profesor Singlot, que dictaba aburridísimos ejercicios de números y más números.

A continuación empezó a rascar encima del otro ojo.

–Aquí parece que haya algo –dijo exultante al Archontaris, cuando la navaja topó con una superficie metálica.

Siguió agrandando con sumo cuidado el agujero y una moneda de oro emblanquecida de yeso se desprendió y cayó en su mano.

–¡Caramba! –exclamó–. Empezamos a tener suerte.

Limpió la moneda de oro, que en el anverso tenía grabada la cara del rey Alejandro y en el reverso una forma que recordaba un escudo medieval con tres cálices coronados por un sol resplandeciente.

«¿Y el pedazo de plano?», se extrañó Leo.

–Bien, ¿habéis encontrado lo que buscabais? –le preguntó el Archontaris.

–En parte, padre, en parte... Lo más importante no está aquí.

A renglón seguido reparó el destrozo hecho en el fresco con un poco de yeso fresco y un pincel.

–¿Por qué decís en parte? –le interrogó el anciano.

–Esperaba encontrar algo distinto –dijo Folch.

–Sí, hijo mío, a veces las cosas no son como las esperamos y hay que resignarse –dijo el monje indicándole que era hora de salir. Ya habían retrasado la hora de cerrar el refectorio y algunos monjes esperaban.

Entonces sonó el timbre del instituto y hubo cierto desorden durante el cambio de clase.

–¿Qué lees, Valiente? –le preguntó alguien a su lado.

Era Borja Depuig, que se había acercado a su pupitre. Estaba a punto de mandarle muy lejos cuando alguien dijo:

—¿Te importa mucho, mamarracho?

Rita estaba junto a él. Depuig optó por volver a su pupitre mirando con desprecio a los dos amigos. La siguiente clase era la de Lenguas Extranjeras, pero la profesora Hooper se estaba retrasando, y Rita le preguntó:

—¿Cómo va?

—Folch está en Grecia, buscando el plano.

—Realmente sería maravilloso poder vivir lo que cuenta un libro.

—¿Has sentido alguna vez esa sensación?

—No, nunca —respondió ella.

—¡Qué miedo!, ¿no? —dijo Abram a su lado.

Leo miró a Rita y le preguntó:

—Rita..., ¿qué harías si pudieras intervenir?

—Leo —le advirtió—, no empecemos...

—Es sólo una suposición, ya me entiendes...

Ella se arregló los rizos que le caían por la frente y respondió:

—Pues, no estoy segura. Supongo que ayudar al protagonista, ¿no?

Un barullo junto a la puerta del aula indicó que entraba la profesora Hooper.

—¡Muy bien! —ordenó autoritaria la profesora de inglés—. ¡Basta de cháchara y abrid los cuadernos ipso facto!

A continuación empezó a dictar unos ejercicios sobre el pasado continuo en inglés. Leo sabía que no estaba obrando bien, pero sentía una imperiosa necesidad de seguir leyendo, así que mantuvo el libro abierto encima de la mesa.

Debían de ser pasadas las dos de la madrugada cuando la puerta de la celda crujió y la luz de un candil se coló en la estancia. Folch echó mano instintivamente de su revólver y apuntó en dirección a la puerta.

–Hijo, hijo... –dijo la conocida voz del Archontaris–, disculpad, ¿estáis durmiendo?

–No, pasad, buen abad. Pasad.

El Archontaris vestido de negro y con la larga barba blanca tenía un aspecto curioso sin el tocado negro porque era calvo.

–Veréis –prosiguió el anciano–, dormía tan ricamente en mi celda cuando las preguntas que me hicisteis esta tarde vinieron a mi memoria y recordé algo que pudiera interesaros.

Folch lo miró confuso y el monje prosiguió:

–A finales del siglo XIV un Archontaris mandó rehacer los frescos que habéis visto esta noche. Escribió una crónica de sus años como abad de la Lavra y si no me equivoco la guardamos en la biblioteca secreta, no sé si os interesa...

Los ojos de Folch se abrieron como platos.

–¿Podría consultar yo ese manuscrito?

–Sí –respondió el Archontaris–, supongo que no habrá ninguna dificul...

–Ahora mismo quiero decir.

–Bueno... sí, ahora puede ser.

–Se trata de un asunto de vital importancia.

–¿Tiene algo que ver con la moneda que hemos hallado esta tarde?

Folch asintió.

El hombre le guiñó un ojo e hizo una señal para que le acompañara, se arrebujó dentro de su hábito y salió al pasillo con Folch pisándole los talones. Atravesaron varias oscuras habitaciones, bajaron unas escaleras, subieron otras, recorrieron desiertos corredores y amplias estancias, salieron al patio, donde la luna se reflejaba en el estanque, y donde el Archontaris aprovechó para regar los geranios. Después se dirigió a un pequeño edificio, abrió la puerta con una de las gruesas llaves que llevaba colgadas del cinto y la cerró tras él.

Fueron a parar a una curiosa sala rectangular llena de esculturas pegadas a los muros. Se trataba de docenas de esculturas, eran caballeros tallados en piedra que sostenían un escudo entre sus manos. El abad se apoyó en una de las cabezas, de grandes bigotes retorcidos y se oyó un chirrido. Automáticamente se abrió una puerta disimulada que daba paso a unas habitaciones secretas. Acto seguido cogió una de las antorchas colgadas en la pared, la encendió con el candil e iluminó un largo y húmedo corredor.

–¡Caramba, qué fresco está esto! –comprobó Folch al posar una mano en una de las húmedas paredes, llena de musgo.

–Sí. Es la parte más antigua y profunda del monasterio, muy poco visitada. Las antiguas crónicas dicen que por estos pasadizos se llega al mar. Pueden ser peligrosos. Nosotros sólo usamos una parte de estas caprichosas y oscuras edificaciones: cultivamos champiñones.

–¡Caray! –se maravilló Folch.

–¡Je! –hizo el monje, orgulloso.

–Borja Depuig –dijo la profesora Hooper–, no te distraigas charlando. Toma ejemplo de Leo Valiente, desde que ha empezado la clase no ha levantado la cabeza del pupitre. A Leo, que oía de fondo la chillona voz de Mrs. Hooper, se le iluminó la cara y sonrió a la profesora, asintiendo con la cabeza. Era la primera vez, en años, que le ponían de ejemplo al resto de compañeros y Rita se extrañó un poco. Él hizo ver que se afanaba con los ejercicios que les había dictado y siguió leyendo.

El corredor subía y bajaba. Atravesaron algunas habitaciones donde se entrecruzaban pasadizos oscuros y tenebrosos, bajaron por unas resbaladizas escaleras hasta que dieron con una estancia más ancha. Cuando el monje acercó la antorcha a la pared, Folch pudo ver una estantería rellena de libros manuscritos religados en piel. Luego el anciano le dio la antorcha para que le alumbrara.

–Creo que está guardado por aquí... –le explicó al recorrer los volúmenes con los dedos–. Sí, aquí está.

Le entregó un libro cuya portada llevaba por título:

CRONICON AGION OROS
AMARYNTHOS XIV

Folch se sentó a la mesa para traducir el texto, mientras el monje se tendía en una banqueta. Así estuvo horas leyendo los interesantes datos históricos de la crónica.

«...y fue extraño al reparar la pintura de la última cena

que en el ojo de una de las figuras de su extremo se encontró una cajita de madera, sin ningún adorno, y en su interior un extraño pedazo de papiro».

Su corazón se aceleró al girar la página del manuscrito porque allí, cosido a la hoja, halló el dibujo de la primera parte del laberinto. Una suave brisa hizo titilar la antorcha y el Archontaris se revolvió nervioso en la banqueta; seguía durmiendo, pero algo había agitado su sueño. Folch desprendió delicadamente con su navaja los hilos que cosían el papiro al manuscrito.

Después agitó el hombro del Archontaris.

–Alguien viene –le dijo–. La luz de un farol se acerca por el corredor.

–Pero ¿cómo? –susurró el anciano medio dormido–, la única llave la tengo yo y...

–¿Cómo salgo de aquí?

–¿Eh? ¿Cómo?... Mmmm... –recapacitó–. Huid por el pasillo y seguid por el que encontréis a la derecha, luego bajad unas escaleras y torced a la derecha, después a la izquierda, otra vez izquierda y a la derecha o al revés. ¿Está claro? Luego bajad unas escaleras y subid otras o bajadlas todas, seguramente dé igual. Es el único trecho que he recorrido y, por favor –le imploró al darle la antorcha–, no nos piséis los champiñones.

–Descuidad, ¿y vos?

–Por mí no os preocupéis –dijo al levantarse trabajosamente–. Esta casa tiene tantas entradas como salidas y viceversa. ¡Id en paz!

Dicho lo cual empujó una de las estanterías de libros y se escurrió por el hueco abierto en el muro. La luz que provenía del corredor agrandó las sombras en la sala, Folch miró su reloj y comprendió que ya se habían abierto las puertas del Monasterio.

Eran más de las seis de la mañana.

Leo levantó la cabeza, miró a la profesora Hooper y le sonrió, ella se fijó en él y le devolvió la sonrisa admirada de lo mucho que trabajaba.

«Todavía doy el pego –se dijo él–. Se piensa que hago los ejercicios».

Inició la huida por los desconocidos pasillos de la Lavra siguiendo el húmedo pasadizo que se iniciaba en la biblioteca secreta. Empezó a correr con precaución, confiando en encontrar una salida al cabo de unos metros, pero el corredor siguió bajando hasta llegar a una escalera de caracol. No lo dudó ni un instante y descendió cuidadosamente por sus irregulares escalones. Estaban en muy mal estado y tuvo que sujetarse en las mohosas paredes para no caer. Después, al llegar al piso firme, intentó seguir lo que le había señalado el anciano monje; torció a la derecha, luego a la izquierda, otra vez a la izquierda y a la derecha y bajó otras escaleras.

Por detrás le seguía una entrecortada respiración. «Me están alcanzando», pensó. Saltó audazmente desde el último escalón, pero quedaban cuatro más y cayó de bruces sobre un gran charco de agua.

«¡Vaya!», se lamentó Leo al ver lo heroico que resultaba todo.

Debía ser una filtración, pues calculó que habría bajado hasta nivel de mar. Siguió chapoteando a toda prisa por la sala hasta que se encontró frente a tres puertas de las que nacían sendos pasadizos, cada una tenía escrito en el decorado dintel unas misteriosas palabras:

ADAN YAH ON
RILAS ARAP
AUGA SÀM

–¿Y ahora qué hago? –se dijo, bloqueado frente a los terribles enigmas.

Oyó cómo sus perseguidores trastabillaban y unos gritos que le maldecían desde las escaleras. Se alegró de que hubieran resbalado, porque estaban a punto de descender y aparecerían enseguida por el hueco de la escalera. Eso le daba unos segundos de margen para decidir por cuál de las tres entrar.

Leo detuvo la lectura. ¿Qué ocurriría si se equivocaba de puerta? Había oído hablar de libros en los que el lector escogía la acción y pasaba a otra página para seguir leyendo, pero ese no era el caso. Si seguía leyendo y Folch se equivocaba, sería su culpa. Levantó la cabeza como un periscopio para localizar a Rita. Estaba dos filas más atrás, era la más lista de la clase, seguro que le podría ayudar.

Cuando vio que la profesora Hooper corregía unos ejercicios arrancó una hoja del bloc, garabateó en ella y la tiró hacia atrás. El papel arrugado rebotó en la nariz pecosa de Rita.

Pasados unos segundos el papel regresó a su pupitre y lo abrió rápidamente.

«Tú y este Folch..., ¿no sois muy listos, verdad? Léelo al revés, lumbreras.

Rita»

«Qué tonto soy». Tradujo mentalmente las palabras inscritas en las puertas de piedra y siguió leyendo.

–Léelo al revés –murmuró hacia el libro–. Al revés.

Folch leyó al revés cada una de las frases grabadas en el dintel de las puertas y se metió decididamente por la del centro.

Leo soltó el libro de golpe y miró a su alrededor muy agitado. «¡Ha ocurrido otra vez! ¡Ha funcionado!». Estaba muy nervioso, había estado a punto de gritar en mitad de clase, donde todos permanecían en silencio, haciendo los ejercicios. Abram levantó la vista del cuaderno, Leo lo miraba y le sonreía con la boca y los ojos desmesuradamente abiertos, emocionado, y movió la cabeza alegremente.

«Ya está, lo que temíamos», se dijo Abram. «¡Se ha vuelto majareta!». Le devolvió tímidamente la sonrisa y siguió trabajando.

Folch empezó a correr con desesperación por el pasadizo, que primero torció hacia la derecha y luego a la izquierda, hasta que se encontró con una bifurcación, un corredor descendía y otro ascendía, escogió el último y subió un buen trecho. Por fin apareció la blanca luz del día a través de una gran abertura en la roca, por la que se asomó al precipicio que caía directamente al mar. En la roca unas argollas sujetaban una escalera de cuerda que llegaba hasta las enfurecidas olas. No lo pensó ni un instante, se abrochó la cazadora y empezó a descender. Cuando miró hacia arriba dos individuos se asomaron por la obertura y sacaron sus armas.

–¡Alto ahí! –gritó el más corpulento al encañonarle.

Folch no lo pensó ni un instante y se soltó cuando sonó un disparo como un cañón.

–¡NOOO! –chilló Leo con todas sus fuerzas.

Las veinticinco cabezas del aula se volvieron hacia él. A Mrs. Hooper se le salieron los ojos de las órbitas. En tres zancadas se plantó en su pupitre y le arrebató el libro de las manos.

–¿Qué te pasa, Valiente, estás...? –preguntó señalándose la cabeza con el dedo índice.

Leo se quedó petrificado. En la segunda fila, entre otras, se dejó oír la risita de Borja Depuig.

–O sea que haciendo los ejercicios de inglés, ¿verdad? –le dijo hojeando el libro–. ¿Cómo te atreves a leer novelas en mis clases? ¡Qué cara más dura! Te lo requiso hasta la semana que viene.

Dio con el libro en la cabeza de Leo y regresó bamboleándose a su sitio. Rita se tapó la cara con las manos rogando: «Que no le pongan otro castigo... que no le pongan otro castigo...».

* * *

–Tienes que ir a pedírselo al despacho –le animó Rita al finalizar la clase.

–Inténtalo –añadió Abram.

–Sí, Leo, por favor –dijo alguien imitando a Rita. Era Depuig con sus dos amigotes que salían del aula y se alejaban por el pasillo. No les prestaron atención y se sentaron en el banco, junto al despacho de profesores. Cuando Cuadrado salió del mismo, Leo entró para hablar con Mrs. Hooper. Volvió a salir a los diez segundos con las manos vacías.

–Nada. Me ha dicho que me quedo hasta el lunes sin él.

–Bueno, consuélate. Hoy es viernes, sólo faltan dos días –sonrió Abram.

Sí, era viernes y tendría que permanecer dos días sin saber qué le había ocurrido a Folch. Sólo se podía confiar en que hubieran fallado la puntería.

Los tres salieron del instituto. Abram vio que andaba preocupado, cabizbajo, a su lado y se le ocurrió una idea.

–Yo ...ejem... Si queréis –dijo con gran esfuerzo–, puedo intentar colarme esta tarde en la zona... ejem... de investigadores.

Rita y Leo intercambiaron una mirada.

169

–Mmm –reflexionó Leo–. Sí, podría ser interesante ver si se conservan los documentos de Cruïlles.

–De acuerdo. Entonces esta tarde a las siete en la biblioteca –dijo Rita mientras miraba los pantalones cortos y las descosidas zapatillas de Abram–. Pero vístete de adulto.

–Descuida –dijo él.

Se fue corriendo para coger su autobús, que frenaba en la parada.

El museo de arte y arqueología

Leo llegó a la biblioteca a las cinco de la tarde en punto y fue directamente a la mesa de Oxford, que en esos momentos leía un ensayo titulado *Televisión, libros y evasión de la realidad*, que intentó esconder al verlo delante.

–Buenas tardes, Oxford.

–Hola, Leo, ¿te ocurre algo?

–La profesora Hooper me ha requisado el libro.

–Vaya –dijo ella–. Eso sí es mala suerte.

–En fin, qué le voy a hacer... ¿Puedes darme permiso para ir a la zona de adultos?

–Por supuesto –dijo al extenderle un permiso por escrito–. ¿Recibiste mi *e-mail* anoche con la imagen del mosaico?

–Sí, gracias, después te contaré.

Tenía que contarle lo que le había ocurrido en la zona infantil la tarde anterior cuando oyó esas dos voces hablando de Folch, aunque después de ver lo que estaba leyendo...

En la zona de adultos pidió varios libros de heráldica, la ciencia que estudia los escudos medievales. Leyó en su libreta de notas que el escudo con los tres cálices podía corresponder a Hug de Mataplana, a Schaw de Sauchie o al caballero capadocio Tzimistés. Abrió el primer volumen que le trajeron y empezó a mirar los escuditos que reproducía. Los había con leones de garras afiladas, águilas de pico curvo y majestuosas alas...

Se encontraba buscando en las páginas del volumen titulado *Monumenta Germanicae Heraldicae* cuando una voz susurró a su espalda:

–Caramba, muchacho, ¿otra vez por aquí?

Se dio la vuelta para comprobar que se trataba del anciano que le había ayudado días antes.

–Hola –lo saludó Leo.

–Precisamente pensé en ti el otro día –dijo–, porque encontré unos papeles de aquel sitio que estabas buscando..., ¿recuerdas?

–Sí –respondió Leo.

–¿Te interesa? –preguntó mientras le alargaba un sobre.

–Supongo que sí –dijo él al dejarlo entre las páginas de su libreta–. Gracias.

–Te dejo, veo que tienes mucho trabajo.

–Pues sí, ya ve.

–Muy interesante... este libro –dijo dando unos golpecitos a uno de los volúmenes que estaban sobre la mesa.

Cuando se alejó, Leo lo abrió por curiosidad y hojeó

sus páginas. Uno de sus capítulos se llamaba «Ancient blasons of Scotland», supuso que significaba «Antiguos escudos de armas de Escocia». Recorrió sus páginas mirando los más variopintos escudos de armas; uno representaba una espada roja sobre fondo azul, otro dos medias lunas y una estrella plateada de ocho puntas sobre fondo rojo. Sus ojos se clavaron en el último escudo de la página que había abierto, porque... ya estaba señalado a lápiz. Era un escudo en el que destacaban tres cálices de oro sobre campo azul, y según decía el libro pertenecía... ¡a los Schaw de Sauchie!

Miró a ambos lados. Nadie había notado su excitación.

–Hola, Leo –susurró alguien.

Alzó la vista del libro. Alguien que vestía unos tejanos acampanados y un grueso jersey a chillonas rayas verdes y amarillas se había plantado ante él.

–Hola, Rita –la saludó.

–Te estaba buscando.

Eran las seis y media de la tarde y todavía faltaba media hora para que Abram intentara colarse en la zona de investigadores.

–Mira lo que acabo de encontrar –susurró señalando el libro.

Regresaron a la zona infantil mientras le explicaba el significado del hallazgo. En un gran atlas vieron que Sauchie era un pequeño villorrio situado al sur de Escocia.

Después se acercaron a la mesa de Oxford, que no tenía mucho trabajo a esas horas de la tarde y aprovechaba para acabar de leer *Televisión, libros y evasión de la realidad*.

–Oxford.

–¿Sí? –dijo al levantar la cabeza del libro y quitarse las gafas–. ¿Cómo van las investigaciones?

Leo la miró sin saber qué responder. No supo si se lo estaba tomando en serio al ver lo que leía...

–Bien, ¿qué es lo que necesitáis?

–Que encontremos algo de las construcciones medievales de un pueblo escocés llamado Sauchie.

–Es el siguiente destino del protagonista del libro de Leo –le explicó Rita guiñándole un ojo.

–Hecho –les respondió situándose frente al teclado.

En ese momento Abram hizo su entrada en la zona infantil y Leo dio un codazo a Rita. Iba pulcramente vestido y peinado con gomina, la raya le partía el cabello en dos mitades. Fueron a buscarlo para que Oxford no se enterara del plan que habían trazado.

–Caray, Abram –susurró Rita sorprendida–. ¡Vaya cambio!

–¿Qué te parece? –dijo él ruborizándose–. He estado delante del espejo ¡casi una hora!

–¡Bah! –dijo Leo a su espalda–. Tampoco es para tanto.

–Leo, ¡por favor! –se quejó Rita.

–¿Qué pasa? ¿Qué he dicho?

Pero en ese momento un ataque de pánico paralizó a Abram que se sentó en una silla.

–No me atrevo –confesó.

–Has dicho que lo harías –le recriminó Leo.

–Seguro que saldrá bien –le animó Rita agarrándolo del brazo.

Abram salió a empujones de la zona infantil y se dirigió al mostrador para hablar con los conserjes. A través del cristal de la puerta vieron que se sacaba un carné de la cartera y hablaba con los dos empleados. Acto seguido estos se rieron con grandes carcajadas, Abram se dio la vuelta como le señalaban los dos encargados y regresó a la zona infantil.

–¿Qué ha pasado? –le preguntó Rita.

Abram les enseñó un carné, el mismo que había enseñado para que le dejaran entrar en la zona restringida. El carné infantil del *Club Súper 3*.

–Ha sido un fallo técnico –les explicó–, había preparado otro, pero con los nervios he sacado este en el momento crucial y claro...

–No te preocupes –dijo Leo dándole unas palmadas–. Ya encontraremos la manera de...

–¡Aquí están! –dijo un conserje al director Capdetrons, que le acompañaba entrando en la zona infantil.

–Así que estos son los chicos que intentan burlar las medidas de seguridad, ¿no? –el bigotito negro del hombre se movió en medio de su cara redonda y sus ojos los taladraron a través de las pequeñas gafas–. ¿No nos hemos visto antes? –preguntó Capdetrons.

–No creo, señor –se atrevió a decir Leo–. Casi nunca hemos estado aquí.

–Ya, ya... –dijo pensativo–. Aunque, si no recuerdo mal, la otra noche vosotros dos –señaló a Rita y a Leo– estabais con la señorita Ana en la sala, ¿verdad?

–Pues psé... Más o menos. Pero ahora ya nos íbamos.

¿Verdad chicos? –dijo Rita–. Queríamos consultar unas cosas, pero como no es posible...

«¿Pero qué dices Rita?», se estremeció Leo.

–¿Unas cosas? Qué interesante –dijo pensativo Capdetrons –. ¿Qué cosas? Quizás yo os pueda ser de utilidad.

–Queríamos ver qué información tienen sobre los Triceratops de la Era Secundaria –dijo Rita con aplomo–. Como en esa sala guardan documentos históricos...

–¿No buscábais algo sobre un mosaico?

Leo sintió que se le erizaba el cabello y los tres enmudecieron. Por suerte otro conserje les salvó.

–Tiene una llamada, señor director.

Capdetrons ordenó que los echaran de la biblioteca, con la amenaza de una expulsión definitiva si se volvía a repetir una actuación como aquella.

Mientras andaban por las Ramblas hacia plaza Catalunya rodeados de turistas y floristas Abram preguntó:

–¿Cómo sabe Capdetrons lo del mosaico?

–Porque la noche que lo encontramos Oxford se olvidó el ordenador encendido y puede sospechar algo –dijo Rita.

–¿Quién? ¿Capdetrons?

–Sí, Abram, y también el individuo que me espió en la sala de adultos.

–Y ahora ¿qué haremos?

–Mañana podemos ir al museo a ver si está el sepulcro, ¿os parece? Así de paso hacemos el trabajo que nos ha mandado Cuadrado en clase esta tarde –propuso Leo.

–¡Buena idea! –dijo entusiasmado Abram.

Leo llegó a casa preocupado. Le esperaba un fin de semana sin el libro. Saludó a sus padres y subió a su habitación hasta que lo avisaran para ir a cenar. Como no tenía nada que hacer, y tampoco quería jugar con el PC, cogió el libro que había sacado de la biblioteca sobre las conquistas de Alejandro y leyó unos capítulos.

* * *

A la mañana siguiente, a las diez en punto, se encontraron a las puertas del museo.

–¿Aquí trabajaba el protagonista de tu libro? –preguntó Abram admirando los altos techos del edificio.

Leo asintió con la cabeza. Compraron las entradas y empezaron por las salas de arte románico. Durante media hora recorrieron los pasillos llenos de pinturas románicas. Buscaban las salas de escultura gótica para ver si el sepulcro del caballero se encontraba en alguna de ellas.

–Rita –dijo Leo–, ¿recuerdas lo que hablamos ayer sobre el tesoro de Alejandro?

–Sí. Perfectamente.

–Pues anoche leí más.

–¿Era muy grande ese tesoro? –se interesó Abram.

–Bueno, depende de lo que entiendas por muy grande –respondió Leo–. Alejandro se apoderó del tesoro de Babilonia; envió a un general a Susa que le entregó esa ciudad. Su tesoro contenía entre otras cosas... ¡50.000 lingotes de plata!

–¡Caray! –exclamó Abram.

–En una rápida operación –siguió– capturó Persépolis. Se apoderó de su tesoro e incendió el palacio para vengarse de las expediciones contra Grecia del siglo anterior.

–¿Cómo lo sabes? –le preguntó Rita.

–Es lo que dice un tal Schmidt en su libro *Persépolis*, que saqué ayer de la zona de adultos. Cuando ese verano llegó a una ciudad llamada Ecbatana, ¿sabéis qué entregó a sus tropas? 12.000 lingotes.

–¡Caray! –repitió Abram.

–Después conquistó Pasargada, ciudad real de Ciro el Grande, y añadió otro tesoro a la fortuna de Persépolis. Parece que casi todo lo entregaba a sus tropas, que lo adoraban. Además, antes de su muerte, tenía previstas grandes obras, entre otras la construcción de un zigurat para honrar a su amigo Hefestión, muerto dos años antes.

–¿Un qué? –preguntó Abram.

–Un zigurat es como una pirámide escalonada –le explicó Rita.

–¿Quién era Hefestión, Leo? –volvió a preguntar Abram.

–El mejor amigo de Alejandro.

–¿Y has calculado de cuánto dinero se apoderó? –preguntó Rita.

–En 1939 se calculó que catorce millones de libras esterlinas.

–¿Cuá... cuánto sería eso ahora? –titubeó Abram.

–Pues, bastantes millones... de euros.

–¡Fiiiuuuuuuu! Va... vaya, no está nada mal –soltó Abram tragando saliva.

–Y además estoy convencido de que todo lo guardó en las cámaras secretas de Pasargada, el palacio de los reyes persas –explicó Leo mientras seguían andando por los pasillos del museo, llenos de retablos medievales.

–¡Eh! –les avisó Abram–, aquí están las salas del gótico.

Entraron precipitadamente y no les costó mucho encontrar el sepulcro. En la tapadera, vieron al caballero vestido con cota de malla, que le protegía también parte del rostro. Tenía la cabeza cubierta por un casquete y las manos entrelazadas a la altura del pecho; los pies descansaban sobre un pequeño león. Parte del cuerpo estaba protegida por un gran escudo de piedra repleto de pequeñas cruces.

–E... Es... ¡Tal y como tú lo habías descrito! –exclamó Rita.

Leo la miró sonriente.

–Ahora sólo nos falta saber si lo de los papiros era cierto. Hemos de saber quién tiene los papiros, ¡a lo mejor los tiene Capdetrons!

–Figúrate si además se enterara de lo que pone en *El libro azul*...

–Sí –concluyó Rita–. Hemos de entrar en la zona de investigadores como sea.

–Pero recuerda que Abram ya lo intentó ayer –dijo Leo.

–Sí, debería ser alguien de prestigio –apuntó Rita esperando no ofender a Abram.

–Buena idea, ¿pero quién? –preguntó Leo.

–¿Y si llamamos por teléfono y nos hacemos pasar por algún historiador? –dijo Rita.

Los ojos de los dos chicos centellearon. Rita había dado en el clavo.

Sophie Rimbaud en la Biblioteca de Catalunya

—Riiing...riiiing.

El teléfono de la recepción de la Biblioteca sonaba sin cesar hasta que alguien descolgó.

—Recuerda que con acento francés —cuchicheó Leo al oído de Rita—, la erre suena como la ge y que los franceses dicen mucho !Oh, là, là!

—Biblioteca de Catalunya, diga... —respondió una voz al otro lado de la línea.

—Soy Sophie Rimbaud —dijo Rita muy seria, hablando como una venerable ancianita—. Quisiera hablar con el director.

Al otro lado se hizo un silencio sepulcral. Rita oyó unos pasos que se alejaban por el encerado pasillo de la biblioteca.

—¡Señor director, señor director!

El conserje irrumpió de golpe en el despacho de Salustio Capdetrons.

—¿Qué ocurre? —preguntó éste al intruso.

–Sophie Rimbaud ¡arf!... Sophie Rimbaud –balbució el bedel de la entrada.

–¿Qué pasa con Sophie Rimbaud?

–Que está al teléfono –respondió azorado.

–¿Ahora? –gritó confuso el director–. ¡Pero si esta señora tiene más de noventa años y vive en París!

–Pues le digo que está al aparato... ahora.

Cuando el director lo oyó se puso la americana y salió como una exhalación hacia el vestíbulo.

–Por favog –decía la viejecita con voz temblorosa–, si tuviega la amabilidad...

–¡Oh! Señora Rimbaud... –dijo dulcemente Capdetrons.

–Es un honor para nuestra modesta... ejem... biblioteca hablar con usted. Permítame presentarme... ejem... soy Salustio Capdetrons, director de esta institución.

–¡Oh! ¡Ah! –exclamó Rita–. El señog diguectog, un auténtico placeg...

–Y ¿a qué se debe su llamada, madame Rimbaud? –prosiguió Capdetrons.

–*Mademoiselle*, director, llámeme *mademoiselle* que aún estoy soltega... ¡Ah! Ya pegdonarán que no les haya avisado con antelación, pego... Estoy estudiando a un caballero cruzado que pagticipó en las cruzadas de 1204. No sé si lo conocegán, se trata de Gilaberto de Cguïlles.

–¡Cof! ¡Cof! –al director le dio un ataque.

Se produjo otro incómodo momento de silencio que Rita aprovechó para volver al tema que le ocupaba:

–¿Hay algún pgoblema en consultag sus fondos bibliográficos por teléfono?

–¿Los qué? –dijo el director que empezó a sospechar algo.

–Los documentos del archivo, quiego decir... –se corrigió ella mordiéndose el labio.

–No, señora, no hay problema alguno. Pero comprenderá que su llamada ha sido tan... tan de improviso que queremos asegurarnos que es realmente usted.

–¡Señog, digectog, pog favor! –dijo Rita escandalizada– ¡Qué ocurrencias! ¡Pues clago que soy yo!

Y empezó a recitar el currículum que se había aprendido de memoria:

–Soy Sophie Rimbaud, histogiadoga de la Borgoña, Pgofesoga de la Academia de Histogia Francesa, Conservadoga de los Museos y Archivos Nacionales, Medalla al méguito y medalla de la Legión de Honor, ¿quieguen más?...

El director enrojeció hasta las orejas.

–Perdone que haya dudado –se excusó el director incómodo–. Pero estos días hay muchos falsos investigadores. Precisamente le decía hace un rato al... ejem... a un colega que si no enseñan sus credenciales... Comprenderá que no lo decimos por usted... ejem... *Mademoiselle*. Pero es norma enseñar el carné y no sé yo si una llamada por teléfono...

–¡*Mon Dieu*! Pog supuesto, ¡eso es lo más elemental! Pero la artrosis ¿sabe? Me impide desplazamientos largos y seguro que un caballero de su talento, me permitirá realizar esta pequeña consulta por vía telefónica, ¿verdad?

–Por favor... –respondió conciliador Salustio Capdetrons abriendo los brazos en señal de rendición–. Permítame que ponga el teléfono en altavoz que aquí a mi lado tengo a un admirador suyo, el profesor Cuadrado del Instituto Balmes.

Rita tragó saliva, tapó el auricular y se volvió hacia Leo y Abram.

–¡Está con Cuadrado! –exclamó.

–¿Qué? ¿Cómo? –dijeron ellos a dúo.

–Señora Rimbaud –dijo una voz familiar en el aparato–. Soy Hortensio Cuadrado, es un placer para mí...

–¡Oh! Encantada profesog...y...¿Usted conocerá al dicho caballego de Cguïlles, pgofesog Cuadgado? ¿El objeto de mis investigaciones, verdad?

–¿El... quién? –enrojeció el profesor que se veía metido en un brete.

–El famosísimo caballero Cguïlles..., ¿no le suena?

–Puesss... Yo, la verdad no...–empezó a excusarse.

–¿Cómo? –dijo escandalizada la historiadora– ¿No lo conoce? Pego ¿qué...? ¿Y usted enseña histogia? ¿Y no sabe quién...? Pegdone pero ¿dónde ha dicho que da clases?

–En... En el Instituto Jaume Balmes –reconoció avergonzado.

–¡Oh!, a niños..., ¡qué bien! Seguro que son todos muy obedientes y son todos requetebuenos, ¿vegdad? A mí me encantan los niños.

–Bien, ¡ejem! La verdad es que no todos, hay especialmente uno al que... tengo que suspender cada evaluación desde hace años.

–¡Pgofesog Cuadgado! –explotó la apacible ancianita al otro lado de la línea telefónica mientras Leo y Abram se partían de risa–. Si no tiene ni idea de quién ega Cguïlles cómo puede exigig a unos pobgues niños, ¡cómo se atgueve a suspenderles! –chilló–. Tiene que ser bueno y compguensivo con sus pobgues alumnos, ¿verdad que lo segá? –dijo *mademoiselle* Rimbaud dulcificando la voz.

–Pero, señora, hay uno que...

–¡Aguepiéntase! –le increpó mientras la voz hacía temblar el aparato de teléfono encima del mostrador de la Biblioteca–. Segugo que se tgata de un alumno excelente, pobgecito mío... y ahoga si me permiten... Necesitaría que me buscaran las entradas de documentos de ese caballero del siglo XIII.

–¡Ah, oh!, sí –dijeron ellos–. Al instante...

Los dos hombres tragaron saliva y salieron disparados al despacho para consultar la base de datos del ordenador. Pasados unos minutos durante los que se oyó cómo alguien tecleaba frenéticamente las teclas de un ordenador, Capdetrons dijo:

–¿*Madame* Rimbaud?

–Sigo aquí, esperando... –carraspeó Rita.

–Dispense la espera. Aquí lo tenemos, anote por favor –dijo Capdetrons con un hilo de voz mientras leía de la pantalla del PC–:

«**Documento**: Codicilio compuesto por 20 hojas de papiro egipcio de los siglos XII o XIII escritos con letra minúscula francesa.

Fecha de ingreso: 8 de noviembre de 1951.

Registro n.º 34.767–BA.

Estado: Desaparecido».

–¿Cómo que desaparecido? ¿Cómo puede desaparecer un documento tan importante?

Capdetrons tragó saliva una vez más.

«¡Ajá!», se dijo Leo, «me lo temía. Alguien lo ha hecho desaparecer para no dejar pistas».

–Me parece inaudito que eso haya podido ocurrir en su Biblioteca director...

–¡Glups! –hizo éste–. Verá, hace años estos documentos no estaban tan bien custodiados como en la actualidad.

–Ya veo... –dijo Rita–. En ese caso daré mi investigación por concluida.

–¿Ya... ya está? –preguntó Capdetrons– ¿No necesita nada más?

–No. Muy integuesante, caballegos –respondió– Creo que con esto ya daré mi investigación por finalizada. De verdad han sido muy amables.

Capdetrons no daba crédito a lo que oía.

–¿Con esto ya tiene suficiente?

–¡Oh!, claro caballego, ya sabe usted que la investigación históguica tiene estas peculiaguidades.

–*Enchanté, mademoiselle* Rimbaud –se despidió su profesor de historia.

Rita colgó el teléfono y se volvió hacia ellos.

Leo se frotaba las sienes.

–Si esto es así –dijo–, Capdellamps y Friedendorf conocían al dedillo todo el contenido de los papiros.

Schaw de Sauchie

Al fin llegó el ansiado lunes por la mañana. A la hora del recreo Leo llamó a la puerta de la sala de profesores. Se había pasado el fin de semana sin poder leer el libro.

–¡Adelante! –dijo una voz.

Leo abrió la puerta y se encontró con el profesor Cuadrado, sentado frente a su mesa, corrigiendo exámenes.

–Disculpe, ¿está Mrs. Hooper? –le preguntó.

Cuadrado miró debajo de la mesa y entre sus folios.

–Salta a la vista que no.

«Vaya», pensó Leo, «qué desagradable».

–¿Qué quieres de ella?

–¡Oh!, nada..., sólo quería devolverle un libro... de Sophie Rimbaud.

Cuadrado pegó un salto y las gafas se le cayeron al suelo, para cuando se volvió Leo ya había salido al pasillo a esperar. Al cabo de cinco minutos la profesora Hooper le vio frente al despacho.

–Toma, y que no vuelva a suceder, jovencito –dijo al devolverle el libro.

–Descuide, Mrs. Hooper.

No pudo resistir la tentación de abrirlo para ver qué le había ocurrido a Folch al saltar del acantilado al mar. De eso hacía ya más de dos días ¡que se le habían hecho eternos! Se sentó en uno de los bancos del vestíbulo y empezó a leer.

En la comisaría de la Vía Layetana Hortensio Vermut llamó a la puerta de un despacho.

–¡Adelante! –tronó una voz desde su interior.

Vermut abrió la puerta y esperó firme. El inspector atendía una llamada telefónica:

–Sí señor comisario,... sí, claro... claro, señor comisario. Lo entiendo, señor comisario... las vacaciones... sí. ¡Ah! ¿Se marcha hoy? No... no. Sí... ya sé que estamos a doce de noviembre...

Tapó el auricular del teléfono y se dirigió a Vermut:

–¡Qué cara más dura tiene el tío!

–Sí... de acuerdo entonces –siguió diciendo al auricular–. Hasta mediados de mes... En el balneario de... ¡Ah! Sí... sí, lo comprendo, lo comprendo perfectamente, señor comisario. Adiós... adiós, buenos días –terminó y colgó el aparato.

–¿Da su permiso y permite la entrada el inspector? –preguntó Vermut desde la puerta.

–Pasa, Hortensio, pasa –dijo Nicolau Mastegot con cara de malas pulgas.

–¿Se va de vacaciones el inspector?

–¿Quién? ¿Yo? Qué más quisieras, Hortensio. No, el inspector no se va de vacaciones, se queda aquí. El que se va de vacaciones es el pobre señor comisario jefe a un balneario, a reposar.

–¡Ah!, ya... entonces resulta que se va de vacaciones el señor comisario jefe, ¿la acierto, señor inspector?

–Justo en el clavo, Vermut, justo en el clavo, ¡qué perspicacia! Bueno y..., ¿qué querías?

–¿Yo?... pues nada, ¿qué voy a querer yo?

–¿Cómo que nada? Acabas de llamar a la puerta, ¿recuerdas?

–¿Yo? ¿A su puerta? Inspector, creo que usted se equivoca porque... yo no he llamado a su puerta de usted.

–Hortensiooo... –le amenazó Mastegot.

–¡Ah, sí! –dijo golpeándose la frente–. Sí, ahora lo que venía a hacer recuerdo, para que en un instante lo supiera.

–Ya empezamos –se lamentó el inspector.

–Que se ve que por el inspector han preguntado, hace un rato en la comisaría, de la parte de debajo, en la recepción.

–¿Quién ha preguntado por mí en recepción, Hortensio? –dijo pausadamente el inspector esforzándose por sonreír.

–Que se ve que han dicho –siguió– que podría ser casi que urgente y que bajara.

–¿Quién era, Hortensio? –preguntó por segunda vez Mastegot.

–Mecachis..., ¡pues a ver!, a ver que no me acuerdo y es que no me presione, que es que si me pongo nervioso un lío me armo y...

Mastegot miraba por encima del escritorio a ver qué podía tirarle a la cabeza y ayudarle a hacer memoria, cuando Hortensio Vermut gritó:

–¡Folch!, casi seguro de que se llamaba así aquel señor que...

–¿Quién? –aulló fuera de sí el inspector–. ¿Que Folch estaba abajo y no me lo dices hasta ahora?

Mastegot agarró su americana y salió corriendo a la Vía Layetana llena de coches negros y de tranvías. Logró atrapar a su amigo cerca de plaza Urquinaona y se metieron en un café. Folch le relató lo que había ocurrido en Monte Athos hasta su huida por los pasadizos del monasterio.

–... y entonces me solté de la escalera de cuerdas y caí al mar. Por suerte las balas no me rozaron. El ruido alertó al pescador Zakynthos, que se apresuró a recogerme y llevarme a Salónica.

–Caramba, chico... –murmuró admirado Mastegot.

Leo respiró tranquilo. Cerró el libro y lo guardó en su cartera. No quiso correr el riesgo de que se lo confiscaran de nuevo, y entró en clase con unos minutos de retraso. Por la tarde llegaron los tres juntos a la biblioteca. De camino, Leo les había contado las últimas noticias de Folch.

–Está de vuelta en Barcelona y debe ir a Escocia.

–¿A Sauchie? –le preguntó Rita recordando el escudo que habían encontrado en el libro de heráldica.

Leo asintió.

–Sí. Pero él todavía no sabe a quién pertenece el escudo, le hemos adelantado.

Al llegar, y tras enseñar su carné a los conserjes, saludaron a Oxford y se sentaron a la mesa. Leo se apresuró a seguir leyendo el relato, mientras Rita y Abram empezaban con sus deberes.

Folch sacó algo del bolsillo de su chaqueta y tendió a Mastegot el papiro con parte del plano.

–O sea que era cierto –dijo éste admirado–: Hay un plano... ¿y estos signos significan algo?

–Están escritos en griego –le explicó Folch– y dicen «para llegar a la fortaleza».

–Y ¿eso qué significa?

–De momento nada. Hay que encontrar los otros fragmentos para completar la frase.

–Entonces ¿cuál será el paso siguiente?

–Tengo que saber a quién pertenece el escudo de la moneda. ¿Estáis siguiendo a Friedendorff?

–Sí, pero de momento no ha dado ningún paso en falso.

Folch pasó el resto de la tarde en la Biblioteca General para averiguar a quién pudo pertenecer el escudo de los tres cálices. Tras dos horas de consultas cogió el último libro que tenía encima de la mesa, titulado *Early Blazon*, de un tal G. J. Brault, y en él encontró el escudo que estaba buscando. La moneda reproducía el escudo escocés de los Schaw de Sauchie y lo señaló con el lápiz.

Leo se volvió a Rita y le enseñó el fragmento que acababa de leer.

–¡Oh! –exclamó ella.

Leo sonrió satisfecho.

–¿Lo ves? La flechita en el libro de los escuditos la hizo él –dijo señalando el texto.

Rita dejó los deberes a un lado y siguió leyendo junto a Leo.

Después de poner al corriente al profesor Romaní, éste y el inspector Mastegot decidieron acompañarlo a la estación para subir al expreso con destino a Bilbao, donde tomaría el barco hacia Inglaterra. Corría prisa llegar a Escocia sin que lo siguieran.

Salieron hacia la estación en un coche de comisaría. Al volante iba Hortensio Vermut.

–¡Acelera, Hortensio! Que parece que no tengas prisa, y no llegaremos, ¡puñeta! –gritó el inspector sentado junto a Folch en el asiento trasero.

–Ya se va haciendo lo que se va pudiendo –dijo Hortensio, que sorteaba el tráfico como podía en esa lluviosa tarde de noviembre.

–Así vamos bien –dijo Mastegot cuando su subalterno pisó el acelerador con más ganas.

–Oiga, señor inspector, ¿y si la sirena ponemos encendida? Así con el nino-nino-nino antes lleguemos, ¿le hace?

–No, Hortensio, no me hace. Nada de llamar la atención, ¿entendido? –le ordenó.

–Bueno si parecerse quieren a los de la secreta con tanto secreteo y tanta gabardina, pues ¡a mí, plim!; que quiero decirle que llegar más tarde no me importa, si no es cuestión de la parda armar, digo yo.

Llegaron a la estación pocos minutos antes de que partiera el tren. Vermut pisó de golpe el freno frente a la puerta. Estaba prohibido estacionar delante de la entrada y el coche patrulla no llevaba ningún distintivo.

–Buenas tardes –los saludó el guardia tocándose la chorreante gorra con la punta de los dedos–. Están cometiendo una infracción del código de la circulación.

–A las buenas tardes –dijo Hortensio luciendo su mejor sonrisa. Confiaba que el agente se diera cuenta enseguida de que estaba hablando con un colega–. ¿Desea alguna cosa, usted?

–Pues sí. Aquí no se puede aparcar –dijo el guardia molesto–. Porque está prohibido.

–¿Aquí mismo? ¿Prohibido está? –le dijo Vermut que tenía órdenes tajantes de no llamar la atención.

Mastegot quería bajar del automóvil, pero Folch le sujetó por la manga.

–Es que estamos de misión importante, que aquí el caballero de atrás mío al tren ha de subirse...–le espetó Hortensio.

Nicolau Mastegot empezó a frotarse la cara con las dos manos.

–¡Me importa un pimiento su tren! Y usted se baja del coche y me enseña la documentación.

–¿Que quiere usted mis carnés? ¡Pues sí que los verá, mis carnés! –gritó Vermut bajando del coche– Porque ahora mismo me bajo del auto, ¡que a ver que si no podremos aparcar un segundito para la operación!

192   –¡Qué operación ni qué tonterías! –gritó el guardia–. ¿Se está usted riendo de mí?

–¿De usted mismo? –le soltó Vermut– ¡Ni que jamás me se ocurriese!

El guardia sacó la porra del cinto para atizar a Hortensio, cuando Mastegot se apeó del coche con la placa de inspector en la mano.

Pasados unos minutos Folch recorrió el vagón y se aseguró un departamento solitario. Cerró el pestillo y echó la cortina; no quería sorpresas. El viaje transcurrió sin novedades. En Bilbao embarcó hacia Portsmouth, donde tomó un tren hasta la Estación de Waterloo, en Londres, y fue en taxi hasta la de King Cross, punto de partida de los trenes hacia el norte de la isla. Por los andenes circulaban muchos viajeros provistos de paraguas y carteras. Folch procuró pasar desapercibido entre la gente. Si había alguien intentando localizarlo, no pensaba ponérselo fácil. A las ocho de la mañana se encontraba en el andén número nueve, para subir al Northern 421 con destino a Escocia.

Hasta Edimburgo, donde se apearía, le esperaban más de doscientas ochenta millas. A la hora prevista sonó el silbato y el convoy se puso en marcha. Atravesó buena parte de la isla recorriendo la verde campiña a través de Doncaster, York y Newcastle. Llegó a Edimburgo a la hora prevista. El coche que tomó en la estación le dejó en el cruce de carreteras de Bathgate y Livingston.

Unos veinte minutos más tarde entró en la pequeña aldea rústica y bien cuidada de Sauchie. Las casitas encaladas tenían los techos marrones y en sus macetas lucían todavía algunas flores. Sobre una loma, alejado del núcleo de la villa, se veía un pequeño castillo de piedra gris del que sobresalía un sombrío campanario.

Decidió dar una vuelta por el pueblo. Confiaba encontrar alguna referencia al escudo, pero lo más antiguo que supo ver se remontaba como mucho a la era victoriana del siglo anterior. Comió en el *pub* local *Beer&Bier*, donde le sirvieron unos huevos con *bacon* y una pinta de cerveza negra por media libra. El propietario le indicó que la construcción más antigua era el caserón fortificado.

–Tenemos que hacer los deberes –dijo Rita, que seguía a su lado leyendo el libro.

Leo cerró el libro y cogió una libreta de la que sobresalía algo. Era el sobre que le había dado el anciano unos días antes y lo volvió a guardar sin mirar su contenido.

–Folch está sano y salvo en Escocia, la siguiente pista es Sauchie –anunció a Abram que realizaba los deberes de castellano.

Su amigo asintió en silencio y siguió trabajando como el resto de chicos que llenaban la zona infantil. Leo pensó que debería pedírselos para presentar algo al día siguiente...

Pronto dieron las ocho y media de la tarde. Sonó el timbre y recogieron los libros para marchar a casa. Rita parecía preocupada.

–¿No los has terminado? –le preguntó Leo.

Ella negó con la cabeza.

–Puedo acabarlos esta noche –respondió.

Pasaron por delante de la mesa de Oxford con la intención de despedirse de ella.

–Oye, Leo –le dijo la bibliotecaria–, todavía no he tenido tiempo de encontrar nada sobre ese pueblo de Sauchie, ya te lo mandaré por *e-mail* si hay suerte.

–¡Oh!, gracias –respondió él–. Hasta mañana.

Se abrigaron, salieron de la biblioteca y anduvieron juntos hasta el Paseo de Gracia, donde se separaron.

Al llegar a su habitación después de cenar le faltó tiempo para echarse encima de la cama y abrir el libro por el punto que lo marcaba.

Al castillo se llegaba por un pequeño camino que serpenteaba entre verdes prados. Tomó dicho sendero y, en unos minutos, llegó a la puerta de la pequeña construcción, una tosca fortaleza de reducidas dimensiones. Varias de sus ventanas estaban rotas. En el segundo piso de la oscura torre, un reloj marcaba las tres y media. Atravesó las arcadas románicas de la entrada y penetró en el recinto empujando la puerta de madera.

La habitación principal del castillo estaba desierta y débilmente iluminada. Se adivinaban unos cortinajes cerca de una ventana y en una de las paredes una chimenea de piedra, que por toda decoración tenía unas columnas rematadas por unos capiteles con formas monstruosas. Se dirigió directamente a la vieja puerta de madera que quedaba en el otro extremo y subió por la escalera hasta el segundo piso del torreón. Abrió varias puertas. Las estancias estaban vacías y heladas. Dobló por el recodo del pasillo y tiró del pomo de otra puerta, que se quedó en su mano.

–A ver aquí... –dijo al abrir otra puerta–. Un viejo desván.

La luz entraba por un gran ventanal desde el otro extremo del cuarto. Al fondo, debajo de la ventana, había un viejo arcón desvencijado. En un rincón sobresalían unas patas largas y afiladas. Folch se quedó inmóvil. Se trataba de las varillas de un paraguas viejo. Tras examinar el espacio vio que todo lo que contenía aquella sala eran antiguallas inservibles. Delante de él se amontonaban andamios, viejos cuadros cubiertos de polvo, maderas carcomidas, facistoles para libros, soportes para velas, sillas...

–¿Qué es eso?

En la ventana destacaban los apagados colores de la sucia vidriera, en la que un personaje vestido con jubón y sobrepelliz sostenía entre sus manos algo parecido a un escudo. Se acercó y lo limpió con la manga. ¡El escudo correspondía al de las tres copas sobre fondo azul! La figura del caballero portando el escudo de los Schaw...

–¡Es la señal!

Revolvió entre los objetos del desván sin saber exactamente qué debía buscar. Abrió el arcón y empezó a remover su contenido: estaba lleno de libros polvorientos, velas, platos de porcelana rotos, un paquete envuelto en una tela de saco y un tablero de parchís. Desenvolvió el paquete, que resultó ser un viejo cáliz de latón.

–¿Qué hay aquí?

En su base se adivinaban tres medallones. Los limpió y se encontró con que las pequeñas medallas reproducían el mismo escudo que había visto en la ventana.

–Bien, bien...

La emoción le embargaba completamente cuando probó a moverlos. Uno de ellos giró sobre sí mismo y dejó al descubierto una pequeña abertura. De ella sobresalía un papel. Las manos le temblaban cuando lo desplegó y vio los trazos que complementaban parte del laberinto. Alrededor la frase decía: «Oculta de Pasargada».

Se quedó extasiado y colocó los dos fragmentos juntos en el suelo. Coincidían en uno de sus lados. «De acuerdo», se dijo, «aquí está el trozo de papiro, pero... ¿y la señal para encontrar el siguiente fragmento?». Siguió revolviendo entre los libros y los objetos polvorientos del desván.

Dos horas más tarde había puesto toda la habitación patas arriba sin ningún resultado. Sólo se había llenado de polvo. A través de la ventana se dio cuenta de que empezaba a oscurecer. Bajó a la pequeña iglesia y buscó en las capillas laterales. En el suelo de una de ellas había varias lápidas, pero estaban muy sucias y no se podían leer las inscripciones.

Subió al desván a por una escoba y empezó a barrerlas. En la primera lápida se podía leer:

HIC IACET LAURENTIUS SCOTT. OBITUS 1344

–«Aquí descansa Lorenzo Scott. Muerto en 1344» –tradujo en voz alta.

Siguió limpiando las demás. Todas tenían grabadas inscripciones similares con el nombre del difunto y la fecha de su muerte. En una de ellas vio de nuevo el gastado escudo de los Schaw de Sauchie. Acabó de limpiarla y en uno de sus extremos aparecieron dos gruesas argollas de hierro, las agarró y tiró de ellas con fuerza. La lápida cedió. La tumba no era tal, sino una cavidad a la que se podía descender por unos escalones.

–Vaya, una galería subterránea.

Abrió su macuto, cogió la lámpara de petróleo, encendió la mecha y descendió por la irregular escalera. Un escalofrío le recorrió el cuerpo, porque el lugar era tremendamente húmedo. Siguió bajando escalón a escalón, hasta que resbaló y los terminó de bajar dolorosamente sentado. Se encontró en el interior de una cripta circular; enfrente había una mesa desvencijada y sobre ella un libro abierto y una vela, recubiertos por una gruesa capa de polvo y telarañas. Frente a la mesa cuatro tablones, pegados a la pared de la reducida estancia, constituían lo que había sido una estantería. Estaba repleta de libros viejísimos y rollos de pergamino. Se acercó a la mesa, limpió de polvo el libro sacudiéndolo encima de la mesa y sentó sus maltrechas posaderas en el maltrecho sillón para leer las primeras palabras de las páginas abiertas:

Subirat auras, quae laris uasti ambitu
Latere ex utroque piscium semper ferax

–!Buf!, en latín –se lamentó Leo, que no entendió ni jota.

Se puso el pijama, no fuera a pescarle su madre y le requisara el libro.

Folch miró la portada del manuscrito para ver de qué libro se trataba. Notó que un extraño olor se desprendía de él.

–Mmmm..., una copia medieval de la *Ora Maritima*, del romano Avieno, ¡copiada por Hug de Mataplana! –se admiró al ver el encabezamiento del manuscrito.

Un ligero sopor hizo que se inclinara hacia las páginas abiertas.

Leo recordó que Mataplana era el amigo de Cruïlles, que había encontrado la armadura en Constantinopla. La pista que seguía era buena.

¿Iba a encontrar en ese agujero la pista que buscaba? «Parece que al menos en esto hay un poco de suerte...», bostezó y siguió leyendo los versos del manuscrito:

> *Stagnum imprimebat. Inde Tarraco oppidum*
> *et Barcilonum amoena sedes ditium*
> *nam pandit illic tuta portus brachia,*
> *vuetque semper dulcibus tellus aquis*

Volvió a bostezar y le llamó la atención que, garabateadas junto a estas palabras, había otras que no debían pertenecer al poema:

> *in qua sede argenteam coratia est*

–¡Sí! –exclamó rebosante de alegría, aunque la cabeza empezaba a dolerle y los ojos a cerrársele.

Leo se quedó inmóvil en la cama y miró el reloj, que

199

marcaba más de las once de la noche. ¿Qué podía haber descifrado Folch para alegrarse tanto?

Cuando se dio cuenta, estaba prácticamente echado encima del libro, sin fuerzas para levantarse.

–¿Qué me está pasando? –dijo bostezando ampliamente a la vez que cerraba los ojos.

Al cabo de unos segundos respiraba plácidamente, porque las hojas del libro estaban impregnadas con adormidera, una planta venenosa. Nadie que la oliera podía ya despertarse.

Leo alzó la vista del libro. Folch estaba en peligro, eso era indudable y si nadie entraba en la tumba para separar la cabeza de Folch del libro podía estar durmiendo indefinidamente. «¡Alguien debe hacerlo!», pensó. «Quizás yo...». Un asunto que presentaba una dificultad insuperable, porque él no podía ser, él debía leer el libro. ¿Qué ocurriría si no lo leía? «Ahí radica la magia de los libros: la acción transcurre sólo si es leída. Y yo soy el lector y debo seguir leyendo. Si yo no puedo...», pensó, «¿quién? ¿Rita? o ¿Abram?». Quizás no era el más adecuado para entrar en un tenebroso castillo y entrar en una sepultura. Entonces..., ¿quién?

«¡Oxford! ¡Ella sí puede ayudar a Folch! Pero ¿cómo? ¿Cómo hacerlo?». Se quedó un buen rato pensando en la tarde en que estuvo en la biblioteca, cuando oyó a Friedendorff y al otro individuo. ¿Había hecho algo para transportarse a la ficción o lo hizo el propio libro?

«Piensa, Leo, piensa», se dijo. «Si de verdad estuve en la biblioteca y oí esas voces significa que de alguna manera me metí en lo que leía, ¿puedo meterme otra vez en la ficción?». Parecía posible, aunque absurdo a la vez. Si volviera a ocurrir... Cogió otra vez *El libro azul* y lo abrió por donde lo había dejado.

Folch se revolvió en sueños, como si hiciese un esfuerzo para separar la cabeza de las páginas. Todo fue en vano y siguió durmiendo profundamente.

No quiso seguir leyendo más y cerró la luz. Dio varias vueltas en la cama, sin lograr conciliar el sueño. La imagen de Folch en esa tumba subterránea le venía con insistencia a la cabeza. Optó por levantarse para ver si podía averiguar, al menos, qué significaban los versos encontrados en el manuscrito. Encendió el ordenador y se conectó a Internet para localizar un traductor de latín. Al cabo de unos segundos la pantalla le comunicó con varias páginas web. Escogió una de ellas y tecleó en el recuadro correspondiente los versos en latín, luego pinchó en el icono para que los tradujera. Esperó unos segundos y la pantalla parpadeó con la traducción del texto:

«Después la ciudad de Tarraco
y la sede amena de Barcilona
porque un puerto abre allí
sus brazos seguros y la tierra
está siempre mojada de dulces aguas».

«Bueno, esto es lo que significa». Supuso que el texto se refería a Tarragona y Barcelona, tal y como eran conocidas en la antigüedad. A continuación tecleó el texto añadido al margen y el programa tradujo:

«En cuya sede está la plateada coraza».

–¡Caramba! –dijo Leo admirado.

Según el versículo, Mataplana escondió la coraza en algún lugar de la Catedral de Barcelona. Fue él quien se la llevó de la iglesia de la Chora... Sólo había que salvar a Folch y ayudarle a encontrarla. Sólo... Como si fuera tan sencillo. Volvió a la cama para pensar cómo rescatarlo y así se durmió.

* * *

A la mañana siguiente no pudo resistirse y leyó otro fragmento del libro, para ver si algo había cambiado durante la noche. Aunque por dentro tuvo la impresión que nada iba a suceder si él no hacía algo pronto.

Folch pasó toda la noche temblando, el petróleo de la lámpara se había consumido por completo pasadas unas horas y el frío era muy intenso. La humedad impregnaba sus ropas por completo, llevaba horas durmiendo tiritando.

Comprobó angustiado que todo seguía igual y cerró el volumen. ¡Cómo estaba cambiándole la lectura de ese libro!, pensó mientras bajaba por las escaleras. Se acercó a la mesa del comedor para desayunar, pero no probó bocado. Sentía un nudo en el estómago.

–¿Te ocurre algo, Leo? –le preguntó su padre que hojeaba el periódico.

–¿Mmmm? ¿A mí?, no... nada. Voy a llamar por teléfono.

Descolgó el aparato y trató de llamar a Rita, pero en su casa no respondió nadie y probó suerte con Abram. Al cabo de unos segundos su amigo habló desde el otro extremo de la línea:

–Hola, ¿Leo? ¿Ocurre algo?

–Abram, tenemos un problema.

–¿Sí? Me lo temía.

–Folch ha desaparecido en Escocia y no sé cómo...

–Leo –le interrumpió Abram– explícate mejor.

–Folch está encerrado en una tumba en Sauchie. Es una trampa –susurró para que no lo oyera su hermana, que rondaba por allí cerca–. Está durmiendo y no se despierta.

–Lo sabía –respondió Abram.

–¿Cómo que lo sabías? –le preguntó atónito– ¿Qué es lo que sabías?

–Te lo quise decir, ¿recuerdas?

–¿Que me lo quisiste decir? ¿El qué? ¿Cuándo?

–¿Recuerdas el día que leímos el tomo de *La Vanguardia*? Pues había otra noticia. Pero no quisisteis escucharme... Decía que el conservador Folch había desaparecido en Escocia.

–Va... vaya –logró decir.

–Mira, Leo... ¿Leo?

Pero éste ya había colgado el aparato. Algo había que hacer y pronto. Probó a leer otro fragmento, a ver si Folch lograba despertarse. Cogió *El libro azul* y se sentó en un sillón.

Los tres días siguientes todo continuó igual.

«¿Tres días?... ¡Ya han pasado tres días!».

Folch seguía a oscuras durmiendo en esa cárcel preparada para ser una tumba perfecta. Iba a terminar allí sus días. Lo último que se sabría de él sería lo que dirían los periódicos, que había desaparecido en Escocia.

–¡Glups! –hizo Leo.

«Si sigo leyendo corro el peligro de encontrarme con que pasen los días y Folch muera de hambre o de sed...».

–¡Hay que hacer algo! –dijo cerrando el libro de golpe.

–¿Qué dices Leo? –le preguntó su hermana que bajaba por la escalera.

–Nada, que me voy a clase. ¡Adiós!

Se levantó, recogió la cartera del suelo y se marchó disparado al instituto. Por la calle intentó recordar lo que había ocurrido esa tarde en la biblioteca, cuando fue a hablar con Oxford y se encontró con otra bibliotecaria. ¿Cómo había ocurrido? ¿Qué había sentido? Lo único que recordaba era que... ¡Sí! ¡Se había quedado solo en la biblioteca! De eso estaba seguro, no había nadie más cuando creyó quedarse dormido. Recordó que había sentido muchísimas ganas de meterse de lleno en el libro.

¿Sería eso? ¿Podía estar ahí la clave? ¿Desearlo con todas sus fuerzas?

Pasó la mañana en el instituto pensando en lo que iba a hacer esa noche; había decidido quedarse en la biblioteca y enviar a Oxford a Escocia. Pero, por supuesto, no podía decir nada a Rita ni a Abram; si no, llamarían a una ambulancia.

–¿Estás bien? –le preguntó Rita a la hora del descanso.

–Sí, gracias, bien –repitió él mecánicamente.

–¿No lees el libro hoy?

–¿Mmm? No, no..., lo dejo para después.

Permaneció toda la tarde en la sala infantil con Rita y Abram realizando ejercicios sin tocar una sola vez *El libro azul.*

–¿No lees el libro, Leo? –le preguntó Abram.

–No puedo, tengo que acabar los deberes.

–¿Te encuentras bien? –dijo Rita extrañada.

Leo siguió copiando los ejercicios de matemáticas que había realizado el profesor Singlot en la pizarra. Cuando dieron las ocho, sus amigos se levantaron para marcharse.

–Hasta mañana –se despidió Abram.

–¿Te vas a quedar mucho rato? –le preguntó Rita.

–No, un poquito más y me iré a casa.

–Hasta mañana.

Se entretuvo leyendo algunos cómics hasta las ocho y veinte, entonces recogió sus cosas y se despidió de Oxford; tenía algo importante que decirle. Vio que leía otro libro... *Transtornos infantiles y evasión de la realidad.* Quizás todos tuvieran razón; ya se veía a sí mismo en la consulta de un psiquiatra contándole sus alucinaciones.

—Oxford —le dijo.

—¿Mmm? —hizo ella levantando la cabeza del escritorio y apartando la lámpara.

—Quítale el libro y despiértalo, ¿oyes?

—¿Cómo dices? —le preguntó extrañada.

—No preguntes. Tú quítale el libro, ¿vale?

Ella le miró con los ojos abiertos como platos y miró si había alguien durmiendo en la sala. Era evidente que no había entendido nada, pero confió que llegado el momento se acordara. Salió de la zona infantil, se dirigió decidido al pasillo de los lavabos y se encerró en uno de los baños para esperar a que pasaran los minutos.

El campanario cercano dio las nueve de la noche y todavía se oían ruidos provenientes de las salas contiguas al pasillo. A las nueve y diez minutos se apagaron todas las luces y no oyó nada más. Entonces salió del váter y anduvo a tientas por el solitario pasillo hasta el vestíbulo. Por suerte la luz de la calle se filtraba por los altos ventanales. Pasó de puntillas por las diversas dependencias y se aseguró de que no hubiera nadie. Entró en la zona infantil que, a oscuras y desierta, tenía un aspecto fantasmagórico; las mesas de colores brillaban débilmente. Eran cerca de las nueve y media cuando encendió la linterna, abrió el libro, se concentró y antes de empezar a leer deseó con todas sus fuerzas que Oxford socorriera a Folch.

La cripta subterránea

Oxford salió de la biblioteca hacia las nueve de la noche. Le había extrañado lo que Leo le había dicho al marcharse... que quitara el libro... ¿Pero a quién? Y... ¿Por qué? Cuanto más leía ese libro más cosas extrañas decía.

Cuál no fue su sorpresa cuando al llegar a casa encontró la puerta abierta y el suelo del piso plagado de papeles y objetos rotos.

–Pero ¿qué...? –exclamó al pisar los añicos de un jarrón. En la sala de estar vio con horror que todos los cajones habían sido vaciados, los libros arrancados de sus estantes y los cajones abiertos. El colchón de su cama estaba rajado de arriba abajo. Alguien había registrado su piso a conciencia. La ropa y los objetos más dispares estaban tirados de cualquier manera. Toda la casa era un revoltijo.

Empezó a recoger libros del suelo, pero se sintió algo mareada y se apoyó en uno de los sillones. Pensó que tendría que poner una denuncia a la policía, cuando un ligero escalofrío recorrió su espalda y se le nubló la vista. Antes de perder el conocimiento y caer desmayada le pareció ver un prado y un viejo caserón fortificado.

* * *

En la Biblioteca no había nadie. Leo se deslizó por uno de los pasillos de la planta baja y por una ventana que daba a la calle y que había dejado medio entornada, descendió a la acera. Si la operación había funcionado lo sabría al llegar a casa. Lo que hizo pasadas las nueve y media de la noche. Tuvo que dar una excusa para justificar la hora a la que se presentaba, cenó un poco y subió a su cuarto. Ya en su habitación, a solas con *El libro azul*, había llegado la hora de la verdad. Tragó saliva y lo abrió.

Estaba bastante aturdida, se levantó del césped y vio, como a unos cien metros, una pequeña construcción románica, parecida a una fortificación almenada en la que destacaba su negro campanario.

–¿Qué hago aquí? –se preguntó.

Recordó que la cabeza había empezado a darle vueltas después de experimentar la sensación más extraña de toda su vida. De repente había oído unas voces susurrando; cientos de palabras que le habían atravesado la cabeza como rayos de luz, cada una con un significado preciso. Su cuerpo había sido levantado por el soplo de numerosas bocas pronunciando extraños nombres. Sólo había durado unos segundos, pero era como si estuviera saliendo de un sueño profundo y largo.

«¡Bien!», se felicitó Leo sentado en la cama.

Fue andando hacia la pequeña loma, tanteó la puerta de madera bajo los redondos arcos y la abrió. Recorrió las diversas dependencias hasta que llegó a la capilla, atravesada por un rayo oblicuo de luz, como una espada blanca, que penetraba por uno de los ventanales. Anduvo despacio, hasta que la vista se acostumbró a la oscuridad. Fue hacia el presbiterio y gritó:

−¿Hay alguien?

Nadie respondió y gritó más fuerte:

−¿HAY ALGUIEN?

El corazón de Leo empezó a acelerarse.

La mujer se dirigió hacia la capilla lateral y repitió:

−¿Hay alguien?

En la capilla la lápida de una sepultura había sido alzada y a su lado reposaba una escoba. Empezó a temblar por lo que le estaba pasando por la cabeza. ¿A quién se le podía ocurrir bajar por allí? «A mí, esto sólo se me puede ocurrir a mí», se dijo. Cogió una vela del presbiterio y la encendió; estaba dispuesta a ver qué había ahí abajo.

−Estoy loca −dijo temblando como una hoja, lista para entrar en el profundo agujero−. Loca de remate.

Se agachó y empezó a bajar por las escaleras. Creyó que se encontraría ante un fantasma en la oscuridad o que una mano ensangrentada saldría en cualquier momento y la arrastraría hacia las tinieblas, pero en el fondo de la negrura sólo había un hombre sentado delante de una mesa, su cabeza reposaba encima de un grueso libro. Cuando le separó la cabeza comprobó que estaba muy frío. Cerró el libro y lo apartó a un lado, después zarandeó al hombre, que empezó a despertarse.

–¿Dónde...? Gra... gracias, gracias quienquiera que sea –le dijo.

–¿Folch?

–Sí, señorita, pero ¿cómo sabe...?

–Mucho gusto. Me llamo Ana, Ana Ros... No hable usted, está muy débil.

Leo alzó la vista del libro. ¿Ana Ros? Él no conocía a nadie llamado así. Tenía que ser Oxford la que apareciera en las páginas del libro y en cambio... ¿quién podía ser aquella mujer que aparecía de repente en el relato?

–¿Cuánto lleva aquí?

–No lo sé, me quedé dormido y... ¡Oh, qué frío!

Ella recorrió con la vista la cripta; al fondo había un candelabro.

–Encenderé la vela y se calentará un poco –le dijo. Lo agarró y tiró de él para ponerlo encima de la mesa.

–No toque nada –le advirtió él.

–Pues sí que pesa.

–No toque na...

Se oyó un golpe seco que los dejó paralizados, la lápida se acababa de cerrar sobre el pavimento de la capilla.

–¡Oh, no!, otra vez –se quejó Leo golpeando la mesa.

—Pero ¿quién? –gritó Folch.

La mujer dio un respingo y se quedó inmóvil.

—Creo que al levantar el candelabro he accionado algún mecanismo.

Él la miró y enarcó una ceja.

—Señorita... –dijo.

—¿Sí? –respondió azorada.

—Póngase cómoda y no toque nada más.

A la luz de la vela vio la minúscula celda en la que había quedado atrapada y se preguntó cómo había ido a parar hasta allí.

—¿Cre... cree que hay alguna salida?

—Me temo que no.

Leo cerró el libro. Su plan acababa de fallar, ahora eran dos los encerrados dentro de la tumba de los Schaw de Sauchie y no se le ocurría qué más podía hacer. Se puso el pijama, se lavó los dientes y dejó el teléfono móvil cargándose. Se durmió pensando quién podía ser la «salvadora» de Folch. Su plan había fracasado.

* * *

Al día siguiente, camino del colegio, vio a Rita en el otro extremo de la calle:

—¡Rita, Rita!

Llegó corriendo hasta ella.

—Una mujer, ¡arf!..., una mujer ha entrado en la tumba para salvar, ¡arf!..., a Folch –dijo entrecortadamente.

Ella siguió andando por la Rambla Catalunya, entre las hileras de pequeños árboles, hacia el instituto sin prestarle mucha atención.

–Pero se ha quedado encerrada con él.

–Vaya –dijo ella sarcásticamente–. También es mala suerte, ¿no?

Rita seguía sin creerle.

–El problema es que yo pensé que sería Oxford la que lo sacaría de allí –dijo Leo entristecido.

–¿Oxford? –se detuvo Rita– ¿Y qué pinta Oxford en todo esto?

–Ayer por la noche intenté que ella entrara en el libro para rescatar a Folch.

–¿Qué? ¿Cómo? ¿Que tú...? Tú... ¡Tú! ¡tú estás loco, tío! –sentenció ella–. ¿Cómo puedes pensar que ibas a meter a Oxford dentro del libro?

–Pero no –dijo Leo para sí–. Tenías razón, me he equivocado. Eran todo suposiciones mías, debo estar... un poco... La mujer que sale en el libro no se llama Oxford, se llama Ana Ros y no es la...

Rita se quedó petrificada en mitad de la calle.

–¿Qué? –exclamó–. ¿Có... cómo has dicho?

–Que se llama Ana Ros –repitió él.

–En... enséñame e... el libro, Leo... –dijo ella temblando.

Él abrió la página y señaló ese nombre. Rita se quedó blanca como la leche.

–Leo –dijo desconcertada después de leer el párrafo–: ¡Ana Ros es... es Oxford!

–¿Có... cómo?

–¿No recuerdas cuando se presentó en la biblioteca? ¿No recuerdas su nombre? Ella se llama Ana… ¡ANA ROS! Leo… ¿Qué has hecho?

«Ana Ros», pensó él. Ahora que lo decía, sí, recordaba haberlo leído en el correo electrónico cuando le envió la fotografía del mosaico de Pompeya. «Ana Ros es Oxford…».

–Entonces…, ¡ha funcionado! –se maravilló.

* * *

–¿Qué? ¿Me crees ahora? –le repetía Leo por quinta vez, mientras corrían en dirección a casa de Oxford.

–¡Dios mío, Dios mío…! –repetía Rita.

Torcieron en Aragón para llegar a Pau Claris y entonces se toparon de frente con Abram, que subía hacia el instituto.

–¡Acompáñanos, corre! –le gritó Leo.

De camino se lo explicó todo.

–¿O… Oxford encerrada? –preguntó Abram. Llegaron a la calle Princesa y subieron por la escalera. Al llegar al rellano del tercer piso, Leo señaló:

–La puerta está entreabierta.

–¿Qué hacemos? –preguntó Rita.

–Entrar.

–Sí, tenéis que entrar –aprobó Abram decididamente.

Leo empujó la puerta y vieron docenas de libros desparramados, armarios abiertos y cajones vaciados. Todo convertido en un amasijo en el suelo.

–Han registrado el piso –señaló Abram asomando la cabeza sobre el hombro de Rita.

—¡Qué listo! —dijo Leo empujándolo, para que fuera el primero en entrar.

Abram se revolvió y consiguió ponerse otra vez tras él.

—¡Oxford! —gritó Rita entrando por el corredor.

Nadie respondió.

—Lo que yo decía, está encerrada con Folch en Esco...

—¡Cállate, Leo, por favor! —lo interrumpió Rita, que no podía creer lo que ocurría—. ¿No has pensado que quizás la hayan raptado?

—¿Ra... raptado? —musitó Abram.

—¿Que estarían buscando? —se preguntó Rita deambulando por el comedor, todo patas arriba.

—Esto —afirmó resueltamente Leo, al sacar *El libro azul* de su mochila.

—Pero... ¿por qué?

Rita supuso el porqué:

—Porque alguien sabe que existe y va detrás de lo mismo que Folch.

—¿Y cómo han sabido...?

Leo se encogió de hombros.

—¿Y si ha sido Capdetrons? —apuntó Abram.

—¿Capdetrons? —le miró Rita sin comprender.

—Sí, Capdetrons —repitió Abram—. Dijisteis que la primera tarde os vio buscar algo en el ordenador, ¿y si fue él quien cogió los papiros del caballero y conoce toda la historia? A lo mejor sospecha que fuiste tú quien se hizo pasar por la historiadora Rimbaud.

—Abram —le dijo Rita—, a veces no entiendo cómo no eres el primero de la clase.

–¡Oh! ¡Ah! –dijo él sonrojándose.

Deambularon por el piso de Oxford y arreglaron lo que pudieron hasta que Rita, tras poner una lámpara sobre una mesa, dijo:

–Vamos a la biblioteca, a ver qué saben de ella.

Corrieron todo lo que sus piernas dieron de sí, hasta llegar al viejo edificio. Subieron los escalones de tres en tres y entraron en la sala infantil.

–La señorita Ana no ha venido a trabajar esta mañana, –les dijo la sustituta– debe de estar enferma.

Oxford había desaparecido «oficialmente». Volvieron a bajar las escaleras y llegaron al claustro que rodeaba un pozo, al que empezaron a dar vueltas.

–Leo –le preguntó Rita– si esto fuera cierto...

–¿Sí?

–Si, según tú y tu libro, ella estuviera encerrada en esa cripta... ¿Qué... qué debemos hacer?

Leo estuvo pensando por espacio de unos segundos:

–No podemos precipitarnos, no sé lo que ocurriría si siguiera leyendo y...

–¿Y qué? ¿Qué quieres decir...?

–Que en el libro las cosas no transcurren como en la realidad. Suceden según están escritas y yo no puedo...

–¿Quieres decir que...?

–Sí. Ellos viven la acción y cuando lo lea ya ha sucedido, ¿comprendes? Creo que debemos anticiparnos antes de leer el libro.

–Es cierto –reconoció Rita cabizbaja–. Si en el libro les pasa algo, lo más probable es que no podamos dar marcha atrás.

215

–Entonces –dijo Abram–, en el libro las cosas no ocurren como las vivimos nosotros.

–Así es –afirmó Leo.

–¡Hay que sacarlos de ahí dentro! –bramó Abram.

–Cálmate, Abram –dijo Rita–. O sea, que no sabemos cuánto tiempo llevan encerrados ahí dentro –añadió hablando con Leo.

–No. Bueno, sí –dijo él–. La última vez llevaba tres o cuatro días encerrado.

–Por tu bien espero que no le pase nada malo a Oxford..., Leo.

Él empezó a sentir un peso increíble en la barriga. Lo había provocado todo y Oxford estaba en un gran peligro por su culpa.

–Hemos de saber qué es lo último que hizo anoche –señaló Abram.

Leo lo miró interesado.

–¿Quieres decir antes de irse a casa?

Abram asintió. Los tres se callaron hasta que Rita tuvo una idea.

–Hay que despistar a la sustituta –dijo.

–¿Cómo? –preguntó Abram.

–Hemos de registrar su escritorio y leer los *e-mails* que envió, quizás demos con alguna pista. Abram –dijo volviéndose hacia él–, tú y yo nos encargaremos de distraerla, ya verás. Mientras, Leo...

Y a continuación les contó su plan.

–¿Estás segura? –titubeó Abram.

Leo lo aprobó:

–Sí. Es una buena idea –dijo.

–¡Venga, vamos! –les ordenó Rita, que ya subía los peldaños de la escalera para regresar a la biblioteca.

Volvieron a entrar en la zona infantil e hicieron ver que se ponían a trabajar en una de las mesas. Al cabo de unos minutos Rita y Abram se acercaron con disimulo al escritorio de la bibliotecaria.

–¿No tenéis clase esta mañana, chicos? –les preguntó al verlos delante–. Mejor que os pongáis a trabajar y salgáis de mi mesa.

–De la mesa de Oxford querrá decir..., ¿no? –apostilló Abram.

La mujer los miró por encima del hombro y repitió:

–¿No tenéis clase esta mañana?

–No, tenemos que hacer un trabajo muy difícil y nos han dado libre hasta la tarde –le explicó Rita–. Por cierto, si fuera usted tan amable, necesitaríamos consultar algo sobre la velocidad a la que corrían los dinosaurios de la Era Secundaria.

–Sí, y el tamaño de los huevos que ponían –añadió Abram mirando a Rita.

–Eso, sí... ¡ejem! Eso también –titubeó ella.

La bibliotecaria se levantó del escritorio y empezó a buscar por las estanterías. No había nadie más en la zona infantil, y mientras la tuvieran ocupada estaría distraída, así que Leo se acercó a la mesa de Oxford, encendió el ordenador y empezó a fisgonear en él. Rita y Abram representaban su papel a la perfección, sonreían y hacían a la mujer todo tipo de preguntas inútiles. De vez en cuando los miraba y se escondía debajo del escritorio si la bibliotecaria alzaba la vista. Al fin pudo abrir el correo de Oxford y leyó en la pantalla el *e-mail* que le había enviado la noche anterior y que él no había llegado a abrir.

De: anaros@biblo.com
Para: leovaliente@hotmail.com
Fecha: 9/XI

Mensaje: Hola Leo, espero que sigas bien. No sé si tendremos ocasión de vernos estos días en la biblioteca, me han destinado al depósito de libros del sótano. Por si acaso no nos vemos, tengo guardada en el cajón de mi escritorio una fotocopia que te interesará.

Sin perder ni un segundo apagó el ordenador y abrió el cajón. Entre los lápices, gomas de borrar y otros útiles de escritorio había un papel enrollado. Lo cogió y se lo guardó dentro del jersey, después se acercó a las estanterías de libros, donde Abram y Rita consultaban libros de animales prehistóricos con cara de aburrimiento.

–Bueno, ¿nos vamos? –les preguntó.

La bibliotecaria, que no había resultado ser tan antipática, seguía subida a una escalera.

–Aquí habla del Triceratops. Pero, chicos... –empezó a decir–, ¿adónde vais? Si todavía no hemos encontrado nada de lo que...

–¿Eh? Bien... sí. Gracias, señora –dijo Rita.

–Muy interesante, muy interesante... –añadió Abram al despedirse.

Esta vez bajaron al pequeño jardín lleno de naranjos del antiguo hospital, donde Leo abrió el papel enrollado. En él se veía el plano de un castillo; sus muros estaban representados por gruesas líneas negras y en uno de sus extremos había una pequeña capilla.

–¿Qué es esto?– preguntó Abram

–Es el plano del castillo de Sauchie, lo dice en el margen, ¿ves?

En un ángulo de la fotocopia estaba el sello que señalaba *Property of the Edinburgh History Museum*. Se trataba de la planta de una iglesia medieval, alargada y con un ábside circular. Se fijaron en la cripta, de la que nacía un pasadizo que seguía varios metros hacia el exterior.

–Aquí, ¿veis? –dijo señalando un punto–. Es donde deben de estar ellos encerrados.

–Esto parece una escalera –dijo Rita señalando unas rayas cortas y paralelas.

–Sí, y este pasadizo sigue –vio Leo en el plano.

–Esto significa que... ¡hay una salida! –señaló Abram entusiasmado.

–¡Claro! La galería subterránea debe seguir detrás del armario de libros hacia el exterior –concluyó Leo.

–¡Lee el libro, Leo! –le rogó Rita–. ¡Léelo y sácalos de ahí dentro!

–Salgamos de dudas –dijo Abram.

Les hizo caso, abrió el libro y lo leyó satisfecho. ¡Al fin se lo tomaban en serio!

Habían pasado varias horas y los dos seguían encerrados dentro de esa oscura y desagradable prisión.

–La vela se está consumiendo –señaló Folch.

Leo dejó de leer y miró a Rita y Abram, que aguantaron la respiración.

–La estantería –dijo Leo–. ¡Empujad la estantería!

Entonces Folch se levantó de la mesa como si hubiera tenido una visión, se dio la vuelta y se encaró frente a los estantes de libros viejos.

–¡Claro! ¿Cómo no se me ha ocurrido antes? –dijo recordando al monje del Monte Athos. –Ayúdame –añadió dirigiéndose a la mujer cuando empezó a empujar el armario.

Ella se sumó al esfuerzo y advirtieron admirados que la estructura cedía y que el oscuro pasadizo seguía frente a ellos.

–¡Sí! –exclamó alborozado Folch–. Coge la vela.

Empezaron a andar deprisa para escapar de esa trampa mortal. Subieron unos escalones y se toparon con otra lápida de piedra.

–¿Esto acaba aquí? –preguntó ella horrorizada.

–No, Ana –la tranquilizó.

–Llámame Oxford, todos me llaman así –le respondió.

–¡Dios mío! –musitó Rita al oír lo que leía Leo–. ¡Es cierto! ¡Es ella!

Leo sonrió. Hacía rato que esperaba que se diera a conocer por su apodo.

–Entonces tranquila, Oxford. Esto sigue adelante, saldremos de aquí, confía. Ahora empuja fuerte hacia arriba, si no me equivoco es la salida.

Tensaron los brazos y empujaron la piedra hasta que cedió y vieron la luz del día.

–¡No se preocupen, no ocurre nada anormal! –gritó Folch a una pareja de viejecitos encargados de regar las flores del cementerio parroquial que corrían aullando en dirección a Sauchie mientras dos espectros, cubiertos de telarañas, emergían de una sepultura.

Leo detuvo la lectura por un momento y los tres respiraron aliviados.

–Bueno... Sigue, ¿no? –le apremió Rita.

No parecía importarle hacer novillos. Miraron el reloj del patio del antiguo hospital, todavía eran las once de la mañana y podían leer un buen rato. Así que volvió la página para leer el capítulo siguiente.

La catedral de Barcelona

Folch y Oxford se encontraron en el Casino con el profesor Romaní. Lo habían puesto al corriente de lo ocurrido en Escocia y le contaron sus planes para esa tarde: examinar a fondo la catedral de la ciudad, donde, según decía Hug de Mataplana, estaba oculta la coraza.

–Que alegguía teneglos aquí otra vez –dijo Pierre, el *maître* del restaurante, que los saludó cuando tomaban el postre.

–Sí, Pierre, para nosotros también es una gran alegría.

–*Est-ce que vous connaissez mademoiselle* Oxford? –preguntó el profesor a Pierre.

Estaba satisfecho de poder ejercer de anfitrión de tan agraciada joven.

–¡Oh!, *enchanté, Mademoiselle* –exclamó Pierre besando su mano.

–Tengo que telefonear a Mastegot –se excusó Folch.

Salió hacia el vestíbulo y se dirigió a las cabinas de

teléfonos. Mientras, Oxford y el profesor se quedaron charlando en el comedor.

–Comisaría oficial de Vía Layetana, al habla el agente 345 para servirle a usted –respondió alguien–. Son las dos cuarenta y seis minutos cuarenta segundos, cuarenta y un segundos... ¿diga?

–El inspector Mastegot, por favor –dijo Folch sospechando quién se había puesto al aparato.

–Pues ahora mismo el mismo inspector no se le puede encontrar aquí. Ha salido en misión secreta, está en el barrio de Hostafrancs.

–Bueno, pues dígale que ha llamado Folch. He llegado a Barcelona. ¡Ah!, y que voy a estar en la catedral esta tarde.

–¿En la santa iglesia catedral dice que estará? –preguntó Hortensio Vermut tomando nota.

–Justo en la catedral, sobre las cuatro y media de la tarde.

–Descuide, que un servidor de usted le dará cumplido servicio al inspector. Pues no faltaba más, que un servidor para eso está y el servicio a la patria y al ciudadano es misión del Cuerpo de Policía y...

–Gracias, Hortensio –le cortó Folch.

–Oiga, ¿cómo sabe que yo...?

Regresó a su mesa en el restaurante y ante su sorpresa vio al profesor Romaní y a Oxford que se despedían del doctor Friedendorff estrechándole la mano.

Friedendorff seguía siendo meticuloso como el día que lo había conocido en el despacho de Gisclareny. Vestía un traje a cuadros de Gales con un clavel rojo en el ojal, el nudo de corbata pequeño y perfecto. Seguía peinándose con gomina y llevaba un monóculo en el ojo izquierdo.

Se cruzaron e intercambiaron una gélida mirada.

–¿Lo conoce, profesor? –preguntó Folch sentándose a la mesa.

–Por supuesto, es el doctor Friedendorff, director de una escuela de traductores.

–Pues sospechamos que ese hombre puede ser el cerebro de la operación de los robos del Pirineo y que probablemente esté detrás de nuestros actuales problemas.

–Caray, pues no sabía que...

Terminaron de tomarse los cafés en silencio y Folch sugirió a Oxford:

–Tendríamos que irnos.

–¿Ahora?

–Sí. Intuyo que ese hombre puede buscarnos problemas –dijo mirando hacia donde acababa de salir.

–Nos vemos por la noche en su casa, profesor.

–Perfectamente, ahí estaré.

* * *

Se apearon del taxi en Vía Layetana a la altura de la plaza de la Catedral y dieron un rodeo por las calles del barrio gótico para comprobar que nadie los había seguido. Se adentraron por la vieja calle de la Librería, giraron por la siguiente y estuvieron un rato admirando la plaza del Rey. Sólo se veía a algún vendedor ambulante y a un grupo de escolares.

–Esto es muy sospechoso, Oxford –le susurró al oído.

–¿El qué? –preguntó ella.

–No hemos tenido noticia de mis perseguidores desde hace días. La única explicación es que no me siguieron a Escocia porque les conseguí despistar, pero ahora Friedendorff sabe que estamos en Barcelona y debe estar tramando algo. ¿Para qué crees si no que se ha personado en el Casino...?

–¿...?

–Para asegurarse de que todo iba según lo planeado.

–¿Tú crees?

–¿Que si estoy convencido? Ya lo verás, y Mastegot sin aparecer... –se lamentó mirando el reloj que marcaba las cuatro y veinticinco minutos.

Siguieron andando un buen trecho hasta la plaza de San Jaime y torcieron por la del Obispo, dieron otra vuelta para asegurarse de que no ocurría nada anormal.

–Demasiadas precauciones –susurró Rita a su lado.

–Bueno, bueno, tra-la-ralara-la –tarareó el inspector al bajar del coche patrulla a las puertas de comisaría.

Finalizada la ronda, regresaba al cuartel central de Vía Layetana, acompañado del agente Riudecols.

–Parece satisfecho, inspector –apuntó el sargento Gibrell al oírlo entrar canturreando en comisaría.

–¡Sí, señor! ¡Sí, señor! –sonrió Mastegot–. Vamos atando cabos. El agente infiltrado en la academia de Friedendorff nos ha informado de que, ciertamente, siguieron a Folch hasta Grecia pero se les escapó. Ahora esperan que aparezca en

Barcelona para trincarlo, pero nosotros tranquilos porque no regresa hasta esta noche.

–Por cierto, inspector –dijo Gibrell a su lado–. ¿Y lo que nos ha dicho el topo sobre lo que tenían preparado en la catedral? No ha quedado claro pero...

–¿Eso? –respondió Mastegot–, ni caso hombre..., ¡ni caso! Es una bomba de humo...para despistar. Seguro.

–¿Ah, sí? –preguntó Riudecols.

–Pues claro hombre, claro.

–Es usted un lince, ¡qué caray! –exclamó Gibrell admirado de la perspicacia de su superior. Mastegot se volvió hacia su ayudante.

–Oye, Riudecols, ¿puedes enterarte a qué hora llega el tren de Bilbao? Cuando Folch regrese lo usaremos de cebo, los pillaremos a todos y a otra cosa mariposa, ¡jo, jo, jo! –rió jovialmente.

El reloj del patio dio las doce del mediodía. La mañana era soleada y estaba sentado junto al pozo con sus dos mejores amigos... ¿Qué más podía pedir?

«Ahora deben estar en clase de historia», pensó Leo, que se regocijó de su buena suerte.

–¡El inspector ya está en casita! –voceó Hortensio Vermut cuando vio pasar al inspector por delante de la centralita telefónica.

–O te callas, o te callo –le indicó Mastegot levantando el
dedo índice–. ¿No había nadie más para poner ahí? –gritó a pleno pulmón.

—No, señor —respondió Vermut—. Aquí, el mendas, que por hacer un servicio a la sociedad...

—¡Vale! —le cortó—. ¿Alguna novedad, recado o mensaje?

—¡Sin novedad en la comisaría, mi inspector! —se cuadró Hortensio dando un taconazo—. Tan sólo el gato escapista de la señora Turull, que se ha vuelto a escapar y lo han encontrado los agentes de servicio que han salido raudos y veloces a hacer un servicio cerca de la iglesia esa grandota ¡aaarrff! —respiró—, que se encuentra bajando todo recto por la vía esta que sale de aquí delante..., sí hombre, ¿cómo se llama?, ¡caray!, que ahora no se me sale el nombre...

—Catedral, se llama catedral —le dijo con sorna Mastegot—. Bien, y ¿algo más?

—Ahora que lo dice, y enlazándolo con lo de la catedral, creo recordar que sí. Aunque no recuerdo dónde demonios he puesto el dichoso papelito, pero lo de la catedral le digo que me suena de algo.

—A ver, ¿qué ha pasado?

Los dedos de Mastegot tamborileaban nerviosamente encima del mostrador.

—Ah, no, nada. Sólo una llamada. Alguien que ha dicho que lo esperaba en la iglesia esa gorda que hay bajando por la avenida esta que tenemos por aquí saliendo a la calle, ya me entiende...

—¿Quién me espera en la catedral?

—No, si yo sé que tenía un papelillo; pero, claro, aquí que nadie ordena nada...

Mastegot estaba poniéndose nervioso y le estaban entrando ganas de...

–¿Qué nota? –preguntó totalmente irritado.

–¡Ah!, aquí está –dijo Vermut tras rebuscar en la mesa atiborrada de papeles–. Ésta es. Dice que en la catedral hay 430. Sí –repitió–, 430...

Vermut dejó de leer el papelito y preguntó a su superior:

–¿Usted entiende algo?

–¿Cómo quieres que lo entienda si lo has escrito tú? A ver dame, ¡dame! –le ordenó.

Se lo quitó de los dedos y lo leyó.

–Aquí pone a las 4:30, ¡cuatro treinta! No cuatrocientos treinta. ¿Entiendes? Cualquier día te voy a... Y a todo esto, ¿quién llamaba?

–¡Ah!, eso sí...eso sí que es lo importante, porque si no sabe quién llamaba como sabrá a quién buscar. Eso es lo más importante, ¡sí señor!

Hortensio Vermut estaba sudando la gota gorda.

–¿Que quién llamó? –voceó el inspector.

–Creo que si no me recuerdo mal dijo que era un tal Molch o Polch o... algo así –reflexionó–, ¿a usted le suena?

–¿Qué has dicho? ¿Qué ha llamado Folch este mediodía y no-me-lo-dices hasta-ahora? ¡Está aquí! –gritó a los otros agentes que seguían a su lado–. ¡Ha quedado conmigo a las cuatro y media y son ahora las cinco menos cuarto! ¡Agarradme que lo mato! ¡Lo mato!

Por suerte el inspector se repuso de inmediato.

–Gibrell, Riudecols –se dirigió a sus hombres–: coged las armas y seguidme –dijo mientras salía como una flecha de comisaría.

* * *

Desde la plaza del Rey, Folch y Oxford siguieron adelante para llegar a la plaza de San Ivo, girándose de vez en cuando para ver si eran seguidos. Las calles estaban poco concurridas a esa hora de la tarde.

–Ahí está la puerta de la catedral, parece que no hay nadie sospechoso –dijo Folch sagazmente al llegar a la placita.

Veinte metros más arriba, entre los andamios de la azotea del edificio, se ocultaban dos individuos que los seguían desde hacía varios minutos, mientras daban ese rodeo y esperaban a que pasaran por debajo.

–Esto no me gusta –dijo Rita.

Leo aspiró y siguió leyendo para los tres.

–Entremos –señaló Folch delante de la puerta lateral de la catedral.

–¡Ahora! –gritó uno de los hombres, en el tejado.

Desde la azotea del edificio se desplomó un gran bloque de piedra que bajó a una velocidad vertiginosa y

–¡Para Leo, para! –gritó Rita.

Le arrebató el libro de las manos exasperada. Leo se llevó las manos a la boca.

–¿Crees que...? ¿Has entendido lo que yo? –preguntó horrorizado.

–Hasta donde has puesto el dedo... sí.

–He estado a punto de leer algo que no permitiría echar marcha atrás...

–¿Qué ocurre? –preguntó Abram, distraído, al ver el aspaviento que acababan de hacer.

–Si no me equivoco, un enorme bloque de piedra está a punto de aplastarlos.

Abram hizo una mueca:

–¡Glups!

–Tenemos que hacer algo, ¡pero ya! –exclamó ella.

–Rita..., ¿llevas el móvil encima? –le preguntó Leo.

–Sí, ¿qué quieres?

–Que vayas a la catedral y me llames por el móvil cuando estés lista en la puerta de San Ivo.

–¿Lista para qué, Leo?

–Para ayudarles –dijo él sin titubear.

Lo miró indecisa, pero obedeció; la situación era desesperada. Abram miró cómo Rita se iba corriendo sin acabar de comprender. Rita atravesó a la carrera la plaza de la Catedral, en la que una estatua humana representaba al león de la Metro, pasó por delante de los ventanales enrejados del Museo Marés y se detuvo en la puerta que da a la plaza de San Ivo. Leo y Abram aguardaron sentados en el patio de la biblioteca, hasta que el teléfono móvil de Leo empezó a sonar.

–¿Rita?

–Estoy lista.

Su voz temblaba como un flan.

–Por favor, haz lo que te ordene –le explicó despacio–. Cuando yo te diga, empuja con todas tus fuerzas. ¿Entiendes? Con todas tus fuerzas, todo depende de ti.

–¿Qué... qué pasará? –titubeó Rita.

–Nada, Rita, no pasará nada malo, ya verás.

Rita siguió con la oreja pegada al móvil y la espalda a la puerta de la catedral. Todo seguía en la más absoluta normalidad, el día era soleado, por la calle de los Condes pasaba poca gente. Frente a ella un cuarteto de músicos tocaba una pieza clásica y algunos turistas se habían detenido a escucharlos. Era consciente de que estaba situada justo en el mismo sitio que indicaba el libro, donde estaba a punto de caer un bloque de piedra gigantesco sobre Folch y Oxford.

–Estoy lista –repitió ella por segunda vez mientras tragaba saliva.

–Allá vamos –dijo Leo a la vez. Abrió el libro y reanudó su lectura un par de líneas más arriba.

–Vamos a entrar –señaló Folch cuando estuvieron delante de la puerta lateral de la Catedral.

–¡Ahora! –gritó uno de los hombres, en el tejado.

Leo tragó saliva y prosiguió.

Desde la azotea

Rita oyó a Leo en el momento en que dos amas de casa pasaban por delante de ella. Sintió un ligero escalofrío, se le nubló la vista y empezó a oír voces por todos lados. Frases y palabras sin sentido que le atravesaban el cerebro como miles de pequeños alfilerazos. Se sintió flotar, como si su cuerpo hubiera dejado de pesar, y los colores desaparecieron de su vista. Estaba medio mareada y a punto de perder el conocimiento.

del edificio se desplomó un gran bloque de piedra que bajó a una

–¡¡¡AHORA!!! –gritaron al unísono Leo y Abram.

velocidad vertiginosa y

Rita reunió todas sus fuerzas y se precipitó con las manos extendidas hacia delante. A varias manzanas de allí Leo sudaba la gota gorda.

el enorme bloque de granito impactó contra el pavimento con un estruendo horroroso. Cientos de esquirlas salieron despedidas en todas direcciones mientras los tres rodaban por el suelo. La piedra gigantesca no los había alcanzado de casualidad, alguien los había empujado en el último momento.

Leo y Abram se abrazaron y rodaron por el suelo, Rita había salvado a Oxford y a Folch.
–¡Es una valiente! –dijo Abram.
–Y que lo digas.
Restablecidos de la emoción, Leo siguió leyendo.

–¿O... Oxford? –dijo Rita sollozando.
–¿Ri... Rita? –le respondió sacudiéndose el polvo de encima.

–Pensé que no volvería a verte, y que te quedarías encerrada aquí por siempre jamás.

–¡Ay, Rita! –exclamó la bibliotecaria, –no encuentro explicación a lo que nos está sucediendo. Es todo tan extraño. Parece que estemos dentro de un sueño. Menos mal que Leo se ha decidido a enviarte; si no, no sé qué habría ocurrido.

Se fundieron en un prolongado abrazo mientras Folch miraba hacia la azotea de la catedral. Pero los agresores ya habían desaparecido. Algunos transeúntes se les acercaron, aunque la mayoría se alejó gritando y cubriéndose la cabeza con las manos.

–Ésta es Rita –dijo a Folch.

–Hola, Rita, encantado. Has llegado en el mejor momento, esto se pone cada vez más interesante –dijo al empujar la puerta de la catedral–. ¿Vamos?

–¿Ha dicho interesante? ¡Han estado a punto de matarnos y dice interesante! –exclamó Rita al borde de un ataque de nervios–. Leo, esta me la vas a pagar –susurró, y siguió a Oxford, que ya había entrado en la iglesia.

–¡Je, je! –rió Leo–. Mira que pasarle a ella... Le está bien empleado por no creerme, ahora es un personaje del libro...

–O... Oye... –titubeó Abram–. ¿Y cómo regresarán?

Leo se quedó sin habla.

–Va... vaya. Pues... verás... En esto no he podido pensar... todavía.

–Pues algo habrá que hacer o se quedarán para siempre en el libro, y no podemos ir a la madre de Rita, darle el libro y decirle: mire, señora, su querida hija está aquí dentro... ¿O sí podemos?

–No, supongo que no –respondió Leo derrotado.

–Bueno, ya veremos –le tranquilizó Abram–. Sigue leyendo, está interesante.

Entraron rápidamente por la puerta de la catedral sorteando los pedazos del bloque de granito. La nave principal estaba oscura y fresca, solitaria. A esas primeras horas de la tarde pocas personas visitaban el recinto. Dieron una vuelta completa fijándose en cualquier detalle que pudiera revelarles el escondrijo. La iglesia estaba oscura, a pesar de que en las capillas laterales se consumían docenas de velas.

–Habrá que tener cuidado. No pueden andar muy lejos. Vosotras id por allí –dijo señalando una de las naves de la iglesia.

Tras detenerse ante todos los retablos y columnas en busca de alguna señal, se encontraron nuevamente en el centro de la nave, frente al coro de la iglesia.

–¿Nada? –preguntó Folch.

–Nada –negó Oxford.

–¿Podría estar en la cripta de Santa Eulalia? –preguntó Rita al señalar hacia la capilla de la patrona de la ciudad, bajo el presbiterio.

El acceso estaba cerrado por una reja de hierro.

–No es mala idea –aprobó Folch, que de vez en cuando

miraba hacia las puertas de la iglesia.

–Hay que probarlo –le animó Oxford–. ¡Mira!

Por una puerta lateral salía un sacerdote.

–Ese señor podría abrirnos la verja.

Se acercaron al hombre, que se presentó como el sacristán, y le pidieron que tuviera la amabilidad de abrirles la cripta. Para agilizar los trámites, Folch sacó su carné del museo. Al cabo de un minuto el hombre regresó con una gruesa llave de hierro. Les abrió la verja y encendió el interruptor para iluminar la cripta. El pequeño recinto estaba decorado con gran sencillez. Enfrente tenían la tumba de piedra de la patrona, Santa Eulalia. Se fijaron en las paredes y en el suelo de la capilla. Tantearon los muros interrumpidos por delgadas columnitas, por si alguno sonaba a hueco, pero se rindieron al cabo de poco rato. Parecía que en la cripta tampoco iban a encontrar nada.

Rita se sentó en el último escalón. Estaba agotada por las emociones de aquella tarde, aunque suponía que éstas no habían hecho más que empezar. Siempre había deseado poder vivir algo así, pero no con esa intensidad... Pensó en Leo y Abram cómodamente sentados, en esos momentos estaban en el patio de la biblioteca... ¡leyéndola!

–¡Ánimo! –susurró Abram deseando que pudiera oírlo.

Rita cerró los ojos y echó la cabeza para atrás por un momento, para ver si se trataba sólo de un sueño. Cuando volvió a abrirlos, vio la clave de la bóveda, donde se juntaban los arcos que sostenían la techumbre.

–¡Mirad aquí arriba!

Folch y Oxford volvieron la cabeza hacia donde les

señalaba y vieron, en el relieve circular, la forma esculpida de una armadura llevada por dos ángeles.

–¿Quieres decir que ahí arriba...? –preguntó Oxford a Folch.

–No, es imposible. No podemos sacar esa piedra, se derrumbaría la cripta.

–Entonces, ¿qué hacemos? –preguntó Oxford.

–Si no está arriba, estará debajo, ¿no? –razonó Rita con mucha lógica.

Leo dio un codazo con satisfacción a Abram.

–¡Esta chica vale un tesoro! –exclamó Folch guiñándole un ojo.

Metió los dedos entre las ranuras de la vieja baldosa de granito y la levantó. Entre los tres la desprendieron del pavimento. En el hueco había algo.

–¿Qué es eso? –preguntó Rita.

–Parece... –dijo él tirando del paquete escondido–. ¡Es un saco! Ayudadme, pesa bastante.

Lo subieron a la cripta. Era un saco viejo, podrido y deshilachado.

–Bien, bien –dijo alguien desde la iglesia–. Salid despacio y con los brazos en alto, mis hombres se encargarán del resto.

Los tres volvieron la cabeza para ver a un hombre enfundado en una gabardina gris.

¡El individuo de la cicatriz!

236   A su lado tres secuaces les apuntaban con sus armas. Habían aguardado a que ellos hicieran todo el trabajo.

–¿Qué hacemos? –le preguntó Abram. Pero Leo no lo escuchó y Abram siguió restregándose nerviosamente las manos en los pantalones.

Folch se resignó y empezó a subir por las escaleras de la cripta. El individuo lo miraba sonriente, mostrando sus sucios dientes, que mordían un palillo, sin dejar de apuntarle con su pistola plateada.

–Aquí acaban tus viajes –dijo quitándole el saco–. ¿Hoy no vas disfrazado de campesina...?

–¡¡¡EN NOMBRE DE LA LEY: SOLTAD LAS ARMAS, ESTÁIS TODOS DETENIDOS!!! –tronó el vozarrón de Nicolau Mastegot en la nave de la iglesia.

–¡Por fin! –exclamó Leo, que lo esperaba hacía rato.

El inspector y sus hombres acababan de llegar corriendo desde comisaría. Habían atravesado la plaza de la Catedral pisando palomas y habían abierto por entero las grandes puertas laterales del recinto, donde se quedaron apuntando a los perseguidores, con sus gabardinas mecidas por el viento y sosteniendo escopetas de cañones recortados. Al inspector le gustaba hacer las cosas a lo grande.

Los malhechores no tuvieron otro remedio que bajar sus pistolas.

–¡Trae! –ordenó Folch al individuo, recuperando el saco.

Los tres policías entraron lentamente en la catedral encañonando a los cuatro individuos. Sin embargo no previeron que, por las puertas abiertas de par en par, se iba a colar un numeroso grupo de palomas. Las aves se desplegaron por todos lados y provocaron un gran desconcierto. Había plumosas manchas blancas revoloteando en todas direcciones. Los esbirros se giraron y les apuntaron con sus armas, pero ellos ya habían echado a correr hacia la única salida.

–¡Por ahí, da a la calle! –gritó Folch al entrar en el claustro.

Pero la única puerta por la que podían escapar estaba cerrada y las arcadas del claustro los ocultaron unos segundos, hasta que los proyectiles empezaron a impactar contra las columnas y arcos de piedra, haciendo saltar esquirlas y provocando un ruido ensordecedor.

–¿Y ahora qué? –gritó Oxford– ¡Estos disparan en serio!

–¡Leo, haz algo! –chilló Rita–. ¡Nos están acribillando!

Leo y Abram leían consternados, sin poder hacer nada.

–Creo que estamos en un buen aprieto –calibró Folch, mirando en todas direcciones

–Pues estamos buenos –añadió Oxford escondida tras una columna a su lado.

–¡Al pozo! –gritó finalmente Folch.

Corrió hacia el centro del patio, protegido detrás del saco, y las balas rebotaron en la armadura.

–¡Eh! Espéranos.

Oxford y Rita lo siguieron cuando vieron que se lanzaba por el brocal del pozo.

–Yo no me metería en un agujero como ese ni por todo

el oro del mundo –aseguró Abram agarrado a la manga del jersey de Leo.

Por suerte conservaba la polea en funcionamiento. Se subieron detrás de él al cubo de latón y descendieron a gran velocidad, hasta que Folch frenó la cuerda a mitad de trayecto con un brusco tirón. Los perseguidores, incrédulos por lo que acababan de ver, corrieron al pozo.

–¡Han desaparecido! –gritó uno de ellos al abocarse por el agujero.

Abram y Leo se miraron, extrañados.

No se dieron cuenta, hasta pasados unos preciosos segundos, que a mitad del pozo nacía un túnel.

–¡Qué oscuro! –se lamentó Oxford en el interior del estrecho pasadizo.

Folch encendió su mechero de gasolina y recorrieron agachados los cincuenta metros de trayecto hasta que salieron en el pozo de una casa, contigua a la catedral. Subieron por su cuerda y se escondieron entre los arbustos y plantas de su jardín.

Conscientes de que el peligro todavía no había terminado, se asomaron a los soportales de la vivienda. En la concurrida calle de los Condes había varias figuras sospechosas. Optaron por meterse dentro del siguiente portal, que resultó ser la trastienda de un establecimiento, y pasados unos minutos salieron a la calle.

San Miguel de Cruïlles

–¡Lo sabía! –gritó Mastegot golpeando la mesa. Las tacitas del café saltaron de sus platos–. ¡Sabía que Friedendorff estaba tramando algo!

Se encontraban reunidos en casa del profesor y acababan de dar las nueve de la noche. La policía había logrado capturar a uno de los individuos entre las intrincadas callejuelas del barrio gótico. Por desgracia, les comentó el inspector, el detenido era un matón a sueldo y no sabía quién dirigía la operación. Oxford y Rita seguían atentas a la explicación sentadas entre el profesor y Folch.

–¿Tienes alguna prueba para detener a Friedendorff? –le preguntó éste a Mastegot.

–No es concluyente, pero un topo...

–¿Un qué? –le interrumpió Rita.

–Un chivato, un confidente de la policía –explicó Mastegot jugueteando con una cucharilla de café– nos ha dicho que preparaban algo en la catedral y que te estaban siguiendo. Hay que andarse con mucho cuidado, están demasiado informados...

–Sí, saben demasiadas cosas –coincidió Folch.

–Una sola prueba –masculló Mastegot al doblar la cucharilla entre sus dedos–, una sola prueba para detener a Friedendorff..., ¡y estrujaré a ese individuo entre mis manos como una...!

La cuchara quedó convertida en un amasijo inservible.

–Creo que ha llegado el momento de abrir la coraza –dijo el profesor, disgustado al ver su cucharilla.

Nicolau Mastegot bajó los ojos, avergonzado y dejó la cucharilla junto a la taza de café. La armadura estaba encima de la mesa. Una vez limpia había vuelto a su plateado color original. Todos la miraron embelesados. Folch, ayudado por Rita, procedió a abrir el compartimento con la cabeza llena de pequeñas serpientes repujadas en oro blanco.

–Con cuidado –aconsejó el profesor.

Fueron tirando del extremo de la trampilla muy lentamente. En su interior y ante el general regocijo hallaron otro trozo de papiro. Folch lo tomó en sus manos y tradujo las palabras escritas al margen:

–«Cuando la sombra de los tres soles» –dijo.

Había dos objetos más, envueltos en una tela basta y atados con un cordel.

–Abre este primero, por favor –dijo Oxford llena de curiosidad, señalando el más grande.

Folch cortó el cordel y desenvolvió la tela. Todos los ojos estaban fijos en sus manos. Se trataba de un pedazo de pergamino pintado con vivos colores que extendió encima de la mesa.

–¿Y esto qué es? –preguntó el inspector. En su vida había visto algo como aquello.

–Es un mapa medieval –explicó el profesor Romaní al ver que en el trozo de pergamino había dibujadas ciudades y algunos caminos. El litoral dibujado estaba lleno de nombres en griego; del mar surgían algunos animales monstruosos y una galera surcaba sus aguas. El pergamino estaba cruzado por múltiples rectas que marcaban el camino de los astros. En el continente se veían dibujados camellos y dromedarios, cabalgados por jinetes con turbantes.

–Esto debe de ser un fragmento de un mapa de los Cresques –apuntó el profesor Romaní–. Los usaban los comerciantes y los marinos para viajar.

–¿Quiénes? –preguntó curiosa Rita.

El profesor le explicó que los Cresques habían sido una familia de cartógrafos judíos que vivió en el siglo XIII y que se dedicaba a dibujar mapas. Folch cogió la lupa y pudo verlo con mayor detalle.

–Representa Europa –dijo al recorrer los dibujos con el dedo– y parte de Asia Menor, la actual Turquía.

–Fijaos en el centro –señaló Rita encaramada a la silla–. Hay un círculo encima de una ciudad entre esas curiosas montañas.

–Esta zona es la Capadocia –sentenció el profesor–. Y la ciudad excavada en la roca debe ser Göreme, no hay duda.

–Göreme... –evocó Folch.

—¿Y eso de Göreme qué es... exactamente? –preguntó otra vez Nicolau Mastegot.

—Capadocia –explicó el profesor– es una región de Anatolia donde la gente ha vivido durante siglos en casas excavadas en rocas erosionadas por el viento. Así han pasado camuflados entre el paisaje. Todo el conjunto se conserva exactamente igual que hace ochocientos años. Göreme es una de estas curiosas poblaciones excavadas en la roca.

—La patria de Tzimistés –añadió Folch–, otro de los caballeros que se peleó por el mapa en Constantinopla.

—Todavía hay que abrir el otro paquetito –observó Rita.

El otro envoltorio contenía una pequeña miniatura en color: un par de barquichuelas entre las suaves olas del mar, en las que pescaban varios hombres vestidos con túnicas.

—¿Y esto qué es? –preguntó Rita a Folch señalando el papiro arrugado que había encima de la mesa.

—Una miniatura antigua con una escena de pesca, probablemente se trate de Jesús con sus apóstoles en el lago de Galilea. Debe ser un complemento a la pista del mapa.

—¿Quiere decir que debemos encontrar un dibujo o algo de pesca? –sugirió Oxford.

—Es probable –asintió el profesor.

—Entonces, ¿nos vamos pronto hacia Göreme? –preguntó Rita.

—No –respondió Folch–. Antes hay que encontrar el plano de Cruïlles. Sólo nos faltan este pedazo y el de Tzimistés para completar el mapa.

–Sin embargo, no tenemos ninguna pista para encontrar el de Cruïlles –razonó Oxford.

Pero Folch ya no la escuchaba porque estaba intentando unir los tres pedazos del plano.

–La que encontré en Monte Athos –dijo al ver que dos de ellos coincidían en uno de sus lados– lleva escrito «para llegar a la fortaleza»; la de Escocia, «oculta de Pasargada»; y la que acabamos de hallar en Barcelona, «cuando la sombra de los tres soles».

–Esto no tiene ningún sentido sin las que faltan –opinó Mastegot.

–Creo que sí –argumentó Folch–. Si unes «para llegar a la fortaleza» con «oculta de Pasargada», nos está diciendo que hay una construcción oculta en Pasargada.

–¿Subterránea? –preguntó Rita.

–Sí, supongo que sí.

–¡Buf! –hizo ella.

Las campanas de la universidad dieron las dos del mediodía y Leo cerró el libro. Él y Abram seguían sentados junto al pozo en el patio de la biblioteca y ya era hora de ir a comer. Habían logrado su objetivo: salvar a Oxford y a Folch, habían hecho que Rita se convirtiera en un personaje del libro. ¡Ella, que no había creído nada! Acordaron encontrarse otra vez a las cinco y media en la biblioteca y se marcharon corriendo a casa.

Después de comer Leo aprovechó para forrar *El libro azul* con un papel lleno de dibujos de Walt Disney. Sería mejor que pasara inadvertido. No había que olvidar el interés que sentía Capdetrons. A las tres menos cuarto preparó su mochila y se aseguró de que no faltara nada imprescindible. Metió dentro el móvil, la libreta y el libro, y se despidió de su madre desde la puerta de la calle:

–¡Creo que hoy llegaré tarde, tengo que acabar un trabajo con Rita y Abram! ¡Quizás duerma en su casa!

–¡Muy bien, Leo –respondió su madre–, pero llama para decir dónde estás!

–¡Descuida! –respondió desde la puerta.

La cerró de un portazo y salió corriendo hacia el instituto. Los cuadernos, los libros del colegio y el estuche saltaron y tabletearon en la cartera al ritmo de sus piernas.

* * *

Las dos clases de la tarde transcurrieron sin novedad. Abram y Leo respondieron a sus compañeros que no sabían nada acerca de Rita; les dijeron que probablemente estaría enferma. A las cinco se encontraron a la salida del instituto. Como la calle Pau Claris era un hervidero de alumnos saliendo de clase y bocinazos de coches, tuvieron que alejarse hacia el soleado paseo de Gracia para poder hablar.

–Espérame en la biblioteca, tengo que cumplir un encargo –se excusó Abram–. Pero no leas sin mí, ¿eh?

–De acuerdo, pero date prisa –le respondió.

Leo llegó a la biblioteca sobre las cinco y media y sintió que el silencio le envolvía después de atravesar las ruidosas calles de Barcelona. Se sentó, sacó de la cartera la libreta con las anotaciones que había estado tomando y *El libro azul*, ahora forrado con dibujos de *La Cenicienta* y los *101 dálmatas*, y se puso a hacer los deberes. La sustituta de Oxford lo observó desde su escritorio. Los minutos fueron pasando uno tras otro. De vez en cuando miraba el reloj blanco con grandes manecillas doradas. Abram no daba señales de vida y empezó a preocuparse. Cada vez que miraba de reojo *El libro azul* le entraban unas ganas locas de leerlo. Pero se aguantaba, se lo había prometido.

Sobre las siete de la tarde cogió la libreta de anotaciones y repasó lo que en ella había escrito acerca de las conquistas de Alejandro, los tesoros y las pistas que Folch había hallado en sus viajes. Si daban con el pedazo de Cruïlles y el de Capadocia... «¡Ah!, si pudiera reunirme con ellos», pensó. Aunque sabía que no era posible, el relato sólo seguiría adelante si alguien lo leía. Si él entraba en el libro..., ¿quién les echaría una mano cuando surgiera alguna dificultad?

Dejó de pensar en ello y volvió a mirar hacia la puerta, a la espera de ver aparecer a Abram en cualquier momento. Al darse la vuelta, su libreta cayó al suelo y de ella se desprendió el sobre amarillo que le había dado el anciano. En su interior había tres fotografías aéreas en blanco y negro. «¿Qué es esto?», se preguntó. En el margen inferior estaba escrito a máquina:

«Vista de la plataforma y de la fortaleza poligonal de Pasargada desde una altitud de 2196 metros. Septiembre de 1935».

«¡Vaya! Montañas vistas desde mucha altura», comprobó Leo. Además de las viejas fotos aéreas, encontró el dibujo de una escultura rectangular, una extraña figura masculina vestida con una larga falda. De su espalda nacían cuatro grandes alas y una especie de gorro rematado por tres círculos le cubría la cabeza. Detrás estaba escrito:

«Estatua de Ciro en Pasargada».

En la parte superior había una inscripción, descrita por Meyer en 1887, en la que podía leerse:

«Cuenta los pasos con Ciro el Grande
Cuenta los pasos, entra en Palacio
Cuenta los pasos, goza y sé rico
Cuenta los pasos, ven a buscarnos».

No entendió su sentido, pero pensó que quizás ya le sería de utilidad. A las ocho menos cuarto ya no pudo aguantar más. Estaba a punto de abrir el libro cuando alguien entró en la zona infantil.

Iba vestido con un traje oscuro y una triste corbata gris. Su cara le pareció todavía más redonda y el minúsculo bigotito negro más peligroso que nunca. Era Salustio Capdetrons, que se dirigió a hablar con la sustituta. Cuchichearon algo y lo miraron. Sintió que aquellos ojos inquisitivos y autoritarios lo taladraban a través de las pequeñas gafas y se esforzó por seguir impertérrito delante de los libros.

Capdetrons se separó de la bibliotecaria. No lo perdió de vista mientras se paseaba lentamente entre las mesas de jóvenes estudiantes. Al hacerlo, hojeaba sonriente libros y cuadernos. Se fijó en ese detalle y en que, disimuladamente, se aproximaba a su sitio. Intentó esconder el libro debajo de la mochila sin que lo viera, pero era demasiado tarde. Capdetrons lo había visto y fue directo hacia él, lo tomó entre sus manos pero se sintió engañado, no era lo que esperaba encontrar. El libro estaba forrado con docenas de figuras de *Bambi, Dumbo* y los *101 dálmatas*. Posó su astuta mirada en Leo, que sintió un escalofrío pero que fue capaz de mirarlo sonriente y de preguntarle para que todo el mundo pudiera oírle:

—¿Le gusta Walt Disney?

El hombre devolvió inmediatamente el libro a la mesa y no le respondió. Le pareció oír una especie de desagradable gruñido. Después, tal y como había aparecido, regresó a su despacho, no sin antes dirigirle una inquietante mirada. Leo respiró tranquilo cuando lo perdió de vista. No era nada agradable estar solo en la biblioteca; le pareció más tenebrosa que nunca.

Acababa de comprobar que buscaba el libro. Debía leerlo rápidamente antes de que ocurriera alguna desgracia. Le sudaban las manos. A las ocho no pudo aguantar más y lo abrió.

Se apearon del autobús en el desvío de la carretera, cuando sólo quedaban unos kilómetros para llegar al pueblo medieval de Cruïlles. Vieron que conservaba parte de sus murallas y una alta torre de defensa. A lo lejos, entre los verdes campos de trigo, destacaban los tres ábsides románicos del monasterio de San Miguel.

–Hay que ir allí –señaló Folch.

La vieja iglesia de piedra arenisca estaba en buen estado. La fachada tenía una puerta monumental con arcos semicirculares que se abocinaban y capiteles con formas de piñas y otros frutos. Encima de la puerta había un gran rosetón de vidrios coloreados. Folch introdujo la llave que les habían prestado en la cerradura. Abrieron las pesadas puertas y avanzaron hacia el ábside principal. Las capillas laterales conservaban restos de altares y algunos pequeños sarcófagos de piedra gris.

–Oxford, Rita –dijo Folch–. Mirad por favor si hay alguna señal en esos osarios de piedra.

Oxford y Rita se encaminaron a una de las capillas laterales y Rita preguntó a la bibliotecaria:

–¿Qué es un osario?

–Osario viene de hueso –le respondió–. Es el lugar donde se depositaban los huesos de los difuntos.

–¿Hay que abrirlos? –se estremeció Rita– ¡Eeegh!

Mientras tanto, Folch había llegado al presbiterio, iluminado por la luz que entraba a través de los ventanales, y vio las pinturas al fresco. Simulaban unas cortinas anaranjadas, sobre las que destacaban unos leones blancos, esquemáticamente dibujados de perfil, cuyas cabezas miraban de frente al visitante.

–Señal de protección, como en las antiguas ciudades de Oriente –dedujo al ver a los felinos–. Puede que por aquí... **249**

Se fijó en cada uno para ver si había algo extraño, una contraseña, un mando oculto, algo... Pero después de palparlos no vio nada que llamara su atención. Tampoco el suelo, que golpeó con los pies, parecía que estuviera hueco. Nada. En Cruïlles no había nada. Se sentó en los escalones del presbiterio para pensar. Quizás el caballero hubiera guardado su pedazo de papiro en el castillo de la familia. Oxford y Rita se reunieron con él, asqueadas. No les había gustado nada lo que habían visto.

–¿Qué? –les preguntó él.

–Nada, sólo huesos y despojos –respondió Oxford sentándose a su lado.

–Hemos abierto todos los osarios que tenían el escudo de las crucecitas y ahora ¡apesto a cadáver putrefacto! –protestó Rita enojada.

El reloj de la sala infantil marcaba las ocho y cuarto. «¿Dónde se habrá metido Abram?», se preguntó. Los otros estudiantes se iban yendo a casa y pronto se quedaría solo. Por suerte Capdetrons no había vuelto a dar señales de vida. ¿Qué estará haciendo?, se preguntó.

Pasaron varios minutos en silencio. Ellas aprovecharon para visitar el resto de la iglesia. A uno de los lados de la nave se veía la puerta que comunicaba la iglesia con el resto de dependencias: las habitaciones, el claustro, las cocinas... Admiraron las altas pilastras que partían la nave simétricamente en varias partes, rematadas por capiteles de formas vegetales. Empezaba a oscurecer cuando un rayo de sol atravesó el rosetón de la entrada y dio de lleno en el ábside, iluminando el presbiterio.

–¿Qué es esto? –dijo Folch.

Se levantó del escalón con la extraña sensación de que había variado el color de uno de los leones, al incidirle directamente la luz del sol, como si se hubiera vuelto más claro que el resto. Sin decir nada a las dos chicas, se acercó a la figura y apoyó sus manos en ella. El león tenía los bordes de su silueta hendidos en la pared formando una línea hueca. Pasó las yemas de los dedos por el extremo de la pintura y lo fue agrandando. Al acabar se echó unos pasos atrás: había dibujado una pequeña puerta en la pared.

–¿No será que...? –se preguntó al empujar la pintura con ambas manos.

El ruido de una piedra arrastrándose por el suelo alertó a Oxford y a Rita. Cuando se volvieron, Folch estaba acabando de abrir la puerta camuflada en el ábside principal. Corrieron hacia él y pudieron ver que la pequeña portezuela daba acceso a un pozo. Una escala de hierro, aferrada al redondo agujero, descendía en la oscuridad.

–¡Otro pozo! –se quejó Oxford, un poco harta de pasadizos subterráneos.

–¡Caramba! –exclamó Rita con los ojos abiertos como faros.

–Dejadme bajar a mí primero –les indicó Folch encendiendo su pequeño mechero de gasolina–. Recordad: debemos ser precavidos; todos los caballeros protegieron su pedazo del plano con trampas y Gilaberto de Cruïlles no será menos.

«Huy, huy, huy», Leo se temió lo peor. Faltaban pocos minutos para que cerraran la biblioteca y el libro se volvía a poner peligroso...

Con sumo cuidado empezó a descender por el oscuro agujero hasta que resbaló y cayó. El sótano estaba por suerte un par de metros más abajo. Las dos bajaron tras él por la escalera y se encontraron con Folch, que iluminaba una galería que corría por delante.

–No os mováis –les indicó–, ahora regreso.

–¿Adónde vas? –le preguntó Rita alarmada.

–Arriba, a ver si encuentro una antorcha o algo parecido –le replicó Folch.

–Te acompaño –se ofreció ella.

–La haré con los restos de algún osario.

–Me quedo –respondió asqueada.

No tenía ningunas ganas de volver a abrir esas pequeñas tumbas, así que él le dio su mechero y las dos se quedaron esperando en el sótano.

Una vez que la vista se le acostumbró a la oscuridad, Rita adivinó la presencia de una puerta, al fondo, donde acababa la galería. A su lado se reconocía fácilmente un escudo lleno de pequeñas cruces.

–¡Mira, Oxford! –le dijo andando hacia la puerta–. El escudo de los Cruïlles...

Leo se revolvió en la silla.

–No te acerques –le aconsejó ella–, obedezcamos a Fo...

Pero no pudo terminar la frase porque Rita dio unos pasos por la oscura galería y desapareció.

–¿Rita? ¡Rita! –chilló Oxford.

Nadie le respondió.

«¡Rita!». Leo se secó las manos en la pernera del pantalón. Sus ojos se deslizaban por las líneas de las hojas a toda velocidad.

Oxford empezó a buscarla por toda la sala y a golpear la puerta. Pero Rita no dio señales de vida. Se apoyó desconsolada en la pared. El muro se abrió y se la tragó. Después volvió inmediatamente a su posición original.

«¡Y ahora Oxford!», se exasperó Leo. Faltaban dos minutos para que dieran las ocho y media y no podía intentar ningún rescate, debía seguir leyendo para ver si Folch hacía algo.

Folch descendió triunfalmente con la antorcha, agarrándose con cuidado a los escalones de hierro.

–Bueno, otra vez aquí, ¿qué eran esos gritos? Con esta luz ya podremos...

La galería subterránea estaba vacía. A mitad del oscuro y frío sótano vio brillar el mechero que había soltado Rita un minuto antes. Pero no se veía a ninguna de las dos.

–¡Rita!, ¡Oxford! –gritó varias veces–. Pero... ¿cómo...? –se pasó la mano por la frente.

Acababa de dejarlas ahí abajo y las dos habían desaparecido. Tanteó las paredes y volvió a gritar con todas sus fuerzas, pero nadie respondió. Tras unos segundos de desconcierto miró la pared que tenía enfrente y se fijó en el escudo de los Cruïlles. Le pareció que alguna de las cruces estaba pintada. Se acercó y sopló en el relieve. Así era, una de las cruces era blanca y otra roja. No tenía otra alternativa que jugársela a uno de los dos colores y presionó la cruz de color rojo, que se hundió en la pared. La gruesa puerta se abrió para dejarle paso a una cámara. Siguió avanzando hasta el centro, donde se levantaba una columna partida por la mitad, y la iluminó con la antorcha. Encima había una cajita de madera, la abrió y encontró el pedazo de papiro.

–¡Maldita sea! –exclamó al caer en el agujero que se había abierto bajo sus pies–. ¡Otra trampa!

Cayó en una cámara de paredes lisas y resbaladizas. Aún no había tocado el suelo, cuando una reja de hierro corrió por encima de su cabeza cerrándole la salida. El reducido espacio empezó a llenarse de agua que brotaba de unos agujeros abiertos en la pared. Por si fuera poco, la puerta de las cruces por la que había entrado se cerró de golpe y tras intentarlo varias veces comprobó que sus manos no llegaban a los bordes.

–¡Maldito Cruïlles! –gritó– ¡Socorro!

Leo cerró el libro de golpe. Los tres habían desaparecido... ¡en menos de dos páginas de lectura! Dieron las ocho y media y sonó el timbre. Recogió rápidamente la cartera y se dirigió hacia la puerta giratoria de la salida. Se detuvo en seco; junto a ella había dos hombres. Inmediatamente le vino a la cabeza el paseo de Capdetrons por la zona infantil. Dio media vuelta, como si hubiera olvidado algo, y regresó a la sala de lectura.

A lo mejor los dos individuos no tenían nada que ver con él pero... ¿Y si le estaban esperando a él? ¿Qué ocurriría si se apoderaban del libro y él no podía leerlo? ¿Se ahogaría Folch? ¿Dónde estaban Rita y Oxford? Se formulaba estas preguntas cuando llegó frente a la mesa de la sustituta.

–He olvidado un lápiz –se excusó.

En el momento en que la bibliotecaria se volvió para recoger su bolso, se encaramó a una de las escaleras rodantes y se metió en un pequeño hueco entre los libros del segundo estante, que crujió, y ahí se quedó agazapado. La mujer acabó de recoger sus cosas, apagó las luces y salió de la sala. Durante unos minutos oyó a gente deambular por el vestíbulo. Todo el mundo abandonaba la biblioteca hasta el día siguiente. Aprovechó para abrir el libro y leer a la luz que se colaba a través de uno de los ventanales.

El agua seguía subiendo de nivel en la estrecha cámara donde había caído y ya le llegaba a la cintura. Siguió gritando, pero nadie pareció oírlo. Calculó que al ritmo que subía el nivel se ahogaría en menos de diez minutos.

–¡Buf! –exclamó, cerrándolo de nuevo.

«Piensa Leo», dijo golpeándose la cabeza. «¿No hay nadie que los pueda sacar de ese atolladero? Folch está encerrado en esa cámara, pero ¿y Oxford y Rita?». Deseó que no les hubiera pasado nada irremediable. Folch acababa de decir que le quedaban unos diez minutos. «Piensa,

Leo, piensa». Dieron las nueve en el campanario cercano y creyó que había llegado el momento de deslizarse para buscar una salida. Ya tenía los dos pies en la escalera cuando se iluminó la sala. Por suerte quedó en la penumbra...

—¡Maldita sea! Se nos ha escapado... —rugió Capdetrons al ver la sala desierta.

—El chico está por aquí —respondió un tipo que entró. Leo reconoció esa voz de inmediato; se trataba del individuo que los había espiado a él y a Oxford en la sala.

—¿Estás seguro de que el chico no ha salido, Capdellamps? —preguntó Capdetrons.

—Seguro. No ha podido hacerlo. Fuera, dos de mis hombres le están esperando.

¿Capdellamps? ¡Había dicho Capdellamps! ¿El secretario del profesor Romaní? ¡El que lo traicionó! No, no podía ser. Sólo podía tratarse de... ¡su hijo! Y de algún modo sabía algo de la persecución que su padre había hecho a Folch y se había aliado ahora con Capdetrons.

—¿Estás seguro que ha traído el libro? —preguntó Capdellamps.

—Casi seguro, no creo que lo haya dejado en el colegio.

—Pero antes has dicho que no lo tenía...

—Antes he dicho que tenía un libro forrado de dibujitos —le corrigió Capdetrons irritado—. Había demasiada gente para quitárselo.

—¿Se trataría del libro?

—Seguro —afirmó Capdetrons.

256   «No pueden quitármelo», concluyó, «el final de un libro es lo más importante, y de mí depende que acabe bien...».

–Todo lo que se contaba del tesoro de Alejandro es cierto, Capdetrons –aseguró Capdellamps–. Hemos comprobado todos los datos y son verdaderos. Seguro que en ese dichoso libro se encuentran las claves para llegar hasta él. Pero este chico nos ha tomado la delantera y hay que evitar que continue inmiscuiéndose en nuestros planes. ¡Hemos de arrebatarle el maldito libro!

«Tengo que encontrar una salida. Si me pillan y no puedo seguir leyendo..., ¡a saber qué ocurrirá con Rita y Oxford!».

Los minutos habían pasado y Folch debía estar a punto de ahogarse. De pronto le vino a la cabeza lo que podía hacer para salvarlos. Alguien tenía que pulsar la cruz blanca en el escudo del sótano de Cruïlles. Lo acababa de ver con una claridad meridiana: ¡Abram podía ir! ¡Eso podría hacerlo! No era tan difícil ni hacía falta ser un superhéroe. Tenía que avisarlo cuanto antes, pero Capdetrons y Capdellamps seguían mirando debajo de las mesas y entre los armarios. No acababan de convencerse de que se les hubiera escapado. Se dio media vuelta e intentó sacar silenciosamente el teléfono móvil de la cartera. Lo logró, pero se tambaleó. En el silencio de la sala, la escalera crujió como si se hubiera partido por la mitad y los dos hombres volvieron la cabeza hacia arriba.

–¡Allí está! ¡En la tercera estantería! ¡He visto su zapato!

Leo trepó ágilmente a lo alto del armario y desapareció entre montones de libros con el móvil en la mano.

–Precisamente ahora tenía que hacer ruido, ¡seré idiota!

Capdetrons y Capdellamps acercaron una escalera a la

estantería y entonces los volúmenes más gruesos de diccionarios y enciclopedias empezaron a volar en su dirección. El tercer tomo acertó de lleno en la cabeza de Capdetrons y los dos hombres tuvieron que parapetarse mientras otros libros se estrellaban contra las mesas. El estruendo era grande y los hombres intentaron contraatacar, pero Leo tenía docenas de diccionarios a mano. Por suerte eran ya más de las nueve y nadie vino a auxiliarlos, de lo contrario las cosas se hubieran puesto muy feas.

–¡Cuando te cojamos se te acabarán para siempre las ganas de haber tocado un solo diccionario! ¡Te los vas a comer todos! –gritó uno de ellos.

Pasados un par de minutos y en vista de que ninguno de los hombres salía de su escondrijo por miedo a recibir un librazo, Leo se desplazó sigilosamente por la estantería sin perderlos de vista.

–¡Maldito crío! ¡Baja de una vez! –gritó Capdetrons.

Seguían amenazándole sin ningún resultado. Logró acercarse a la puerta, se apropió de varios pesados tomos de la *Larousse* y los catapultó con ambas manos contra los dos hombres, luego saltó al suelo, atravesó la puerta y corrió hacia la sección de adultos sin mirar atrás. Entró en la sala y cerró la puerta de golpe. Todo estaba oscuro. Allí dispondría de unos segundos para llamar a Abram mientras ellos decidían qué dirección tomar y se escondió debajo de la mesa de la bibliotecaria. Por suerte el móvil tenía las teclas iluminadas, marcó como pudo el número y esperó.

–¿Diga? –oyó al otro lado de la línea.

–Abram –susurró Leo desde debajo de la mesa.

–¿Diga? –repitió Abram– ¡No se oye nada!

–¡Chssst! No grites; soy yo, Leo. ¿Me oyes bien? –volvió a susurrar.

La puerta de la zona de adultos se abrió con estrépito y tuvo que colgar. Se encendieron las luces y Capdetrons gritó:

–¡Sabemos que estás ahí, cucaracha inmunda! ¡Sal y no te ocurrirá nada, no tendremos en cuenta lo que has hecho! –le intentó engañar–. No podrás desaparecer como tu amiga la bibliotecaria.

Leo se calló como un muerto; si quería que se delatase lo tenía claro, pensó. Al cabo de unos segundos oyó unas pisadas, pero escondido debajo de la mesa, agazapado detrás de la papelera y de un montón de libros, no era fácil que dieran con él. Además, las cuatro alas de la biblioteca estaban comunicadas y uno debería montar guardia junto a la puerta mientras el otro las recorría y miraba debajo de cada mesa.

A través de las patas del escritorio vio que Capdellamps estaba alejándose de su escondite. Eso le volvía a dar unos segundos... Tecleó un mensaje en el móvil.

«Soy L. no pd hablar».

Y esperó. En unos segundos su pantalla recibió una respuesta.

«Xq? dnde sts?» –tecleó Abram.

«Tngo :(»

«Problms?»

«Si. tnes q aydrme. empja la + blnk».

«Q!!!?»

«En mnsterio d Crlls, la + blnk!!!» –tecleó Leo con los dedos empapados en sudor.

Cuando lo comprendió, Abram no pudo ahogar un grito y llamó directamente a Leo.

–¡Leo! ¡No! ¿Qué es esto de la cruz blanca? ¿Qué vas a...? No quiero quedarme encerrado dentro del libro, Leo. ¡No... por favor!

Leo no podía hablar y le mandó otro mensaje.

«Portt como 1 hmbre».

A continuación apagó el móvil y cogió el libro. A pesar de que las circunstancias no eran, ni mucho menos, las idóneas, se puso a leer. ¿Qué se encontraría Abram al entrar en el monasterio?

–¡Caramba, Abram, qué sorpresa! –exclamó Rita cuando la ayudó a salir del agujero en el que había caído–. Al ir a ver el escudo de piedra en la pared pisé un falso suelo que cedió bajo mi peso –le explicó.

–¡Qué suerte que estés aquí! –le agradeció Oxford traspasando la puerta disimulada en la pared que se la había tragado.

En ese momento vieron aparecer a Folch saliendo de la cámara, sonriente.

–¡Aquí está! –dijo empapado. Entre las manos sujetaba el cuarto pedazo de papiro– ¡Lo tenemos!

–¡Buf! –sopló Leo debajo de la mesa.

–¿Cómo lo has hecho? –le preguntaron las dos a la vez.

–Pues esta tarde, o esta noche, ya no lo sé porque para mí hace un rato eran las nueve de la noche, iba a cenar cuando Leo me ha enviado unos mensajes al móvil. Me ha pedido que pulsara la cruz blanca cuando estuviera en Cruïlles. Le he dicho que contara conmigo, que yo estaba dispuesto a esto y a mucho más...

–Ya –dijo Rita, que no acababa de creerle.

–Después –prosiguió Abram–, al andar por el pasillo de mi casa, he sentido un escalofrío y un mareo. He empezado a oír voces como si alguien leyera palabras a toda velocidad y me atravesaran de parte a parte. Después todo se ha vuelto oscuro. Cuando he abierto los ojos estaba en medio de un campo, cerca de esta iglesia. Es como si me hubiera desmayado y... ¿estamos realmente dentro?

Ellas dos se miraron y Oxford le respondió:

–Mira, Abram, no estoy muy segura pero creo que sí, realmente podríamos decir que él –dijo señalando a Folch– es el protagonista del libro de Leo.

–¿De quién? –preguntó Folch.

–Un amigo –dijo Rita.

–Me gustaría conocerlo, parece muy listo –dijo él.

Leo se sonrojó debajo de la mesa.

–Tal y como están sucediendo los acontecimientos –dijo Oxford haciendo una mueca–, no creo que tarde mucho en aparecer.

Rita la miró como si hubieran pensado lo mismo.

–¿Y después qué has hecho? –le preguntó Rita.

–¡Ah!, sí –siguió explicándoles–. Estaba a pocos metros de esta iglesia, he entrado y he visto el ábside, al fondo había una pequeña abertura entre unos leones pintados, he bajado hasta este sótano y he presionado sobre el escudo la cruz blanca.

–Entonces es cuando la trampa ha dejado de manar agua... estaba a punto de ahogarme –dijo Folch.

–Ha sido muy fácil –concluyó Abram.

–¡Qué valiente has sido!

Abram se sonrojó, orgulloso de que Rita lo felicitara. Siempre había sabido que, en el fondo, era un valiente.

«¡Ja!», pensó Leo. «Lo que he tenido que insistirte».

Unas horas después volvían a estar todos reunidos en casa del profesor, sentados alrededor de la mesa.

–Veamos, si no he contado mal –resumió el profesor Romaní cuando estuvieron todos alrededor de la mesa– tenemos ya cuatro pedazos del plano y sólo falta uno para poder empezar a buscar el tesoro. ¿Voy bien o me equivoco? –preguntó.

–Va bien, profesor –respondió Oxford.

–Bueno, bueno. Entonces sólo nos falta saber el significado de las palabras escritas en el plano... –dijo dirigiéndose a Folch.

Folch asintió y colocó los cuatro papiros ordenadamente encima de la mesa. Al unirlos empezaron a verse los puntos donde conectaban las líneas de los intrincados pasadizos, que formaban una gruesa telaraña.

Leo sacó la cabeza de su escondite. La sala seguía desierta. Debían estar buscándolo por otro lado. Tenía que leer deprisa.

—Este laberinto tiene centenares de metros de recorrido —apuntó el profesor.

—Falta la parte central, donde debe estar la cámara del tesoro —señaló Folch.

—Es el fragmento que estará en Capadocia, ¿no? —se aventuró a decir Rita.

Por respuesta Folch apoyó la mano en su hombro y asintió guiñándole un ojo.

—¿Y cómo interpretas las frases? —preguntó Mastegot.

Folch leyó los cuatro versos ordenadamente:

Cuando la sombra de los tres soles
alcance el cénit, empieza
a recorrer el camino de los números
para llegar a la fortaleza oculta de Pasargada.

—Quizás esos tres soles nos marcarán un punto desde el que contar los pasos para dar con la entrada secreta.

—¿Y qué es lo que son esos soles, a los que se refiere el plano, quiero decir? —preguntó Hortensio Vermut que se había ofrecido a acompañarlos a casa del profesor.

—¿Y lo del camino de los números? —añadió Abram.

—Mmm... —meditó Folch—. Supongo que en el fragmento que nos falta encontraremos esos números y lo que significan estos tres soles.

Leo tuvo un presentimiento y sacó del sobre el dibujo del relieve de Ciro. Pensó que tal vez podía tratarse de los soles que había en el relieve.

–¿Y esos puntos y cuadrados que salpican los pasillos del laberinto? –preguntó Mastegot mirando atentamente el plano.

–Intuyo que deben ser cámaras o habitaciones –dijo el profesor Romaní.

–Estará plagado de trampas –afirmó Folch.

–Supongo que sí –convino el profesor.

Habían pasado unos minutos y no se oía nada en la biblioteca. Las luces seguían encendidas y supuso que los dos hombres estarían lejos. Leo estaba satisfecho de que sus amigos viajaran con Folch a Capadocia.

El inspector Mastegot volvió a dirigirse a su amigo:

–¿Cómo viajarás a Göreme?

–¿Adónde? –preguntó el ayudante de Mastegot.

– A Gö-re-me, en Capadocia –repitió pacientemente el profesor.

–Sí, eso, ¿cómo viajaremos? –añadió Rita.

–¿Viajaremos? –preguntó extrañado el profesor.

–Sí –añadió Oxford–, nosotros vamos a ir con él, por supuesto.

–Por supuesto –sentenció Abram.

–¿Pensáis acompañarme? –les preguntó Folch.

–Sí –respondieron los tres a coro.

Los tres hombres se intercambiaron una mirada y finalmente el profesor dijo:

–Bien. Entonces preparemos el viaje.

Sacó de su extensa biblioteca un atlas y lo abrió por la mitad. Lo depositó encima de la mesa y todos se inclinaron para seguir el recorrido del dedo del profesor.

–Si salís mañana por la mañana en barco hacia Turquía podréis tomar el tren en Izmir hasta Konya, quinientos kilómetros al este –dijo calculando las distancias con una regleta–. La vía férrea llega hasta Kayseri. Allí tendréis que alquilar caballos hasta el llamado triángulo de oro de Capadocia.

Leo aguzó el oído, pero no oyó nada. Tan sólo los coches que circulaban por la calle del Carmen. Pasó la página y siguió leyendo.

Göreme

Llevaban cabalgando desde la salida del sol y habían cubierto la quinta parte del recorrido hasta las poblaciones de Göreme y Uchisar, en pleno centro de la Capadocia, región montañosa que las fuerzas de los vientos se habían encargado de esculpir caprichosamente. El paisaje que los rodeaba parecía lunar, como si tenedores gigantes hubieran surcado la estepa a su albedrío. A lo lejos se veían grandes peñascos que los vientos habían convertido en extrañas formas. En lo profundo de barrancos y gargantas discurrían estrechos riachuelos y algunas manchas verdes salpicaban de color el paisaje.

—Ya no puedo más —se quejó Abram tambaleándose encima de su caballo—. Creo que no podré sentarme en una semana.

Se había cubierto la cabeza con un pañuelo ajustado con un cordel. El calor era muy intenso y llevaban cabalgando desde que salieron de Kayseri.

–Eso es porque no has montado nunca –le explicó Oxford–. Tienes que apretar los muslos contra la silla y alzarte sobre los estribos al ritmo del trote.

–¡Eso, Abram! Tienes que hacerlo como te dice –sonrió Rita sentada cómodamente en el carro que habían alquilado.

La travesía desde Barcelona hasta el puerto de Izmir, en la costa de Asia menor, había sido relativamente tranquila. La semana de navegación tan sólo fue perturbada por dos esbirros de Friedendorff, oportunamente lanzados por la borda en el puerto de Siracusa. Los habían descubierto revolviendo el camarote de Oxford y Rita.

–Pararemos aquí –señaló McGuillam cuando todavía faltaba bastante para su destino.

Descabalgaron junto a una alberca; cerca de ella un pequeño riachuelo cruzaba unos metros por delante y allí Folch sacó el mapa de su macuto.

–Nos encontramos cerca de la población de Ürgüp. A medio camino de Göreme.

Estaban rodeados por cientos de rocas erosionadas, blancas y marrones. La mayor parte son restos de erupciones volcánicas. El polvo de la estepa se arremolinaba a su alrededor. A lo lejos se entreveían chimeneas de hada, unos curiosos cilindros de roca blanca coronados por unos sombreros de lava que recordaban monstruosas cabezas. Abram se encargó de abrevar las tres yeguas, relucientes y nerviosas. Improvisaron un pequeño campamento donde almorzaron y se refrescaron.

–Si seguimos a este ritmo, podemos llegar a Göreme mañana por la noche –calculó Folch mirando el mapa.

Pasaron el resto de la tarde estudiando los pasadizos del laberinto, que calcularon en más de dos kilómetros de recorrido. Antes de dormir Folch encendió la lámpara de petróleo y se quedó apartado del resto, trabajando con el plano y su libreta. A la mañana siguiente reanudaron la marcha. Habían soportado el frío montando guardia junto a la hoguera y avivando el fuego del campamento hasta que los chacales dejaron de aullar.

«Pobre Abram», pensó Leo recordando lo miedica que era su amigo, y aguzó el oído por si oía algo.

Por la tarde, tras cabalgar durante más de tres horas, divisaron al fondo la masa rocosa de Ürgüp, población famosa por sus alfombras. Al llegar a la entrada del villorrio, vieron varias tiendas de forma poligonal y brillantes colores. Abram, que ya había aprendido a galopar, se adelantó al grupo y descubrió algo realmente insólito.

–¡Mirad! –les gritó señalando a lo alto.

La redonda masa de un globo aerostático descendía sobre la pequeña localidad, hacia las tiendas y la gran carpa de lo que era un circo ambulante. Además del carro con jaulas de fieras, el circo estaba compuesto de unos carromatos y de un viejo camión. Le Grand Circus Turkey, rezaban los carteles de la lona que estaban desmontando. Saludaron con la mano a las gentes del circo y decidieron acampar cerca de ellos, para pasar la noche resguardados. Antes de cenar, Rita y Abram visitaron las exigüas dependencias del pabellón circense y trabaron amistad con uno de los integrantes de la compañía. Con el forzudo del circo, a juzgar por las dimensiones de sus bíceps. El hombre vestía unos divertidos pantalones a rayas rojas y blancas, llevaba una de sus orejas atravesada por un grueso aro dorado y era calvo como una bola de billar.

–Holas, holas, holas –les saludó depositando en el suelo dos grandes cubos con agua.

–Hola –lo saludaron ambos.

–¿Us habéis perdido vosotros duos?

–No, acampamos aquí cerca –dijo Rita.

–Ah!, es bien, bien, bien.

–Yo soy Abram y ella es Rita.

–¡Ah!, es bien, bien, bien..., mí soy Kamel. ¿Queréis acompañiarme, voy a dar de bebier a las fieras? –dijo agarrando los dos cubos.

–¡Uauh! –exclamó Abram– ¿Tenéis leones?

–¡Ah! Sí, sí, sí. Leones y pantieras.

Los guió entre las tiendas del circo y les fue explicando cada actuación. Dieron de beber a las fieras: un viejo león, dos panteras y un leopardo. Lo que más les llamó la atención fue el globo deshinchado y la canasta de mimbre.

–¿Para qué queréis el globo? –le preguntó Abram.

–¡Ah! Sí, sí, sí. El globo es importante, sí. Sirve para atraer la atención de los pueblos de varios kiliómetros a la redonda cuando lo izamos por encima de la carpa.

Dos mujeres estaban atareadas cosiendo el cartel de tela con las brillantes letras doradas de Circus Turkey, deshilachadas por el viento. Agradecieron a su anfitrión el paseo por el circo y regresaron con Oxford y Folch para dormir dentro de la carreta, junto a los caballos.

Al alba saludaron a sus vecinos, que estaban cargando los fardos en el camión y en grandes carros tirados por mulas. El forzudo realmente debía serlo, pues cargaba con más del doble de bultos que el resto. Montaron en sus caballos y partieron veloces para llegar cuanto antes a Göreme. Atravesaron al trote las rojas aguas del río Damsa y el pueblo de Ürgüp. Su única calle estaba repleta de tiendecillas de alfombras y de alfareros moldeando arcilla en los tornos. A tres kilómetros encontraron Göreme, situada en medio de un inverosímil caos de conos.

—Ahí está —exclamó Folch.

Era una aldea rural construida en el interior de los conos horadados como un queso. Llegados a la población, si así se la podía llamar, vieron a gente montada en carros de rico colorido, tenderetes de fruta y hortalizas pegados al macizo de piedra volcánica. En él se abrían puertas y ventanas, como mil ojos excavados en la roca. Se trataba de un hormiguero gigante.

—¡Mirad! —señaló Rita asombrada.

En la montaña se veían fachadas de iglesias esculpidas con arcos y columnas decorativas, aunque en alguna parte la estructura se había desmoronado.

Por segunda vez Leo oyó unos pasos.

—¡No tienes escapatoria, sal! —dijo una voz—. Todas las puertas están cerradas.

Pero él se mantuvo inmóvil hasta que las pisadas volvieron a alejarse.

Frenaron los caballos delante de una casa. La puerta estaba cubierta por una estera de color amoratado. Al instante varios niños y niñas, ataviados con pantalones bombachos, se les acercaron interesados. Uno de ellos, de piel aceitunada y con unos grandes ojos almendrados, con más desparpajo que el resto, se acercó a Oxford y la saludó sonriendo:

–Holas.

–Hola –respondió ella, al descabalgar y sacudirse el cabello lleno de polvo.

El chico tendría unos doce años y llevaba el pelo negro azulado recogido en la nuca.

–¿Buscáis a los otros? –preguntó después de que sus ojos encendidos y curiosos los contemplaran unos segundos.

Folch frunció el ceño.

–¿A qué otros?

–A los hombries que llegaron la semiana pasada –respondió el chico.

–¿Qué hombres llegaron la semiana ...ejem..., la semana pasada? –le preguntó Folch extrañado.

–Los que están buscando el tesioro –le explicó.

–Sí –añadió una de las chicas–. Están excaviando todas las iglesias.

–Son docienas –dijo otro de los niños que apenas levantaba tres palmos del suelo.

–Tienen picos, palas y mucho material...

–...han contratiado a muchos hombres del pueblo.

«¡Se nos han anticipado en llegar a Göreme!», se extrañó Leo, «pero ¿quién les ha informado de su destino?». ¿Cómo podían haberles tomado tanta delantera? Nadie más que ellos sabía adónde se dirigían. Se quedó blanco. Sólo había una posibilidad: ¡entre ellos había un traidor que había informado a Friedendorff! ¿Pero quién? Se estremeció al pensarlo. Él confiaba plenamente en sus amigos; ninguno podía haberlo traicionado de aquella manera.

–Oye –preguntó Folch al chico–, ¿cómo te llamas?

–Boghaz –respondió él.

–Muy bien, Boghaz, atiende: esos hombres no pueden vernos, correríamos un grave peligro, ¿lo entiendes?

El chico asintió con la cabeza.

–¿Están tus padres en casa? –le preguntó.

Boghaz volvió a asentir.

Folch quería hacerles unas preguntas y conseguir algo de colaboración.

–¿Te importaría que habláramos con ellos?

–Claro que no, mi casa no queda lejos, está ahí arriba –respondió señalando un gran ventanal cuadrado abierto en una de las caras de la mole rocosa.

Dejaron los caballos abrevando en una acequia y siguieron a Boghaz pegados a la ladera de la montaña. Al torcer en un recodo encontraron una puerta que el chico abrió. Se trataba de un simple agujero en la montaña, pero no era sucio, ni maloliente, ni olía a fango, ni era tampoco un agujero seco, desnudo y arenoso: era un agujero de Göreme y parecía cómodo. Varios pequeños muebles daban a entender que la vivienda pertenecía a una familia sencilla. El padre de Boghaz trabajaba en el campo y su abuelo moldeaba piezas de cerámica. El chico, que debía contar la misma edad que Rita y Abram, alumbró el camino con una antorcha. Dieron con un pasillo cilíndrico que subía al segundo piso por una escalera. Por ella accedieron a la casa, que consistía en una gran sala cuadrada cubierta de alfombras. A ella se abrían varias puertas que debían de ser las habitaciones. Allí se encontraban los hermanitos de Boghaz y su madre, que les hizo acomodar en la sala, a la espera del cabeza de familia y del abuelo. Cuando llegaron, Boghaz hizo las presentaciones y se sentaron a la mesa para comer. El padre de Boghaz les explicó cómo había sucedido la inesperada llegada de los excavadores:

–Nos dijeron que los inviaba el gobierno de Ankara para realizar unas prospiecciones y agitaron ante nuestras narices unos documientos.

–Llegaron varios camiones por la carretiera de Kayseri –siguió diciendo el abuelo–. Serían unos quince hombres, descargaron el matierial y empezaron a reclutar mano de obra. No sé qué buscarán, pero estas colinas han sido excavadas desde hace más de diez siglos y dudo que encuentrien algo más que roca y alacrianes –se rió, y al hacerlo sus ojillos se achinaron.

Entre los cuatro pusieron al corriente a sus anfitriones de los planes de esos ladrones y de la necesidad que tenían de hallar un fragmento de pintura que coincidiera con el dibujo. Folch les mostró el pergamino hallado en la coraza pero ninguno de ellos supo reconocer la imagen.

–Además debéis tener en cuenta –dijo el padre de Boghaz– que hay otras localidades cercanas como Avanos, Uçhisar o los barrancos de Güllü Dere, donde también se consiervan templos con pinturas en las pariedes.

Boghaz se ofreció a acompañarlos por la noche a recorrer las iglesias para ver si alguna pintura coincidía con la que buscaban.

Después de comer, Rita y Abram sintieron curiosidad por salir al gran ventanal practicado en la roca. Se asomaron cuidadosamente al agujero que se precipitaba sobre el paisaje de conos que tenían enfrente. Era un mirador excepcional.

De repente, Rita se agazapó debajo de las piedras que hacían de barandilla y llamó a los demás.

–¡Oxford, Folch! ¡Salid!

Vieron en la calle a varios hombres cargados con utensilios para proceder a una excavación. Se agazaparon a su lado y Folch dijo señalando a uno de ellos:

–Sí, lo reconozco. Es uno de los que me siguió a Salónica. Les di esquinazo en Rímini. Tendremos que esperar a que oscurezca para salir.

Volvieron a entrar en el interior de la vivienda. El resto de la tarde el abuelo de Boghaz les estuvo contando historias y tradiciones del pueblo capadocio. Leyendas sobre el nacimiento de los dos grandes ríos del paraíso: el Tigris y el Éufrates, que pasaban por la gran Babilonia, la ciudad de los jardines colgantes; sobre el río Pactolo, que bañaba la ciudad de Sardes y que acarreaba pepitas de oro que forjaron la fabulosa riqueza del rey Creso, y sobre los antiguos monjes que se retiraron a ese desierto, los que excavaron esas preciosas iglesias.

* * *

Boghaz los despertó a medianoche y entregó una antorcha a cada uno. Les hizo bajar por la estrecha escalera, atravesaron el corredor hasta la calle desierta y se pusieron en camino hacia la primera de las capillas excavadas en la formación rocosa llamada Karanlik Kilise, también conocida como iglesia oscura. Cruzaron la pequeña distancia que los separaba del macizo montañoso donde se encontraban excavadas las iglesias. Subieron por las escaleras talladas en la roca y entraron. Boghaz encendió dos antorchas que alumbraron sus paredes llenas de frescos, una verdadera Biblia ilustrada sobre fondo azul de lapislázuli. Contaban la vida de Cristo, escenas de la última cena y de la crucifixión.

–Ninguna coincide con el dibujo –señaló Folch después de examinarlas.

–Abajo hay un antiguo comedor y unas cocinas que usaban los monjes.

Bajaron por las escaleras, pero tampoco hallaron lo que buscaban. Así fueron recorriendo varias pequeñas iglesias, todas decoradas con bellas pinturas medievales. Algunas con esquemas de cruces y símbolos cristianos, otras con programas completos sobre la vida de Cristo o de santos orientales. Pasaron por las iglesias de Elmali Kilise, también llamada iglesia de la manzana, cuyos pilares estaban adornados con admirables retratos de profetas y patriarcas; la Barbara Kilise estaba decorada con dibujos geométricos y paneles con las figuras de santa Bárbara y San

Jorge venciendo al dragón. Las sombras bailaban al compás de las antorchas que se iban consumiendo. Boghaz parecía conocer perfectamente cada una de las iglesias. Todas conectaban entre sí por escaleras y pasadizos tallados en la roca caliza, lo que les permitió recorrerlas sin ningún imprevisto. Las horas fueron pasando casi sin darse cuenta. Amanecía cuando llegaron a la capilla Sakli Kilise, también conocida como la iglesia oculta. Habían bordeado buena parte del macizo de Göreme y atravesaron un paso excavado en una roca de piedra caliza porosa. Subieron los peldaños y entraron en la iglesia de Sakli Kilise, la última por examinar del conjunto monumental. Se quedaron inmóviles con las antorchas en alto alumbrando las paredes de la pequeña capilla, cuando Folch les ordenó:

–Quietos, no hagáis ruido.

Oyeron un rumor de voces que se acercaba.

–Siguidme, nos esconderiemos aquí –susurró Boghaz agazapándose para entrar en una hendidura en la pared.

Se encontraron dentro de lo que había sido una cisterna y apagaron las antorchas.

–¡Qué asco! –dijo Oxford al pisar algo viscoso.

A través del agujero pudieron ver al grupo que penetró en la capilla y descargó sus herramientas, iban armados. Los hombres empezaron a golpear algunas columnas y el suelo.

–Están buscando algo –murmuró Rita.

276 Abram le puso un dedo delante de la boca para indicar silencio.

–... lo tenemos que... por aquí cerca –dijo uno de los individuos.

Entonces otro habló:

–...sí, ya son seis días...

–No sé en qué pensará el jefe..., no importa si lo que...

–comentó un tercero.

–...al menos, si nos sale mejor que lo del Pirineo..., –dijo un cuarto sujeto.

–¿Qué quieres decir, no te parece que... buena solución?

–Sí, hasta que no logren vender lo que tienen guardado en el local de... estaremos sin blanca.

«¡Estos tipos también participaron en los robos del Pirineo!», adivinó Leo.

Al oír la conversación Folch sacó la cabeza por la abertura de la cisterna y preguntó:

–¿En qué local dices?

–En el 22 de la calle Fusina, ya lo sabes –respondió el sujeto.

«Con esta pista», pensó Leo entusiasmado, «se podrá saber a quién pertenece el local y tendremos medio caso resuelto». ¡Qué ganas tenía de poder estar con ellos en Göreme!

Rita, Oxford y Abram sintieron que se les helaba la sangre.

–¿Qué dimonios hace? –cuchicheó Boghaz aterrado.

—¿Quién ha hablado? —preguntó extrañado el capataz de la cuadrilla.

Pero antes de que nadie pudiera responder, Folch mojó una tira de ropa en el petróleo de su lámpara, la prendió con el mechero y la tiró contra el grupo. Un pantalón empezó a arder de inmediato.

—¡Oh! ¡Ah! ¡Me quemo!... ¡Socorro! —gritó uno de ellos.

—¿Pero quién?

Estaban intentando apagarlo cuando la lámpara cayó a los pies de la cuadrilla y se rompió en mil pedazos, impregnándolo todo de petróleo en llamas y de una intensa humareda.

—¡Vámonos! ¡Ahora! —ordenó Folch.

Los cinco salieron de la cisterna y empezaron a correr detrás de Boghaz. Dieron vueltas y más vueltas por los corredores excavados en la roca, evitando los focos de luz. Al cabo de unos minutos se detuvieron exhaustos frente a las escaleras que les llevarían al otro extremo, donde habían amarrado los caballos.

—Se han multiplicado las luces y pronto empezará a amanecer —se alarmó Boghaz.

Habían encendido antorchas y estaban buscándolos por todas las galerías y capillas de Göreme.

—¿No hay otro sitio donde buscar? —preguntó presuroso Folch.

—A un kilómetro del pueblo —dijo Boghaz— está la iglesia de Tokali.

—¿Y eso qué significa? —preguntó Abram.

—Es la iglesia del lazo.

–¡Vayamos! –exclamó Oxford–. No perdemos nada.

–No –rugió Rita–, de perdidos al río. ¡Leo, si me lees me las pagarás!

Desamarraron los caballos y montaron silenciosamente. Habían recorrido la mitad del trecho que los alejaba del pueblo en dirección al noroeste cuando oyeron unos gritos.

–¡Nos acaban de descubrir! –señaló Abram.

Leo tragó saliva y pasó página para empezar el siguiente capítulo.

Tokali Kilise

Una intensa galopada, azuzando a los caballos, los llevó a la iglesia de Tokali, donde desmontaron. Amarraron las monturas a una encina, detrás del cono rocoso. Tuvieron que trepar a la roca para ver que su interior correspondía a dos iglesias, construidas una encima de la otra. La primera estaba decorada con pinturas arcaicas del siglo X, con escenas de la infancia y la pasión de Cristo. Servía como vestíbulo a la segunda iglesia, mucho más monumental. Subieron por la escalera y llegaron a la capilla superior, una de cuyas paredes sostenía un gran arco.

–¡Oh, qué bonito! –exclamó Rita al iluminar los muros con su antorcha.

Las paredes estaban repletas por entero de preciosas pinturas. Los demás entraron tras ella y alzaron las antorchas para ver con más detalle el impresionante conjunto. Las observaron enmudecidos mientras sus cinco rostros despedían destellos anaranjados. En el presbiterio, cuatro pilares, a través de los cuales se accedía a los ábsides, sustentaban estrechos arcos. Habían sido labrados en la misma roca, como en las demás iglesias. Folch sacó de su chaqueta el pergamino con el dibujo de las barcas de pescadores que habían encontrado en la coraza y empezó a mirar las pinturas, que constituían una serie en bandas horizontales encima de los arcos. Representaban a San José y la Virgen María camino de Belén y el sueño de José y el Ángel. Dentro de unos pequeños arcos había un grupo de santos. En el tercer y último registro aparecían varias pinturas: los doce apóstoles reunidos, unos santos, la escena del bautismo de Cristo...

–¡Aquí! –gritó Abram al reconocer la escena–. ¡La pesca milagrosa!

Folch alzó la antorcha para iluminar la pintura en la que un par de barquichuelas faenaban entre las olas. Después alzó el otro brazo con el dibujo para compararlos. Al ver que coincidían totalmente se volvió hacia los demás.

–¡Felicidades, señor Folch! –dijo alguien.

–¿Cómo? –dijo Leo– ¿Qué está pasando?

Inmediatamente se tapó la boca. Llevaba tanto rato leyendo que había olvidado donde estaba.

Oxford, Abram, Rita y Boghaz se volvieron inmediatamente. En las jambas de la puerta que separaba las dos iglesias se recostaba una figura. Un hombre de mediana edad: cara redonda, gafitas y un bigotito negro delgado y rectangular. Iba calzado con unas gruesas botas y llevaba la cabeza cubierta con un salacot de explorador. En la mano sostenía una fusta de montar.

Alguien más acababa de subir por la escalera que comunicaba las dos iglesias: el hombre de la cicatriz los apuntaba fríamente con su enorme pistolón.

–¿Capdellamps? –preguntó Folch.

Leo tragó saliva porque en ese mismo momento el hijo de éste lo estaba buscando a él por las salas de la biblioteca.

–¡Silencio! –le ordenó–. Sí, has acertado. Soy Capdellamps. ¿No nos esperabais? ¡Qué ingenuos! Llevamos años detrás de esta pista. Desde que encontramos el relato del monje Metochites.

–¿Encontramos? –preguntó Folch. Conocía bastante bien al que fuera secretario del profesor Romaní y si se le excitaba...

–¡Sí!, nosotros dos lo encontramos: ¡Friedendorff y yo! –respondió rabioso.

–Pero ¿cómo han logrado...? –se interesó Folch.

–¡Ja, ja, ja! –rió maliciosamente–. Es una deliciosa historia que seguro que te agradará oír. Hace años un colaborador nuestro descubrió un interesante manuscrito en el monasterio griego de Meteora en el que se narra el saqueo de Constantinopla en 1204. Ese manuscrito fue redactado por uno de los monjes, que vio lo ocurrido esa noche en la iglesia de la Chora: Metochites. ¿Lo recuerdas?... Pero ¿para qué te estoy contando todo esto? ¡Sarpullido! –ordenó al tipo de la cicatriz– Tú mismo...

«¿Qué... qué va a hacer?», se preguntó Leo asustado, «no será capaz de...».

–¡Capdellamps! –le retuvo Folch–. Parece que aquí acabará nuestro largo viaje. No estaría de más que nos contaras esos detalles.

–Está bien –condescendió–. Te complaceré, porque el solo hecho de saber que no vas a tocar ni una moneda del tesoro ya me pone de buen humor –dijo chasqueando la lengua–. Ese libro lo sustrajo hábilmente de Meteora un colaborador nuestro mediante procedimientos..., ¿cómo te diría?, no del todo ortodoxos. ¡Je, je, je! –rió– y le pedimos a tu querido Romaní que lo tradujera. Sin embargo, se negó a colaborar con un material de dudosa procedencia y amenazó con denunciarnos. Por ello tuvimos que provocar la pérdida de importantes documentos de la biblioteca. Sobornamos al juez para que apartaran a Romaní de la dirección, que, pasadas unas semanas, me ofrecieron a mí –sonrió.

Oxford, Rita y Abram escuchaban atónitos el relato de Capdellamps.

–Después, al seguirte la pista para saber cómo llevabais las investigaciones del robo de piezas de arte en el Pirineo –que como puedes suponer también es obra nuestra–, supimos que, casualmente, se había encontrado el sepulcro de uno de los caballeros del que Metochites daba noticia en el manuscrito. Seguir la pista del sarcófago, entrar por la noche, dar la paliza al bobo de Gisclareny... fue un juego de niños. Pero no contamos con la intromisión de tu amigo el inspector... el buey gordo, como le llama Friedendorff, ¡ja, ja, ja!

«Debe estar muy seguro de sí mismo», pensó Folch, mientras Sarpullido ataba a los demás, «porque está haciendo una confesión en toda regla». La verdad era que, respaldado por una *Smith & Wesson* del 45, cualquiera puede sentirse cómodo.

—Pero, por suerte —siguió explicando Capdellamps—, en comisaría tenemos un buen enlace. ¿Le conoces? Parece lerdo y despistado pero, de tonto, no tiene un pelo... Hortensio Vermut, ¿te suena?

¡Lo sabía!, se dijo Leo apretando el libro con rabia. Lo había sospechado desde el principio, sólo alguien que asistió a la reunión en casa del profesor Romaní podía haberlos traicionado. «Vermut... ¡El simplón de Hortensio Vermut es el culpable de todo!». Se arrepintió de haber sospechado de alguno de sus amigos.

—Como puedes comprender, al no encontrar el relato completo de Cruïlles en el archivo de la biblioteca hemos seguido todos tus movimientos, dejando que hicieras el trabajo. Dos hombres te siguieron a Salónica, pero fallaron y lograste escapar de Monte Athos. Sabíamos lo de Escocia, pero nuestro enlace no supo decirnos qué tren ibas a tomar, aunque intentó que lo perdieras en la Estación de Francia, montando un numerito con el guardia urbano, ¿recuerdas?

—Tampoco dio el mensaje a Mastegot cuando regresaste a Barcelona, queríamos que el bloque que preparamos en la catedral te aplastara, pero —por lo visto— unos amiguitos te han estado ayudando —dijo mirando cetrinamente a

Oxford, Rita y Abram–. El resto ya lo conoces. Y ahora no-sotros... Pero eso no importa –dijo metiendo la mano en el interior del macuto de Folch para sacar el plano del laberinto–. Porque ahora con esto y el fragmento que vamos a encontrar... ¡ja, ja, ja! ¡Seremos inmensamente ricos! Su voz retumbó por las paredes de la iglesia. A continuación se tocó el sombrero con la punta de los dedos para despedirse:

–Encantado de vuestra visita a Capadocia –dijo al darse la vuelta y acercarse a su esbirro–. Espero que ahora no falles –advirtió a Sarpullido–. Actúa rápido, ya sabes que a mí este tipo de... ejem... acontecimientos, me producen cierto malestar. Te esperaré fuera.

Capdellamps salió de la iglesia de Tokali mientras Sarpullido les encañonaba con el pistolón.

Leo se revolvió inquieto. Dejó de leer para pensar qué podía hacer. Seguía agazapado debajo de la mesa y se apoyó en el lateral de madera que crujió. «Que no lo hayan oído, que no lo...».

–¡Por allí! –gritó Capdetrons–. ¡He oído algo, acércate!

«¡Están a pocos metros!», se alarmó. Había estado leyendo muchos minutos y volvía a tenerlos encima. Capdetrons se fue acercando a la mesa de Leo que, a punto de verse descubierto salió corriendo de su escondite. Se quedó inmóvil entre los dos sujetos que se acercaron lentamente, acorralándolo hacia las hileras de mesas. Pero él intuyó la trampa, agarró el libro entre las manos y echó a correr en dirección contraria con la cartera pegándole en la espalda. Pero como los dos hombres empezaron a correr tras él cogió la cartera y la tiró por encima de su cabeza, yendo a parar a los pies de Capdellamps, que tropezó con las correas y cayó al suelo.

–¡Detente! –gritó revolviéndose de dolor y sangrando por la nariz–. ¿Qué libro es ése?

Leo se giró, le miró con circunspección y gritó:

–¡*Peter Pan*!

Los hombres se enfurecieron todavía más. Él, sin dudar un segundo, se encaramó a la primera mesa que tuvo delante y saltó de una a otra hasta el final de la nave. Escapó en dirección hacia otra de las salas.

–¡No hay salida, renacuajo!

–¡Vamos a descuartizarte, detente!

En su alocada carrera se encontró frente a la puerta de los lavabos. No podía rendirse en ese momento, la vida de sus amigos pendía de un hilo y no podía fallarles. Entró por una de las puertas y se quedó inmóvil sentado en una taza de váter. Los dos hombres pasaron de largo y respiró tranquilo. Encerrado en el baño disponía de unos preciosos minutos hasta que volvieran a registrar todo el recinto. Estaba muy nervioso, le temblaban las manos y le costó esfuerzo abrir el libro por la página correspondiente.

–Hay que mirar por aquí –dijo alguien en el pasillo.

–¿En los baños? –preguntó Capdetrons.

–Sí, todavía no los hemos registrado.

Leo se quedó de piedra. ¡Estaban a punto de dar otra vez con él! Apretó el libro contra su pecho y optó por el factor sorpresa. Salió del retrete profiriendo un aullido desgarrado y empujando la puerta con todas sus fuerzas:

–¡¡¡Aaagh!!!

Capdellamps cayó de cabeza contra uno de los urinarios por el impacto de la puerta y él arremetió hacia la barriga de Capdellamps, que cayó de espaldas contra la puerta.

–¡¡Bufff!!

En el cogote le salió un chichón del tamaño de un huevo. Empezaron de nuevo la persecución y las maldiciones. Sus rápidas zancadas le llevaron de nuevo a la zona infantil. Se encaramó a una de las estanterías llenas de libros y se ocultó. Sus amigos se encontraban en una delicada situación, similar a la suya, en la pequeña iglesia de Tokali Kilise y algo tenía que hacer. Volvió a abrir el libro para leer, pero los dos hombres entraron en la sala y lo descubrieron inmediatamente.

–Mejor será que bajes –le amenazó Capdetrons sacando una navaja del bolsillo.

–¡Creeek! –hizo al abrirse.

Empezaron a rodearlo. No podía respirar y no podía solucionar dos situaciones a la vez... No había escapatoria.

¿No la había? Subió un piso más por la escalera de madera, hasta el estante más alto, permaneciendo entre los libros de Walter Scott que había colocado en su sitio la primera tarde que pasó en la biblioteca. A pesar de los nervios que le atenazaban, abrió el libro para saber qué les estaba ocurriendo. Los dos hombres lo observaban desde el piso de la zona infantil maquinando qué hacer para cogerlo, pero ni siquiera les prestó atención. Ya sabía lo que iba a hacer. Sólo necesitaba unos segundos para seguir leyendo y...

–¡Baja de ahí chico, ya ves que no tienes escapatoria! –gritó Capdellamps, limpiándose de sangre la nariz.

Empezaron a subir por sendas escaleras para cogerlo. Leo volvió a tirarles algunos libros, pero esta vez Capdetrons y Capdellamps no se amedrentaron y, esquivándolos con más o menos fortuna, siguieron trepando. Los tenía a escasos metros cuando leyó.

Sarpullido miró a sus próximas víctimas, se pasó la lengua por los dientes y escupió al suelo mientras apuntaba mortalmente y con decisión a Folch.

«¡Está a punto de disparar contra Folch!», y algo le dijo que esta vez no iba a fallar. Un escalofrío empezó a subirle por la espalda. Si no hacía algo iba a ser testigo de cómo se freía a Folch y después haría lo mismo con el resto, y él lo iba a leer sílaba a sílaba agazapado en la estantería... Y no quiso. Lo que quería era salvarlos. Deseó con todas sus fuerzas entrar allí, en la pequeña y oscura iglesia capadocia, y darle un buen cabezazo al matón de Capdellamps. Cerró los ojos con rabia y los abrió de nuevo

El dedo empezó a deslizarse por el gatillo,

En ese momento Leo empezó a oír cientos de voces, algunas las reconocía y otras no. Repetían palabras y más palabras que lo atravesaron como el agua por un colador y tuvo la impresión de haberlas leído alguna vez...

lentamente, cruelmente,

Leo ocultó el libro en la estantería, esperando que nadie pudiera leerlo después de que él se metiera entre sus páginas. O al menos, si alguien lo cogía que fuera alguien de fiar.

Después, sin dudarlo, apretó los dientes hasta que chirriaron y se lanzó de la estantería en dirección a Capdetrons, que estaba unos metros más abajo con los pelos del bigotito erizados de rabia. Capdetrons se cubrió la cabeza con las manos mientras Leo gritó de tal modo que vibraron las vidrieras de la bilioteca:

–¡¡¡ Noooooo !!! –chilló al caer hacia el suelo ajedrezado de la sala.

El pistoletazo retumbó en sus oídos como un trueno cuando cayó de cabeza sobre algo bastante duro.

–¡Buen cabezazo, muchacho! –gritó alguien.

Leo acababa de dejar K. O. a Sarpullido, que yacía inconsciente en el suelo. La bala de su revólver se había desviado en el último segundo. Folch saltó hacia el esbirro y se apoderó del arma mientras Leo se frotaba la cabeza, en la que empezaba a aflorar un chichón del tamaño de un huevo.

–Siempre he dicho que eras un poco cabezota –dijo Rita cariñosamente.

Lo que ocurrió a continuación sucedió con tanta rapidez que es casi imposible de describir o de que sucediera, porque mientras Leo desataba las cuerdas que ataban a sus amigos, Folch se precipitó afuera con los revólveres y empezó a disparar contra Capdellamps y los otros secuaces, que se refugiaron entre las rocas. En medio minuto vació los tres revólveres sin acertar a nadie.

Oxford, Rita y Abram, al ser liberados, se fundieron en un largo abrazo con Leo. Es imposible describir lo que sintieron. Toda la angustia y los temores, las emociones de ese día se agolparon en sus cabezas y estaban a punto de ponerse a llorar cuando Rita levantó la cabeza hacia el techo.

–¡Mirad! –señaló. La bala dirigida a Folch había impactado en la pared y una parte importante de la pintura se había quebrado–. Debajo hay algo.

Empezaron a descascarillarla para hacer saltar los pedazos rotos con un palo. Vieron otra pintura que había permanecido oculta durante siglos.

–¡La batalla de Isso! –gritó Leo al reconocer la escena que ya había visto.

Era una pintura como la del mosaico de Pompeya que había visto en su ordenador. En ella se representaba a los soldados de ambos bandos subidos a sus carros y blandiendo las lanzas, mientras el derrotado rey Darío huía con sus hombres y Alejandro, portando la rica coraza, arremetía contra una cuádriga persa. Quedaron unos segundos extasiados frente al descubrimiento. Hasta que del exterior llegó el ruido de los disparos de los hombres de Capdellamps. Folch se dio la vuelta y, al ver el fresco, comprendió.

–¡Rápido! ¡Ayudadme! –dijo señalando a Leo.

–¿Yo? –preguntó él.

–Sí, entre los cuatro te auparemos.

Lo alzaron por encima de sus cabezas, y sus ojos se encontraron frente a la coraza de la pintura. Alargó la mano hacia la cabeza de medusa y tiró de ella.

–¡Hurra! –gritaron todos.

La trampilla se abrió, y dentro encontró el último pedazo de plano.

–De poco nos servirá –se lamentó Rita–, ahora que nos han quitado los otros pedazos.

–No te preocupes por eso ahora –respondió Folch.

–¡Por aquí! –les avisó Boghaz.

Acababa de descubrir un túnel detrás de uno de los altares de los pequeños ábsides. Tuvieron que arrastrarse por un estrecho corredor hasta que salieron al aire libre. Había amanecido por completo.

Folch sacó una cuerda de su macuto por la que descendieron trepando, y montaron en los corceles.

–¡Aprieta fuerte las piernas contra el caballo! –le gritó Abram a Leo, que montaba la misma yegua.

El caballo se alzó sobre los cuartos traseros, emitió un agudo relincho y se lanzó a la carrera. Los demás los siguieron y se alejaron de la iglesia de Tokali a galope tendido. Se oían disparos. Dos camionetas empezaron a perseguirlos.

–¡A Zelve! –ordenó Boghaz– ¡Ahí nos podemos refugiar!

Los caballos relincharon y al ritmo de sus largas zancadas los alejaron de los camiones, que no podían seguirlos a esa velocidad por aquellos caminos llenos de agujeros.

–¡Oh! ¡No! –se lamentó Leo volviéndose a Rita, que cabalgaba a su lado.

–¿Qué te ocurre? –gritó ella.

–¡Cuando salté de la estantería perdí *El libro azul* y se ha quedado en la biblioteca! ¡Si lo leen será muy peligroso para todos! –respondió agarrándose con fuerza a Abram.

291

–¿Qué haremos sin el plano? –gritó Oxford a Folch con estridente voz, casi ahogada por los cascos de los caballos.

–¡No te preocupes, ahora lo más importante es salvar el pellejo! –le respondió encendiendo la mecha de una carga de dinamita que había sacado de su macuto.

La lanzó contra las camionetas que los perseguían. Levantó una intensa humareda al explotar frente a ellas. Siguieron unos kilómetros más al galope y aflojaron la marcha cuando dejaron de ver a sus perseguidores. Llegaron a Zelve al cabo de unos minutos. Les sorprendió el aspecto de la localidad, una población rupestre corroída por la erosión, prácticamente deshabitada a causa de los desprendimientos de roca. Zelve era una media luna rocosa, que se extendía por los tres valles, coronada por una cresta. Se dirigieron al final del desfiladero donde encontraron una inmensa pared por la que ascendían unas grapas de hierro cosidas a la roca. Era una escalera sin final.

–¿He... hemos de subir por ahí? –preguntó Rita.

–Sí –respondió Folch–. ¿Ocurre algo?

–Te... tengo vértigo –confesó avergonzada.

–¡Venga, todos arriba! –ordenó Boghaz, al ver a lo lejos la polvareda que levantaban los camiones de sus perseguidores.

Folch subió detrás de Rita agarrándose a los escalones de hierro. La ascensión era lo más parecido a escalar una montaña. Había que tener mucho cuidado para que los pies no resbalaran en los pulidos escalones. A medida que iban ascendiendo, la dificultad aumentaba porque la altura era superior a los cien metros. Llevaban más de la mitad del recorrido cuando a Rita se le ocurrió mirar hacia el precipicio y se quedó inmóvil.

–¿Qué haces? ¡Avanza! –le ordenó Folch detrás de ella.

Rita no respondió porque acababa de darle un vahído y sus manos empezaron a resbalar de la clavija.

–¡¡¡Cuidado!!! –gritó Leo unos metros más abajo al ver a Rita.

El brazo de Folch salió disparado y la agarró cuando se precipitaba irremisiblemente por el acantilado.

–¡Buf! –respiraron todos.

–¡Ya están aquí, corred! –les avisó Oxford, que cerraba la ascensión.

–¡Vamos, Rita! –la despertó Folch–. Sujétate en mí.

Ella reaccionó y así lograron llegar al final de la escalera de hierro. Arriba se encontraba el túnel que debía llevarlos a otro de los valles de Zelve. Entraron por su oscura boca, con la única antorcha disponible.

–Empiezo a estar un poco harto de túneles y galerías subterráneas –dijo Folch al avanzar delante, pistola en mano.

Después de tropezar en numerosas ocasiones llegaron al final y vieron la abertura. Los cálidos rayos del sol les dieron la bienvenida cuando salieron al otro lado.

Le Grand Circus Turkey

Al fondo del valle vieron la serpenteante carretera que debía conducirles en su desesperada huida a la pequeña Avanos. Descendieron por la ladera, llena de piedras. Su alegría fue grande cuando se toparon con una hilera de carros y un camión que avanzaban lentamente por el polvoriento camino: el convoy de Le Grand Circus Turkey.

–¡Kamel! ¡Kamel! –gritaron Rita y Abram.

Fueron recibidos con grandes muestras de asombro por parte de los artistas circenses, que detuvieron sus carros.

–Holas, holas, holas. Mirad quién hay por aquí –los saludó el forzudo Kamel.

Iba sentado en la berlina de un carro junto a un hombre moreno y panzudo con unos grandes bigotes rizados y un brillante sombrero de copa.

–Kamel, estamos en un grave aprieto –empezó a explicarle Abram.

–Un aprieito... –repitió el forzudo mirando al hombre del sombrero, sentado a su derecha.

–Nos persiguen y hemos de huir –dijo Rita.

–Bueno, bueno, bueno –respondió pausadamente el hombre del sombrero de copa y bigotes retorcidos.

Habló con Kamel en un extraño lenguaje e inmediatamente se levantó y empezó a impartir órdenes a todo el mundo a voz en grito. Al instante, Kamel y varios jóvenes empezaron a descargar la barquilla de mimbre y la tela del globo aerostático de uno de los carros. Ellos los miraban con ojos incrédulos.

–Pero, Kamel, no podéis darnos el globo, ¿y vosotros?

–Tu no preocupiar –dijo el hombre de los bigotes, el jefe del circo.

Kamel puso sus enormes manazas en sus cabecitas y dijo sonriendo:

–No os preocupiéis por nosotros. Siempre hemos salido adelante. Lo primero es ayudar a los amigos.

Mientras Rita, Abram y Leo cargaban varios sacos con tierra para usarlos como lastre, los demás extendieron en el suelo la masa de tela y la empezaron a rellenar con aire caliente. En cuestión de segundos la masa redonda fue tomando forma.

–¡Comprobad la banda de desgarre y los nudos que unen la malla del globo con las arañas de suspensión! –ordenó Kamel.

Todas estaban en buen estado y el aro de carga en su sitio. Se afanaron aún más cuando adivinaron en el horizonte la polvareda de las dos camionetas que debían avanzar rapidísimas. Además les advirtieron con señales que del agujero de la montaña bajaban varios perseguidores que casi habían logrado alcanzarlos.

–Vaya –dijo Oxford, cansada–. Parece que esta cacería no tenga final.

–¡Todos arriba! –gritó Folch.

Anudaron los sacos de lastre a la barquilla, cargaron víveres, les dieron ropa de abrigo y les hicieron montar en la gran canasta. El jefe del circo dio a Folch los aparatos de medición indispensables para seguir el rumbo, unos mapas y unos consejos muy oportunos para el manejo del artilugio. Les deseó suerte mientras el globo acababa de hincharse y empezaba a alzarse.

–¿Has... has pilotado esto alguna vez? –le preguntó Leo poniéndose la prenda de abrigo.

– Bueno... –le respondió Folch alzando una ceja y sonriendo–, siempre hay una primera vez, ¿no?

–¡¡¡Cogedlos!!! –tronó Capdellamps, que llegaba en la primera de las camionetas.

Pero ni él ni ninguno de sus hombres se atrevió a bajar de los vehículos. Los artistas circenses acababan de abrir las jaulas de las fieras que paseaban a sus anchas.

El globo empezó a coger más altura en cuanto soltaron dos bolsas de lastre que, casualmente, cayeron encima del capó de la primera camioneta y destrozó el motor.

–¡¡No sé cómo daros las gracias!! –gritó Folch a los integrantes del Grand Circus Turkey que se iban empequeñeciendo conforme adquirían altura. Ellos agitaron la mano devolviendo el saludo.

– ¡Adiós, adiós! –gritaron desde el globo.

Los artistas del circo siguieron saludando con la mano... que no tenían ocupada apuntando a los recién llegados con sus rifles.

En unos minutos habían alcanzado los dos mil pies.

–¡Buf! Qué airecito –se quejó Rita, que ya llevaba puesto el abrigo forrado que les habían prestado.

Ella se encargó del barómetro para medir la presión y saber a qué altura se encontraban. Abram tenía a su cuidado el estatoscopio para saber en todo momento la altura. Con ayuda de la brújula, Oxford calculaba el itinerario que seguían y lo señalaba en el mapa. Folch y Leo se encargaron de soltar el lastre y abrir o cerrar las válvulas de la bombona que enviaba gas a través de la manga, incrementando o aligerando la gran masa circular de catorce metros de diámetro.

Pasados unos minutos Leo se acercó a Rita.

–Estoy muy preocupado –le susurró para que los demás no lo oyeran–. No sé qué ha ocurrido con el libro. Quizás Capdellamps y Capdetrons se han apoderado de él cuando me perseguían por la biblioteca.

–Eso sería muy peligroso –dijo ella–. ¡Imagínate que se meten en el libro!

La miró sorprendido.

–Va... vaya. No había pensado en esta posibilidad. Pero piensa lo que nos puede ocurrir si, por el contrario, se queda olvidado otros cincuenta años en una estantería y nadie nos lee... ¡Podemos quedarnos muchos años en este globo subiendo y subiendo!

—¡Chhsstt! No grites —le dijo ella al ver que Oxford se giraba para ver qué hacían.

—¿Ocurre algo, chicos? —les preguntó.

—No, nada.

—El peligro está en que no ocurra nada... —siguió diciendo Leo.

—Eso es absurdo, no ves que estamos hablando. Eso significa que alguien nos está leyendo... ahora, ¿comprendes?

—Sí, supongo que sí —dijo él.

«¡Buf! menos mal. Alguien nos lee...», se tranquilizó, «¿pero quién nos lee ahora?».

Rita volvió junto a Folch para medir las distancias que recorrían en el plano. Tras una hora de navegación dieron con una corriente que los lanzó hacia el sureste. Lograron estabilizar el globo a mil metros y mantener esa dirección y velocidad.

—¡Vamos con buen viento! —reconoció Folch satisfecho—. A ese ritmo, cubriremos la distancia que nos separa de Pasargada en día y medio o dos de navegación.

Se abrigaron lo mejor que pudieron, pues subieron dos mil metros debido a la rocosa orografía del terreno. Así cruzaron las resplandecientes cumbres nevadas de las montañas de Capadocia.

—Oye, Leo —dijo Folch.

—¿Sí? —respondió él servicial.

—¿Qué es eso del trabajo de historia que me ha contado Rita?

—¡Oh! ¡Ah! Sí, el trabajo... Ya me había olvidado.

Se sentaron en el suelo de la barquilla. Leo sacó su libreta y le enseñó los apuntes y resúmenes que había hecho. Folch le escuchó atento un buen rato.

–Alejandro pasó por aquí, ¿sabes? –dijo señalando las estepas que sobrevolaban–. Fundó varias ciudades y las bautizó con su propio nombre.

Le siguió contando muchos detalles de la vida del gran emperador, hasta que Boghaz preguntó:

–¿Qué es ese lago tan grandie?

Todos se abalanzaron al otro lado de la canasta.

–¡Oh-oh! Es Armenia. Me temo que nos hemos desviado unos grados al este y estamos divisando el gran lago de Van –les dijo Folch–. Tenemos que buscar una corriente para rectificar el rumbo. Hay que echar lastre para lograr altura y subir cuatro mil quinientos metros. Abrigaos.

–¿Más? ¿Por qué? –le preguntó Rita con la nariz roja.

–Porque vamos a entrar en la zona montañosa que hace frontera con Persia.

Efectivamente unos kilómetros por delante se veían las imponentes moles nevadas que superaban los tres mil quinientos metros, según indicaba el mapa que consultaba Oxford.

–¡Ahora! –les ordenó Folch–. Id soltando lastre.

El globo empezó a subir cada vez más deprisa hasta que se estabilizó a cuatro mil metros. Eran las siete de la tarde y, aunque era muy arriesgado volar de noche, no tenían otra alternativa. El frío empezó a ser intenso y unos oscuros nubarrones precedidos de ráfagas de viento gélido impulsaron el globo hacia el este. Empezaron a tiritar dentro de las gruesas prendas de abrigo.

Las primeras gotas de agua rebotaron en el globo sobre las nueve de la noche, y no las habrían notado si hubieran caído verticales. Pero, a medida que avanzaba la noche, el viento racheado del noroeste las convirtió en aguanieve. Parecían perdigones cuando impactaban en las manos o en la cara. El globo quedó empapado en cuestión de segundos y ganó peso, perdiendo altura. La tuvieron que recuperar echando dos sacos de lastre. Folch calculó que tendrían suficiente, pues les quedaban cuatro más.

El aguacero se hizo insoportable sobre las once de la noche. La canasta se movía como una barquita mecida por una gruesa marejada y en más de una ocasión tuvieron que agarrarse a los cables de suspensión.

–¡Rápido, chicos! ¡Achicad agua con esos recipientes! –les animó Oxford para que se movieran y entraran en calor. La nieve caía muy espesa y el riesgo de tocar suelo era grande. Podían acabar el viaje en algún risco a tres mil metros de altura si no salían pronto de la tormenta. Los rayos partían el cielo e iluminaban los blancos montes, que sobrevolaban con una insólita rapidez.

Durante más de una hora estuvieron luchando a brazo partido contra la tempestad, hasta que por fin llegó la calma.

Cuando amaneció, vieron el brillo de un ancho río, cuyas riberas aparecían plagadas de pequeños huertos de un verde intenso.

–Es el Tigris –afirmó Folch señalando al río cuando el sol salió por entre la bruma y empezó a calentarlos.

–¿El Tigris? ¿Cómo lo sabes? –le preguntó Oxford.

–He estado en Sumer y el paisaje es inconfundible –le explicó–. Hay que subir y buscar vientos que nos lleven a oriente.

–Entonces nos hemos desviado más de doscientos kilómetros. La tormenta nos ha llevado demasiado al oeste –dijo Oxford estudiando su mapa lleno de líneas trazadas con la regleta y el lápiz.

–¡Arriba muchachos! –gritó para despertar a los que dormían plácidamente.

Se desprendieron de otros dos sacos de lastre y subieron a seis mil quinientos pies. Se estaba acabando el gas y no podrían volar muchos más kilómetros. Tenían que acertar con una buena racha.

–¿Cuánto calculas que hemos recorrido? –preguntó Rita, ya recuperada por el sueño, a Oxford.

–Unos mil cuatrocientos kilómetros.

–¿Y cuándo veriemos los restos del palacio? –preguntó Boghaz.

Oxford hizo un rápido cálculo:

–A la altura que nos encontramos y en día claro, la vista puede abarcar unos cien kilómetros a la redonda.

–Más que suficiente para ver la extensión de los restos –dijo Folch–. Pero ¿cómo reconocer el lugar exacto? Eso es lo que más me preocupa; esa llanura está plagada de ruinas.

A Leo se le encendió una luz.

–Creo que yo puedo hacer algo al respecto –dijo.

Sacó su maltrecha libreta de debajo del jersey. Las tapas verdes estaban mojadas y empezaban a deshacerse, pero la mayor parte de sus notas y resúmenes para el trabajo estaban intactas, así como el sobre del que sacó las dos viejas fotografías que tendió a Folch.

–Y esto ¿qué es? ¡Caramba! –se sorprendió al leer las etiquetas–. ¡Es Pasargada vista desde dos mil metros de altura...!

Leo sonrió complacido, había aportado algo de mucho valor, porque en las fotografías aéreas se adivinaban las formas de los palacios entre las colinas.

Folch alargó las fotos a los demás, que las miraron con curiosidad.

–Si veis estas formas es porque estas fotos acostumbran a hacerse desde una avioneta, a última hora de la tarde –les explicó–, cuando las sombras que proyecta el sol son más alargadas. Así, si hay algo en el subsuelo, proyecta una sombra. Y ahora –continuó– estad atentos a ver qué restos coinciden con las fotografías.

Estuvieron más de una hora, disfrutando del paisaje de los montes Zagros que atravesaban a más de cuatro mil metros sobre el nivel del mar. Oxford y Rita comparaban las líneas de las carreteras y caminos en el plano. El viento había amainado mucho y la velocidad que mantenían no era superior a los veinte kilómetros por hora.

–Esa gran población debe de ser Shiraz –dijo Oxford señalando una ciudad de la que partían cinco carreteras–. De ser así hay que virar un poco al norte.

Realizaron la operación y subieron dos mil pies hasta que una brisa los hizo virar al noreste. Mantuvieron esa altura, aunque para hacerlo tuvieron que emplear el último saco de lastre.

–Espero que para aterrizar... –dijo para sí Folch– no necesitemos...

Solamente lo oyó Oxford, porque los cuatro chicos mantenían la vista fija en las fotografías y en las colinas edificadas que sobresalían entre el abrupto paisaje.

Después de algunos falsos avisos, Boghaz, que tenía la vista de un águila, advirtió señalando a la izquierda:

–¡Allí!

Acababa de localizar los impresionantes restos de los palacios de la derruida Persépolis.

–¡Sí! –confirmó Oxford señalando el mapa–. Debemos estar cerca, porque esa es la carretera que enlaza Shiraz con Isfahan y unos kilómetros al norte está Pasargada.

Admiraron los restos de los grandes palacios de los reyes persas, sus patios de columnas y las salas de reuniones. Todo estaba abandonado y medio cubierto por las arenas del desierto.

Siguieron navegando por los aires y alejándose de Persépolis hacia el norte.

–Ya queda poco –anunció Folch–. A este ritmo, en veinte minutos sobrevolaremos Pasargada.

Saborearon ese nombre. Por fin estaban a punto de llegar y ver en qué consistía el fabuloso tesoro de Alejandro. Como había dicho Folch, unos veinte minutos más tarde vislumbraron las formas cónicas que coincidían casi exactamente con las fotografías de Leo. Todos permanecieron en silencio al aproximarse a la zona que identificaron como Pasargada.

–¿Y ahora qué? –se giró Rita hacia Folch. Había permanecido todo el viaje queriendo hacer esa pregunta–: No tenemos el mapa, ni las frases, ni nada. ¡Todo se lo quedó el maldito Capdetrons! –concluyó con un mohín de enfado– ¿Cómo lograremos entrar en el laberinto?

Folch sonrió irónicamente, sacó la libreta de su bolsillo y la abrió delante de sus ojos. En sus páginas centrales estaba dibujado con toda exactitud el mapa y pegado en el centro el último trozo de papiro hallado en la iglesia de Tokali.

–Lo copié la noche que llegamos a Göreme –les explicó–, por lo que pudiera ocurrir.

Todos lo abrazaron alborozados y Rita se sonrojó. Durante la aproximación final, Folch les contó que aquellos restos que veían habían sido la residencia permanente de Ciro el Grande, situada treinta kilómetros al norte de Persépolis.

–Eran pabellones aislados que se alzaban en un gran parque rodeado por muros de cuatro metros de espesor.

–¡Vaya fortaleza! –exclamó Abram.

Serían las siete de la tarde cuando una densa bruma vino a interponerse en la visión del conjunto.

–Qué pena –se lamentó Rita–, ya no se ve nada.

–Esta niebla puede durar hasta mañana –indicó Boghaz.

–Entonces bajemos ahora, ¿no? –sugirió Abram.

–Sí –indicó Folch–, será lo mejor. Leo: abre la válvula de descompresión, perderemos altura lentamente. No tenemos lastre para compensar la bajada.

–¡A la orden! –exclamó.

Oxford y Rita comprobaron la velocidad por si se alejaban de su destino y necesitaban precisar en qué punto tomaban tierra.

–Avanzamos más deprisa –anunció Rita.

– ¡La válvula no responde! –se alarmó Leo.

–¿Cómo dices?

–¡La válvula! ¡No se abre la válvula! –chilló mientras intentaba que el grifo obedeciera.

Folch se acercó para intentar forzar el pequeño aparato, pero su esfuerzo no sirvió de nada. La humedad y el frío lo habían sellado.

–Es cierto, no se puede –confirmó.

Cada uno de ellos fue probando a girarlo sin suerte.

–Entonces habrá que usar la banda de desgarre.

–¿Có... cómo funciona eso? –preguntó Rita.

–¿Ves ahí arriba? –le explicó Folch señalando el centro del globo–. Hay una banda gris. Tirando de esta cuerda se desgarra y se abre, entonces el globo pierde gas y desciende.

A continuación tiró de la cuerda. Pero ésta no respondió ni se desprendió la banda.

–¡Nos estamos alejando a treinta kilómetros por hora! –Oxford estaba poniéndose nerviosa.

–¡La bruma se está volviendo más espiesa! –anunció Boghaz.

Era cierto, la niebla se había espesado y era completamente gris, corrían el peligro de alejarse demasiado.

–¡Hay que bajar cuanto antes! –Oxford estaba temblando.

Folch tiró con todas sus fuerzas y los chicos le ayudaron, pero sólo se desprendió un trozo de la banda.

–¡Debe haberse helado con la nevada!

–¿Y ahora qué? –se quejó Abram–. No podemos seguir subiendo, nos alejaremos muchos kilómetros.

–Hay que hacer algo –dijo él–, estamos a cinco mil pies de altura. ¡Voy a subir! –les anunció.

–¿Qué? –preguntaron a dúo Leo y Boghaz.

Los demás lo miraron sorprendidos al ver que se desprendía de la cazadora y entregaba su libreta a Leo.

–Sí. ¡Soltadme! –les ordenó–. Si no subo a despegar la banda corremos el peligro de estrellarnos contra alguna montaña.

Empezó a trepar por las cuerdas de la barquilla. Apoyó los pies en el aro de carga y ascendió por los cables de suspensión hasta que desapareció entre la niebla, unos metros por encima de sus cabezas.

–¡Estamos descendiendo, Oxford! –anunció Boghaz que miraba el barómetro–. Marca cuatro mil quinientos pies.

–Mil trescientos metros –calculó ella.

Lo más difícil para Folch fue trepar por la malla, ya que la niebla iba espesándose y los puntos de apoyo eran muy débiles. En alguna ocasión el pie le falló en el improvisado estribo y a punto estuvo de salir despedido por los aires.

–¡Ya casi la tengo! –gritó desde arriba.

De un tirón arrancó un trozo de la banda, pero al hacerlo resbaló y tuvo que agarrarse a la malla de suspensión.

–¡Oh, no! –se lamentó– ¡La he arrancado toda!

Inmediatamente el globo empezó a perder consistencia y notaron una fuerte sacudida. Empezaron a descender a una velocidad de vértigo.

–¡Demonios! –chilló Rita.– ¡Nos vamos a estrellar!

–¡Necesitamos echar lastre! –gritó Oxford. «En menos de tres minutos llegaremos a tierra», pensó.

–¡Tiradlo todo! –les ordenó Folch desde arriba.

–¡Ya no queda lastre! –comprobó Abram–. ¡Gastamos la última bolsa en la tormenta para corregir el rumbo!

En otras ocasiones se hubiera escondido para que otros solucionaran el problema, pero en el globo no era posible y además eso hubiera sido una cobardía, así que se puso a echar por la borda los utensilios prescindibles: la ropa de abrigo, la cesta en la que habían guardado la comida, las cantimploras...

–¿A qué altura estamos? –gritó Folch suspendido en el globo.

–¡Tres mil siscientos pies! –chilló Boghaz.

No podían verlo a causa de la bruma, pero se agarraba a la malla con una sola mano.

–¿Cuánto ahora? –volvió a preguntar.

–Tres mil pies, dos mil noviecientios...

–Oxford: ¿para qué quiere saber la altura? –le preguntó Leo.

Ella lo intuyó y se tapó la boca. Comprendió lo que Folch pensaba hacer: soltarse como lastre para que ellos no se estrellaran contra el suelo.

–¡No Folch! Por favor –suspiró Oxford.

La voz de Folch volvió a oírse:

–¿Habéis echado todo el lastre?

–¡Sí! –le respondió Abram.

Los segundos se hicieron eternos y el vertiginoso descenso seguía enmedio de la espesa niebla.

–¿A cuánto? –se volvió a oír desde las alturas.

–¡Seiscientios cincuenta!

307

–Demasiado –susurró para sí Folch.

–¡Cuatrocientios!

–¿Cuánto? –se le oyó decir por última vez.

–¡A cientio diez! –anunció Boghaz.

–¡Ahora! –exclamó Folch soltándose.

–¡¡¡Nooo!!! –gritaron a coro los cinco cuando una forma humana salió despedida del globo.

–¡Seguid a Pasargada, seguid a Leo!

Fue lo último que le oyeron gritar. Después se lo engulló la bruma. Quedaron consternados, pero notaron de inmediato que ya no caían en picado y que la temible velocidad de descenso se reducía.

–¡Bajamos a cuatro metros por segundo, a tres y medio, a tres...! –dijo Boghaz poco antes de impactar contra el suelo como una bomba.

Pasargada

El descenso había sido tan rápido y el golpe tan fuerte que quedaron tendidos inconscientes en el mar de niebla, a pocos kilómetros del conjunto monumental. Era ya de noche y la superficie del globo reposaba extendida en el desierto de rocas. El primero en reaccionar, después del tremendo impacto que partió la canasta en varios pedazos, fue Boghaz que empezó a palpar a sus compañeros para comprobar que seguían con vida.

–¿Leo?, ¿Rita? –los zarandeó.

Lentamente fueron despertando del aturdimiento, contusionados y doloridos. Todos habían salido despedidos de la barquilla.

–¿Dónde estamos? –preguntó Abram, cubierto por la tela del globo.

–Hemos aterrizado –le respondió Oxford sacudiéndose de encima pedazos de la canasta.

–¡Ah! –respondió Abram levantando parte de la lona que lo cubría por entero– y ¿dónde exactamente?

–No lo sé –respondió Leo.

Así se quedaron un buen rato, tendidos, mirando al cielo. La niebla se disipaba y algunas tímidas estrellas empezaban a brillar en el firmamento.

–¿Y Folch? –preguntó Rita.

Oxford se acercó a ella y la abrazó. A todos se les empequeñeció el corazón. Había saltado para salvar sus vidas. Se acurrucaron debajo de la tela. Después de haber pasado la noche anterior en el globo, y a pesar de las fuertes emociones, al cabo de unos minutos dormían profundamente.

Unas horas más tarde, los faros de un vehículo, iluminaron el horizonte. Sus ocupantes no repararon en la masa de tela, que se confundía con la arena del desierto y al llegar muy cerca de ellos giraron en dirección a las ruinas. A las ocho de la mañana el sol empezó a calentar sus maltrechos cuerpos y uno a uno se despertaron abriendo los ojos para ver el paisaje, seco y desconocido, que los rodeaba. El valle se veía enorme, lleno de colinas y de grandes formaciones rocosas.

–Pasargada está en esa diriección –dijo Boghaz señalando a poniente al verlos despiertos. Estaba subido a una pequeña loma–. Se ve desde esta colina.

–Quizás encontremos a Folch –murmuró Rita.

Se pusieron en camino hacia los restos de la ciudadela, siguiendo a Leo y a Oxford, que encabezaban la marcha. El viejo camino serpenteaba entre las pequeñas lomas hacia el oeste.

–Ahí está –dijo Leo al ver el antiguo palacio al fondo del pequeño valle.

El viaje en globo había sido bastante preciso, habían caído a escasos kilómetros de su destino.

–No hay rastro de Folch –dijo Abram.

–Acerquémonos a las ruinas, a lo mejor...

El camino se bifurcó al final del valle. A la derecha vieron cómo el pequeño río se alejaba hacia las estribaciones de un macizo. Siguieron a la izquierda en dirección a los restos de la gran sala del trono. Boghaz se quedó plantado en medio del camino y se agachó palpando unas huellas en el suelo.

–¿Qué miras? –le preguntó Rita.

–Estas roderas. Son de un camión y son riecientes.

No prestaron más atención a las marcas y pasaron por delante de la pequeña tumba del rey Ciro el Grande. Al fondo vieron de pie la gran escultura dibujada en la ficha de Leo. Fueron directamente hacia ella, ignorando otros restos arqueológicos. Se encontraron frente a la majestuosa estela de piedra cerca de un antiguo puente. Estaba rústicamente labrada con la figura alada de un dios o del mismo rey Ciro. Vestía una larga túnica rematada longitudinalmente por un bordado, aunque los siglos no lo habían respetado y estaba muy desgastado. Iba coronado por un casquete decorado por tres soles. Miraron en todas direcciones, pero el recinto estaba absolutamente desierto; ni una sombra en la que cobijarse del intenso sol que empezaba a alzarse en el cielo, claro y azul, de la estepa.

–¿Y ahora qué? –preguntó Rita.

Los cinco permanecieron inmóviles frente a la gran piedra rectangular sin saber qué hacer. La pérdida de Folch había sido un golpe muy duro.

–Veamos qué dice la libreta –propuso Oxford tratando de animar al grupo.

Leo la abrió. Todos sabían que en esos momentos era el único que podía continuar con la búsqueda del tesoro. Si Folch había muerto para llegar hasta allí, ellos debían llegar hasta el final.

–Léenos la ficha, Leo –sugirió Oxford.

La sacó del sobre y leyó una vez más las frases que habían rematado el relieve.

Estatua de Ciro en Pasargada.

En la parte superior había una inscripción, descrita por Meyer en 1887, y en ella se podía leer:

Cuenta los pasos con Ciro el Grande
Cuenta los pasos y entra en Palacio
Cuenta los pasos, goza y sé rico
Cuenta los pasos, y ven a buscarnos.

Meditaron largo rato sobre el significado de estas frases y sobre la manera de hallar la entrada al laberinto subterráneo.

–Esto sólo puede significar una cosa –dijo Leo–: que debajo está el laberinto. Hallaremos su entrada al seguir los pasos.

–Sí, pero ¿dónde excavamos? Si hay que contar los pasos cuatro veces, cada vez pueden cambiar de dirección –objetó Rita mirándolo con ojos avispados.

–¿Qué quieres decir? –preguntó Abram.

–Pues que habrá que contar tantos pasos al sur, o al norte y después al este y así... –le explicó Oxford.

–Entonces...

–La entrada... –dijo Rita señalando a la llanura– ¡puede estar en cualquier parte!

–¿Y si intentamos buscarla debajo del relieve? –propuso Boghaz.

–Por probar... –dijo Leo poco convencido.

Empezaron a excavar con las manos en la base del relieve, pero sólo lograron sacar tierra hasta que llegaron a la roca.

–No tiene sentido seguir excavando –dijo Leo levantándose del suelo–. Folch creía que había que descifrar una clave para saber el punto exacto de la entrada. Lo mismo dice la inscripción de este relieve.

Los cuatro chicos volvieron a sentarse en el suelo.

–¿No hay algo más escrito en los pedazos del papiro? –preguntó Abram.

Leo pidió a Oxford la libreta de Folch y leyó las cuatro frases que rodeaban el plano:

Cuando la sombra de los tres soles
alcance el cénit, empieza
a recorrer el camino de los números
para llegar a la fortaleza oculta de Pasargada.

–¿Os dice algo? –preguntó Leo al resto.

Todos negaron con la cabeza. Estaban absortos en el pedazo de papiro hallado en Göreme que Leo extendió encima de la arena:

–Es el centro del laberinto –les explicó.

–¿Qué dice la frase que hay en el margen? –preguntó Abram.

Oxford leyó la traducción que había hecho Folch:

No uses los pies por cabeza a no ser que estés seguro de hacerlo.

–¿Qué? –preguntó Rita encogiendo los hombros–. ¿Y esto qué es? ¿Una broma?

–No sé qué puede significar –dijo Oxford meditando en el sentido de aquellas palabras–. Pero no debe ser una broma.

–No tiene sentido –añadió Abram.

–No –confirmó Leo–. Aparentemente no, aunque ya veremos...

Pasaron varios minutos más en silencio.

–¿Qué ha sido ese ruido? –preguntó alarmada Rita.

–¿El qué?

–Ha sido ahí detrás, han caído unas piedras, ¿no lo habéis oído? –repitió.

Nadie quiso escucharla. La preocupación estaba en cómo descifrar la clave para entrar en el subterráneo.

–Son figuraciones tuyas –le respondió Leo volviendo a estudiar el plano.

–¿Conque figuraciones mías, no? –dijo Rita con la cara encendida.

–¡Chicos, chicos! –intervino Oxford –. No empecéis otra vez, hemos de mantenernos unidos. ¿De acuerdo?

–Dice que a las doce del miediodía, con el sol en el cénit, empeciemos a contar los pasos, ¿no? –intervino Boghaz, recordando lo que acababa de leer Leo.

–¿Creéis que puede marcar algo? –reflexionó Rita señalando a la estela de piedra.

–¿Qué hora es? –preguntó Abram.

–Las once menos cuarto –le respondieron.

Leo se levantó del suelo y se acercó a la piedra para examinar el relieve más de cerca.

–¡Mirad! –exclamó señalando la cabeza del rey– ¡En uno de los soles hay un pequeño agujero!

–¡Claro! –exclamó Abram alborozado–. ¡La luz del sol puede colarse por ahí y marcar un punto en la sombra del relieve!

Estuvieron aguardando hasta las doce del mediodía, cuando efectivamente, la luz del sol se coló por el agujero que lo atravesaba de parte a parte. La sombra rectangular tuvo por unos segundos un brillante punto de luz en su centro opaco.

–¡Márcalo, rápido! –ordenó Leo.

Abram cogió un palo y lo hincó en el suelo. Por segunda vez se precipitaron para excavar, y en esta ocasión se sumó también Oxford. Profundizaron más de un metro y se detuvieron. Sólo encontraban arena.

315

–¡Parad, esto no puede seguir así! –ordenó Rita.

—Volvamos a leer qué decía la inscripción —sugirió Boghaz.

—Habla de contar pasos cuatro veces.

—Sí, en eso estamos de acuerdo, pero ¿cuántos pasos? —prosiguió Boghaz.

—Para contar necesitaremos unos números, ¿no? —dijo Abram.

—Claro, necesitamos unos números —asintieron todos.

—Esperad —dijo de repente Leo—. Ahora que lo dices...

—¿Qué?

—El libro... en el libro.

—¿Qué libro?

—¡En *El libro azul*! —chilló—. ¡Claro! ¡Qué tonto he sido! —dijo dándose con la mano en la frente—. En la portada del libro había cuatro signos... ¡Eran números! —se volvió chillando hacia los demás.

—¿Números? —repitió Rita.

—Sí, ya recuerdo... —dijo Oxford— aparecieron cuando limpiamos la portada el primer día...

—Sí, ¡números!... —siguió Leo desolado— pero estaban girados en extrañas posiciones. Estaban orientados hacia abajo, a la izquierda o a la derecha...

—Bien y... ¿cuáles eran? —preguntó Oxford.

—No los recuerdo —respondió compungido—. No les di importancia.

—Pero ahora no tenemos el libro... —se lamentó Rita—. ¡No vamos a saber qué números son y todo el viaje...!

—Sí, quizás sí... —dijo Leo tras pensar unos segundos.

—¿Qué quieres decir? —le interrogó Abram.

Boghaz y Oxford los miraban sin comprender nada.

–El libro lo tiene alguien –dijo– porque... ¡alguien nos está leyendo! ¿No es cierto? ¡ALGUIEN NOS LEE AHORA MISMO! –repitió–. ¿No os dais cuenta? Si no, no ocurriría nada.

–No te sigo, Leo –dijo Oxford confusa.

–Es muy sencillo, mirad –les explicó–: alguien a quien no conocemos tiene *El libro azul* entre sus manos, porque ¡ahora nos está leyendo! Y... ¡nos puede sacar de ésta! –gritó.

–¡Claro! –exclamó Rita al comprenderlo–. Con sólo cerrar el libro cualquiera puede ver los cuatro números en la portada y... –se detuvo– ¿Si no nos quiere ayudar?

–A lo mejor el libro se quedó en la biblioteca y nadie lo lee –dijo Abram.

–O lo venden –soltó Rita.

–O lo pierdien –añadió Boghaz.

–No puede ser. Os digo que alguien nos lee –persistió Leo–. Si no, no ocurriría nada. Todo lo que está sucediendo ocurre porque somos personajes de ficción, ¿no os dáis cuenta? ¡Antes era yo quien os leía a vosotros y ahora otro nos lee a todos!

–U otra, puede ser una chica –puntualizó Rita.

–Bien dicho –aprobó Oxford.

–¿Crees que entenderá lo que debe hacer? –preguntó Boghaz a Leo.

–Espero que sí. Lo único que necesitamos es que cierre el libro, mire los números y desee que sepamos cuáles son.

–¿Con que lo desee será suficiente?

–Eso espero... –murmuró Leo.

Se callaron y esperaron a que hiciera lo que Leo había dicho. Mientras aguardaban impacientes, cada uno fue a deambular por los restos de las construcciones que los rodeaban. Unos a ver el pequeño altar de sacrificios del centro de la explanada, otros a ver los restos de columnas y bloques de piedra que habían constituido el palacio de audiencias. Leo se quedó solo, sentado junto a la gran lápida de piedra.

–Vamos, vamos... Míralos, míralos –susurró.

Fue entonces cuando ocurrió.

* * *

–¡Lo ha hecho! ¡Lo ha hecho! –empezó a gritar Leo fuera de sí.

Los demás se le acercaron corriendo.

–¡Ha mirado la portada y sabe cuáles son los números! ¡Rápido, ayudadme! ¡Marquemos el primero de ellos! –anunció como si lo estuviera viendo en ese instante–. En el libro está mirando para arriba, ¡es el tres!

–¿Eso significará hacia el norte? –preguntó Boghaz.

–Probemos –dijo Rita.

Leo dio tres pasos hacia el norte y dijo:

–El siguiente es un siete y mira a la derecha.

–Hacia el este –susurró Oxford llena de emoción.

Leo dio los siete pasos. Repitieron la operación con el cuatro que miraba al oeste y con el dos que lo hacía al suroeste. Una vez trazados los pasos se quedó inmóvil.

–Estoy encima de la entrada, ¡es como si la notara bajo mis pies! –gritó entusiasmado.

Esta vez empezaron a escarbar la tierra con renovado brío y Boghaz, que lo hacía con más ahínco, fue el primero en topar con algo duro. Era una gruesa cadena. Abram dio con otra y Oxford con la tercera. Tiraron de las tres hasta que las desenterraron por completo. Limpiaron la superficie y vieron que las argollas estaban sujetas a una trampilla de madera, tachonada con clavos gruesos y herrumbrosos.

–¡Es la puerta! –chilló Rita sudorosa.

–¡Al fin! –gritaron llenos de júbilo.

–Ya está limpia –dijo Leo–. ¡Vamos a abrirla y veamos adónde nos conduce el plano de los caballeros!

–Me imagino lo contento que hubiera estado Folch... –suspiró Oxford.

Agarraron las argollas y tiraron de ellas. La trampilla empezó a desencajarse del suelo arrastrando polvo y arena. La levantaron por completo mientras chirriaba y vieron que a sus pies se abría un profundo agujero.

–Necesitaremos luz –previó Oxford.

–Esto puede servir, lo guardaba de recuerdo –dijo Abram sacando un trozo de tela del globo que llevaba metido entre su ropa.

–En el macuto de Folch todavía quedan unos cabos de vela –dijo Rita al cogerlos.

Antes de empezar a bajar volvieron a estudiar el plano, para ver hacia dónde ir una vez que llegaran al principio del laberinto. Oxford abrió la libreta encima de la arena.

–Nuestro destino es el gran punto rojo en el que convergen los pasadizos –dijo.

—Esto parece un pozo –dijo Leo señalando ese punto en el plano.

—Sí, un pozo –corroboró ella.

Leo, que ya empezaba a bajar por las escaleras, se detuvo.

—Oye Abram, si te da miedo bajar puedes...

—¿Miedo? ¿A mí? ¡Qué dices! –exclamó al arrebatarle la vela y empezar a bajar delante de todos.

Leo creyó estar viendo visiones.

Los cinco empezaron a descender por los anchos escalones de piedra. Las paredes de la escalera estaban por entero decoradas por relieves vitrificados con las figuras de majestuosos soldados persas que sostenían largos arcos y lanzas. Al acabar el descenso se giraron hacia arriba, para ver la luz del día en el pequeño agujero de la superficie. El corazón les hubiera cabido en un puño, no sabían qué les depararían esas profundidades. Leo se puso en cabeza sosteniendo en alto la antorcha. Al final de la escalera se encontraron en un ancho vestíbulo con unas grandes puertas metálicas divididas en cuadrados. Del centro de cada uno emergía la cabeza de un león en bronce con las fauces abiertas.

—Con esto no contábamos –dijo Oxford al ver las puertas cerradas.

Las empujaron entre todos, pero no cedieron ni un milímetro. Al lado de las jambas, decorados con hojas de laurel de bronce, había dos grandes recipientes, dos inmensas tinajas repletas de un espeso líquido negro. Leo acercó su antorcha a una de ellas y al instante el líquido inflamable prendió, las puertas de cobre brillaron y todo el recinto se iluminó.

—¡Mirad! –exclamó Rita.

–¡Oooh! –hicieron todos.

Las paredes del salón también estaban decoradas con relieves en vidrios de colores. Eran cientos de arqueros persas realizados de perfil, que adelantaban una pierna y llevaban un carcaj lleno de flechas al hombro. Los soldados llevaban las largas barbas trenzadas y tenían las bocas horadadas como si emitieran un grito de guerra.

–Algunos relieves deben narrar la historia de las conquistas de los antiguos reyes: de Ciro el Grande, de Jerjes y de Artajerjes –dijo Leo, recordando lo que le había explicado Folch.

–Parece increíble esta construcción bajo tierra –dijo Oxford.

–¿Qué haremos para abrir estas puertas? –se preguntó Boghaz.

–Echaos a tierra –ordenó Leo.

Lo obedecieron al instante y se quedaron inmóviles frente a las grandes puertas.

–¿Por qué nos echamos? –preguntó Abram.

–Tú hazme caso –dijo Leo–. He visto algo parecido en una película.

Se aproximó a una de las cabezas que quedaban a su altura y la impulsó con las dos manos, la cabeza se hundió en la puerta.

–¡Al suelo! –chilló Oxford.

Cientos de zumbidos cruzaron la sala en todas direcciones. Docenas de flechas salieron disparadas de las bocas de los soldados y rebotaron en los muros como cientos de gotas de lluvia metálicas y mortíferas.

–¡Buf! –sopló Leo cuando dejó de oír las saetas por encima de su cabeza– . Por poco no lo cuento...

Se levantó inmediatamente, decidido a pulsar otra de las cabezas.

–Procura acertar... –dijo Rita tendida en el suelo–, Indiana Jones.

Leo le guiñó un ojo a la vez que hundía la cabeza del segundo león sin pensárselo. Todos aguantaron la respiración, pero no ocurrió nada. Se quedaron inmóviles esperando. Hasta que Boghaz, dotado de un sexto sentido, se precipitó corriendo contra Leo y le empujó en el momento en que se oyó... ¡crack! Toda la estructura subterránea tembló cuando una gran bola de hierro erizada de púas quedó incrustada en el suelo, donde un segundo antes Leo había estado en pie.

–A la tercera va la vencida –sonrió Leo levantándose.

Al pulsar otra cabeza, la puerta se abrió suavemente y mostró el primer corredor que se internaba hacia las tinieblas. El pasadizo estaba helado y era mucho más bajo que la estancia en la que se encontraban. Ningún relieve decoraba las paredes del laberinto, que empezaba delante de ellos negro como el carbón. Se levantaron y avanzaron hacia las puertas.

–Según este mapa esto es como una tela de araña y estamos en el principio –anunció Oxford–. No piséis nada extraño.

–Ni nos separemos –dijo Leo.

Rita notó que se le helaba la sangre al ver el lúgubre corredor que tenían que recorrer.

–Vamos –le dijo Abram al darle la mano con seguridad.

A su derecha vieron otra gran ánfora llena del viscoso líquido oscuro. Estaba dispuesta para ser inclinada. Rita la empujó y se vertió el contenido en el reguero que corría pegado a la pared, el líquido empezó a correr por el canal y al prenderlo con la antorcha iluminó el corredor. Éste torcía unos metros más allá, y la línea de fuego quedó oculta.

—Adelante —dijo Leo siguiendo el luminoso reguero.

Penetraron en el laberinto y empezaron a seguirlo. Sus fantasmagóricas sombras bailaban por las paredes y el techo. Leo iba junto a Oxford reconociendo en el plano las distintas bocacalles que se abrían de repente a ambos lados. Ponían mucho cuidado en no equivocar el camino que habían señalado en rojo para llegar hasta el centro.

—No toquéis nada —les previno Oxford.

—¿Por qué? —le preguntó Abram.

—Porque estamos en un lugar lleno de peligros, casi a oscuras, y está pensado para que sólo los más listos y valientes puedan acceder al tesoro. Y nosotros creo que no somos ni lo uno, ni lo otro —le respondió.

Rita apretó con más fuerza la mano de Abram. Boghaz se puso al final cerrando la expedición. Atravesaron curiosas ramificaciones y bifurcaciones con cuidado de no pisar las baldosas que sobresalían del suelo, como les había advertido Oxford. Alumbrados por el reguero de fuego avanzaron en silencio, escogiendo el camino adecuado para seguir la dirección marcada. Habían recorrido un buen trecho cuando Rita susurró:

—Alguien nos sigue.

Todos detuvieron el paso para aguzar el oído.

—Dos sombras —dijo Rita—, me he dado la vuelta y me ha parecido ver dos sombras.

Variaron la disposición de la marcha y reanudaron el trayecto. Siguieron un buen trecho en silencio, distraídos al ver sus sombras que bailaban al compás de sus pasos. Detenían la marcha cuando el pasadizo se abría en varias ramificaciones. Leo miraba entonces el plano y decidía qué dirección tomar. Rita se volvía para atrás de vez en cuando, estaba muy nerviosa. Llegaron a un entramado de cuatro pasillos y Leo escogió el más estrecho, por el que tuvieron que pasar en fila de uno. Después de doblar a un lado y al otro varias veces, el pasadizo empezó a descender. Siguió así un buen trecho, en un descenso regular y continuo, hasta que volvió a ser horizontal. De vez en cuando sentían en la cara una ráfaga de aire fresco que parecía venir de las aberturas por las que no entraban y que conducían a túneles que subían o bajaban bruscamente. Hubiera sido fácil extraviarse e imposible recordar el camino de vuelta. Torcieron en fila de a uno por un estrecho corredor que seguía muchos metros por delante.

Así llevaban andando un buen trecho cuando Leo se detuvo y anunció:

—Creo que falta poco. Después de ese recodo —dijo señalando hacia delante—, estaremos frente al agujero del centro del plano. ¿Vas bien al final, Boghaz?

Nadie respondió a su pregunta. Leo se volvió y... ¡estaba andando en solitario hacia el final del laberinto!

—¡Rita!, ¡Oxford!, ¡Abram!... ¿Boghaz? —gritó cada vez con menos fuerza.

No hubo respuesta. Un miedo atroz se apoderó de él, estaba en la parte final y solo. Entonces oyó unos pasos que se acercaban por detrás o por delante..., o quizás por la derecha, ¿iban hacia él? «¿Dónde se han metido? ¿Quién corre hacia mí?».

—¡Oxford! ¡Abram! —repitió.

Estaba completamente desorientado. La cabeza empezó a darle vueltas. Estaba a punto de salir corriendo, cuando una mano le tapó la boca y le rodeó los hombros echándole hacia atrás para quedar oculto en las sombras. En el mismo instante dos figuras entraron por el pasillo y le resultaron extrañamente familiares.

—¡Chsst! —le indicó suavemente su atacante.

Le destapó la boca muy despacio y lo soltó. Leo se dio la vuelta y se encontró cara a cara con... Folch. Lo abrazó sin pensarlo y éste le indicó con un gesto que guardara silencio y se fijara en Capdellamps y otro esbirro que avanzaban por el pasadizo a la luz de un fanal. Los vio dirigirse hacia el desvío que ellos iban a tomar.

—¡Maldita sea! ¡Se nos ha escapado! —estalló Capdellamps.

Los dos hombres se detuvieron para oír algún ruido y ellos se escondieron en un recodo, aprovechando la sombra que proyectaba la pared, y permanecieron inmóviles sin respirar. Los tenían a escasos metros y los individuos empuñaban pistolas.

—No tienen el plano del laberinto —le susurró al oído Folch cuando los dos hombres se alejaron.

—¿Y los demás? —cuchicheó Leo.

–No te preocupes –le respondió– después iremos a rescatarles. Ahora nos toca a ti y a mí. Así no correrán peligro.

Leo percibió que el corazón se le aceleraba. Folch le cogió su libreta y se fijó en el plano para seguir avanzando.

–Lo primero: hay que deshacerse de esos individuos. Procura hacer ruido para que nos sigan y prepárate para correr deprisa –le dijo.

Leo hizo lo que le mandaba y se provocó un estornudo que resonó por varios corredores:

–¡¡Atchisss!!

–¡Por allí! –gritó Capdellamps fieramente.

Los dos hombres se dieron la vuelta y empezaron a correr con grandes zancadas hacia ellos. Leo no entendía qué estaban haciendo, pero aceleró la marcha detrás de Folch para seguir los regueros de fuego hacia el final del laberinto.

–Espero que este líquido alumbre mucho rato –jadeó al correr tras Folch.

–No te preocupes por eso –le respondió éste–. Es brea mezclada con petróleo. Puede quemar durante días y la habéis echado toda a los canales.

De vez en cuando Folch se detenía y durante un segundo dudaba qué dirección tomar, luego indicaba una u otra entrada a un nuevo pasadizo iluminado por el reguero ardiente. Leo entendió qué estaban haciendo: intentar extraviar a sus perseguidores. Al doblar la última esquina llegaron al punto central del laberinto. Entraron en una habitación de cuatro paredes, pintada de rojo, y se quedaron estupefactos. No tenía salida.

–¿Esto acaba aquí? –preguntó Leo.

Folch señaló al suelo. Todo lo que había era un único agujero, como una boca abierta, por la que cabía holgadamente una persona.

–¡Vamos, lánzate! –le instó Folch.

Los dos se tiraron al pozo sin pensarlo. Se trataba de un tobogán de piedra pulida que descendía unos metros hasta llegar a un piso inferior.

–¿Y esto qué es? –se preguntó Leo al llegar abajo.

Frente a ellos empezaba una ancha escalera de caracol que descendía curvándose pegada a la pared hasta el piso inferior. El hueco de la escalera era muy amplio y por él se podía caer fácilmente.

–Hay que bajarla con cuidado –dijo Leo alumbrándola con la antorcha.

Hizo ademán de bajarla, pero un brazo de Folch le retuvo.

–Espera –dijo–. Esto no puede ser tan sencillo, estamos a punto de llegar al final... –se detuvo para pensar y cerró los ojos–: ... y algo no funciona.

–¿Qué quieres decir?

–¡Chsst! Silencio ahora –susurró con un delgado hilo de voz–. No puede ser tan sencillo, aquí se esconde una trampa mortal y no seremos nosotros quienes la descubramos. La escalera daba directamente a otro gran agujero negro, profundo y tenebroso.

–¿Quieres decir que corremos un grave peligro si bajamos por la escalera?

–No lo sé –le respondió–. ¿Recuerdas la última frase de los papiros de los caballeros? ¿La que hallamos en la iglesia de Tokali?

–Sí –susurró Leo–. La hemos leído antes de entrar: «No uses los pies por cabeza a no ser que estés seguro de hacerlo».

–¡Correcto! Pues ahora es cuando hay que encontrarle un significado –dijo Folch lanzando la antorcha escaleras abajo para quedar ocultos en las sombras.

Pero Leo ya no lo escuchaba porque la antorcha, al caer por los pulidos escalones de piedra, había iluminado el hueco de la escalera y el piso inferior. Más allá de los escalones, salvado el agujero, había algo que jamás hubiera imaginado. Esparcidos por la cámara se vislumbraban docenas de cofres, algunos cerrados y otros abiertos, que mostraban la riqueza del tesoro. Tragó saliva y no pudo articular palabra. Estaba encandilado por los baúles abiertos en los que se destacaban montones de relucientes monedas de oro y plata, que al brillar daban una extraña luz al recinto. Tenía a su alcance una gran cantidad de monedas, jarrones, joyas, lingotes de oro y plata con sólo bajar las escaleras. La voz de Folch resonó en la galería y lo devolvió a la realidad:

–¡Sube, vamos!

Volvió la cabeza, pero no le vio por ningún lado, hasta que se fijó mejor. Lo descubrió en la oscuridad... ¡colgado del techo cabeza abajo!

–Pero... ¿qué? –balbuceó al verlo agarrado a la roca como un murciélago.

–Estoy usando los pies por cabeza. ¡Venga sube!, ya los oigo llegar... –le apremió.

Leo tendió sus manos hacia él y fue izado hasta el techo de la sala. Folch tenía los pies calzados en una especie de estribos de hierro. Él hizo lo mismo y quedó suspendido boca abajo.

–¿Qué es esto? –le preguntó entre cuchicheos.

Folch le tapó la boca porque Capdellamps y otro hombre descendían por la pendiente escalón a escalón e iluminaban la cámara.

–¿Dónde se han meti...?

–¡Mira! –dijo Capdellamps al señalar al piso inferior.

Le había llamado la atención el brillo de la antorcha. Se asomaron a la escalera de caracol y vieron el tesoro.

Todo ocurrió en un segundo. Al ver lo que les esperaba en el piso inferior, se olvidaron de ellos y se abalanzaron hacia los irregulares escalones de piedra brillante. Empezaron a bajarlos, pero no pudieron empezar siquiera ya que al pisar el primero los demás se ocultaron y se convirtieron en una superficie lisa y resbaladiza. Perdieron el equilibrio y se deslizaron sin remedio hasta el agujero, que los engulló. Al instante la escalera volvió a su posición inicial.

–¡¡¡Aaah!!! –gritaron ambos.

Sus alaridos pusieron los pelos de punta a Leo.

–¿Qué... qué les ha pasado?

–Mejor no saberlo –respondió Folch.

Siguieron andando por el techo, calzando los pies en los curiosos aros. Así llegaron hasta el piso inferior y descendieron sobre el último de los escalones, que era tremendamente resbaladizo. Folch sujetó a Leo por la espalda cuando se asomó al oscuro agujero por el que los dos desgraciados acababan de desaparecer.

329

–¡Buf! –exclamó–. ¡Qué profundo! No se ve nada.

Saltaron ágilmente por encima de la abertura y fueron hasta los cofres, en cuyo interior relucían montañas de monedas de oro, coronas con joyas engarzadas de todos los colores y tamaños: esmeraldas y rubíes, amatistas, jaspe y enormes perlas de los mares de oriente; candelabros de plata, espadas con puños de marfil y escudos sobrepujados en oro, braseros con pies de bronce, lámparas con incrustaciones y un sinfín de riquezas se amontonaban en ese largo pasadizo. Folch tomó entre sus manos una preciosa armadura de desfile trabajada en oro blanco y bronce. Llevaba grabada a fuego una gorgona idéntica a la de la coraza de Alejandro. Leo se fijó en las dagas curvadas, las trabajadas piezas de marfil de Egipto, las ricas y desgastadas sedas de oriente, los anchos jarrones de figuras negras y rojas llenos de monedas, los camafeos de adorno y las grebas para las piernas labradas con figuras de muchachas danzarinas.

–¡Es una riqueza inmensa! –exclamó Folch.

Se detuvo frente a uno de los baúles recubiertos de láminas de cobre, cuya tapa llevaba grabado un nombre:

ALEXANDROS

El cofre estaba cerrado y tuvieron que forzar su cerradura. El rostro de Folch se iluminó y tembló de emoción al ver que contenía docenas de rollos de papiro, cada uno de ellos perfectamente lacrado con un cordel y un sello de cera marrón. Tomó uno, rompió el selló y leyó las primeras palabras, así fue haciendo con varios. El cofre guardaba las mejores obras de los escritores de la antigüedad griega: obras poéticas de Hesíodo, piezas de teatro de Sófocles y de Esquilo, tratados de historia de Herodoto, libros de viajes de Estrabón... El hallazgo le hizo murmurar:

–¡Aaah! Éste... –dijo solemnemente–, éste es el auténtico tesoro de Alejandro.

–Hemos de rescatar a los demás –le interrumpió Leo.

Con sumo cuidado cruzaron el pozo y comprobaron que el extraño mecanismo de las escaleras sí permitía subirlas. Así deshicieron el camino en el laberinto, hasta que hallaron a los demás, amordazados en una gran sala. Al ver a Leo y a Folch, abrieron los ojos como platos.

–¡Folch! –exclamó Rita al abrazarlo y derramar alguna lágrima.

–Pero... ¿cómo? –empezó a decir Oxford.

–¡Lo sabía, lo sabía! –repetía Abram mientras le palmeaba la espalda.

Al liberarlos de sus ataduras lo acribillaron a preguntas para saber cómo se había salvado.

–Pues veréis... –les empezó a contar–. Al saltar del globo caí sobre una duna de arena que amortiguó el golpe y desde el suelo vi cómo el globo se alejaba. Pasé la noche como pude en un abrigo de la montaña. A medianoche se acercaron las luces de un camión que pasó cerca; de él bajaron dos individuos a los que seguí con gran precaución. Esta mañana Rita ha estado a punto de descubrirlos cuando do uno de ellos ha resbalado en la colina.

–¿Lo véis? –exclamó Rita complacida, dando un codazo a Abram–. Yo tenía razón.

–Vi cómo se escondían –prosiguió Folch–, y esperaban a ver vuestras evoluciones esta mañana. Cuando han entrado en el laberinto los he seguido hasta que me he perdido. Por suerte he encontrado a Leo poco antes de que se lanzaran sobre él. El resto lo vais a ver ahora –concluyó siguiendo por el pasillo que llevaba al centro del laberinto.

Bajaron por el tobogán y accedieron al tesoro. Oxford, Rita, Abram y Boghaz quedaron boquiabiertos al ver la inimaginable cantidad de riquezas. Tras examinar a su antojo toda la galería se probaron las coronas, las joyas y las telas multicolores. Sumergieron los brazos en montones de monedas, riendo de su increíble suerte. A medida que se internaron en el pasadizo, vieron mesas de madera con el sobre de oro puro trabajado con finos relieves de las hazañas de Heracles, copas y cubertería, pies de candelabro para sostener docenas de velas. Y lingotes, cientos de lingotes apilados, de todos los tamaños y formas. Los había de oro, plata, bronce y de algún metal que no reconocieron.

Pasaron el resto del día cargando lo que podían llevarse en el camión, realizando numerosos viajes.

–Ya está bien –dijo Folch al final de la jornada–. No necesitamos más.

Acamparon cerca de la entrada del subterráneo, al amparo del relieve de Ciro. Afortunadamente, los dos desaparecidos llevaban suficientes víveres en el camión y con ellos se dieron un gran festín. Estaban terriblemente hambrientos y felices de haberse reunido de nuevo.

–La última comida –recordó Abram mordiendo un muslo de pollo– fue ¡grumpf!... en casa de Boghaz.

–No nos habéis dicho todavía qué le ha ocurrido a Capdellamps –preguntó Rita a la luz de la hoguera en el improvisado vivac.

–Fueron víctimas de su avaricia y se precipitaron en su perdición –respondió Folch.

Se miraron y prosiguieron comiendo en silencio.

La travesía

Los chicos cerraron la escotilla del laberinto y la recubrieron de tierra. Folch subió a la cabina del camión después de cerrar la compuerta trasera y le dio al contacto. El motor rugió con fiereza y el vehículo avanzó pesadamente sobre la arena. Iba cargado hasta los topes con los cofres del tesoro envueltos en sacos de lona. Hasta que no estuvieran a salvo en el barco que los llevara de regreso, debían tener muchísimo cuidado.

–Increíble, ¿no? –dijo Leo.

Abram y Boghaz se limitaron a sonreír sentados encima de los cofres, en la parte posterior del camión. Miraron por última vez los restos arqueológicos de los antiguos palacios mientras se alejaban por la carretera, en dirección a la población de Shiraz. Oxford y Rita se habían sentado en la cabina.

Folch iba atento a la carretera cuando Rita le dijo:

–Entonces, ¿ya sabes quién efectuó el robo?

La miró sonriendo y le respondió:

–Sí. Con pelos y señales. ¿Recuerdas a Capdellamps?

Ella asintió mientras veía cómo se deslizaban frente a la cabina del camión las arenas del desierto iraquí.

–¡Ajá!... Pues cantó lo suficiente: cómo dieron con la pista hasta llegar al sepulcro de Cruïlles y cómo robaron las piezas del Pirineo. Estaban muy bien informados gracias a Hortensio Vermut, el ayudante de Mastegot, ¡quién lo iba a decir...!

–¡Y parecía tonto! –dijo Oxford.

–Pues no, ya ves que no tiene ni un pelo de tonto. Si recordáis, uno de los esbirros de Capdellamps dijo que las piezas robadas en el Pirineo están en un local de la calle Fusina y ahora encaja todo.

–¿Sí? –dijo Rita.

–Pues que ese local está muy cerca de la Ciudadela.

–¿Y eso qué tiene que ver? –terció Oxford.

–Es muy sencillo. La noche que me quedé solo en el museo –continuó él–, recibí una extraña llamada en la sala de Restauración. Sin embargo, al responder nadie dio señales de vida. Sólo oí, a lo lejos, un ruido como de casetas de feria.

–¿Y qué?

–Pues que al lado de la Ciudadela hay siempre instalado un puesto de feria. Ya sabéis: tiovivo, tiro con carabina y esas diversiones.

–Eso quiere decir que quien te llamó aquella noche debía estar en el local de la calle Fusina.

—¡Exacto! —sentenció Folch—. Hay que avisar cuanto antes a Mastegot a ver quién es el propietario del local de la calle Fusina, número 22 —dijo pisando el acelerador a fondo.

* * *

El puerto de la pequeña población de Bandar-e-Busher, en la soleada costa de Persia, estaba abarrotado cuando el camión aparcó en el muelle. Habían visto la resplandeciente cúpula de su mezquita y habían cruzado sus estrechas calles precedidos por el estridente sonido de la bocina. El muelle era un hervidero de gente. Llegaban a la misma hora que las barcas de pesca y docenas de compradores y mayoristas se agolpaban en el mercado de pescado.

Folch descendió del camión y les indicó:

—No os mováis. Debo poner un telegrama y buscar un barco que nos lleve de regreso.

Al cabo de media hora estaba de vuelta, acompañado de un individuo bajo, rollizo y muy moreno. Había recorrido todos los tugurios y bares del puerto hasta encontrar un marino dispuesto a hacer la travesía por un buen puñado de monedas de oro. El hombre, se veía a la legua, era un viejo lobo de mar. Debía rondar la cincuentena. Estaba tostado por el sol y andaba medio ladeado hacia la izquierda como si una parálisis afectara su pierna derecha. Llevaba una de sus orejas atravesada por un aro de oro y un pañuelo rojo empapado en sudor le rodeaba el cuello, surcado por infinitud de pequeñas arrugas.

Leo, Boghaz y Abram bajaron de la caja del camión y se acercaron.

–¡Muchachos! –dijo jovialmente Folch moviendo los ojos hacia su acompañante–. Os presento al capitán Flint.

–¿Este? –susurró Rita a Oxford.

–Es lo mejor que habrá encontrado por aquí y debe de tener un barco navegable –le respondió.

Flint observaba sonriente al grupo con ojillos brillantes y vivarachos.

–Buenas tardess –se presentó tambaleándose–. Soy el capitán Flint, para servirlos a ustedess, y espero que tengan a bordo una feliz travessía. Qué gran elección la suya ¡hip! –perdón– al confiar en nosotross... –dijo haciendo algo parecido a una reverencia.

Hablaba en un curioso acento que tendía a alargar algunas letras del alfabeto: los sonidos de la ese y la ge iban y volvían como querían por su desdentada boca, que apestaba a alcohol.

–... Y agora, si me acompañan, less enseñaré el barco –dijo, andando hacia el final del pantalán, donde había dejado amarrado un pequeño esquife.

–Lo más parecido a un pirata –dijo Rita volviéndose hacia Oxford cuando empezaron a andar detrás del capitán Flint–. ¿Recuerdas *La isla del tesoro*?

Ella asintió en silencio.

–Ese ess nuestro... ¡hip!..., perdón..., velero –lo señaló mientras bajaba por la rampa del muelle y se subía a la pequeña barca a remo.

En mitad de la bahía de Bandar-e-Busher vieron calada una goleta de dos palos, con una eslora de más de veinte

337

metros. Los invitó a subir y a acompañarlo para inspeccionar el barco y comprobar que era de su agrado. Leo y Abram se quedaron al cuidado del camión. Antes de llegar a la embarcación tuvieron que pasar bajo los mascarones de proa de muchos otros navíos, algunos antiguos, otros modernos. Sus cables a veces rozaban la quilla por debajo del agua. A veces se balanceaban sobre sus cabezas. Llegaron al velero y salieron a saludarlos los cuatro tripulantes, que parecieron hombres de valor. La embarcación estaba pintada de blanco, azul y negro. Tenía todas sus velas recogidas, y el nombre del velero relucía en la proa con letras doradas: *La Fantasía*.

–Esta es mi goleta –les dijo arrimándose al palo mayor–: *La Fantasía*. Veintisiete metros de eslora, seis de manga y tres de calado, con una superficie vélica ¡hip!..., perdón..., de cuatrocientos metros.

Dieron su conformidad al capitán, que mandó a dos de sus hombres a tierra para aprovisionarse de agua, combustible y comida para las semanas de navegación. Ellos fueron relevándose con dos chalupas para ir transportando el tesoro a la goleta. Hasta las diez de la noche estuvieron ocupados en el traslado del tesoro. Según el plan trazado por el capitán, zarparon esa misma noche. Durante la primera semana de navegación cruzaron el cabo de Omán y siguieron bordeando Arabia, hasta el puerto de Masqat; cinco días después entraron en el mar Rojo y cuatro días más tarde entraron en el Mediterráneo por el canal de Suez. Después siguieron en dirección a Turquía. Boghaz deseaba volver con los suyos.

Leo pasó buena parte de la primera semana de travesía atareado junto a Folch en el camarote del capitán, trabajando en la redacción del trabajo sobre Alejandro Magno. Así, con esta inestimable ayuda y la de una vieja máquina *underwood* con la cinta casi gastada, logró acabar el trabajo para el profesor Cuadrado. La mañana que terminó de mecanografiar se lo mostró orgulloso a Folch. Después se sentó bajo el palo de mesana para contemplar el ancho mar. Reflexionó sobre lo que habían vivido y en todo lo que había aprendido... ¡leyendo un libro! Pensó que no era posible que se quedaran indefinidamente en la novela, y que de alguna manera tendrían que salir de ahí y despedirse de Folch. Una voz interrumpió sus reflexiones:

–Si te lo tuviera que puntuar yo, te pondría la mejor nota –dijo Folch a su espalda entregándole los folios mecanografiados.

Leo lo miró orgulloso agradeciendo el cumplido.

–¡Tierra a babor! –gritó uno de los marineros.

Acababan de avistar la costa turca. Atracaron la goleta en el puerto de Mersin, lleno de barcos mercantes. Folch acompañó a Boghaz a adquirir un carro y unos caballos para transportar la parte del tesoro que le correspondía. Todos les ayudaron a cargar en el carro varios sacos marcados con el nombre de Göreme y otros cofres con el de Circus Turkey.

–¿Los buscarás? –le preguntó Folch.

–Los encontraré, te lo prometo. Podrán comprarse bastanties globos –dijo con una sonrisa al ver el tamaño de los dos cofres llenos de riquezas.

Y Boghaz se despidió de ellos junto al carromato.

–¿Volveremos a vernos? –le preguntó Leo.

–Por supuesto, ya sabiéis donde vivo –respondió mirándolo con sus almendrados ojos oscuros.

«Sí. En la zona infantil», pensó Leo.

Se abrazaron. Boghaz montó en el carro e hizo chasquear el látigo por encima de las grupas de los animales. Leo lo siguió unos pasos agitando la mano.

–En menos de una semana estará de regreso en Göreme –dijo Oxford a su espalda.

Las siguientes escalas de *La Fantasía* fueron Monte Athos y Salónica. Hicieron entrega de un generoso donativo al monasterio y al arqueólogo Andrónikos. Desde Salónica remontaron las costas del mar Jónico y pasaron por delante del cabo de Pessaro, al sur de Sicilia. Al día siguiente estaban en Mallorca. Folch redactó un extenso telegrama a su amigo Mastegot y al profesor para que lo esperaran en el puerto de Barcelona. Leo lo acompañó a la estafeta de correos del puerto y allí vio algo que le cortó la respiración: el calendario que el funcionario de correos tenía colgado en la pared le hizo preguntarse cuántos días habrían transcurrido. ¡No había avisado a sus padres ni al colegio!

Empezó a sentir otra vez una presión en la barriga. Seguían dentro del libro, del que no sabía cómo salir. La verdad era que había perdido la noción del tiempo después de las casi dos semanas de navegación. Al llegar a *La Fantasía* bajó otra vez a la bodega para contemplar lo que quedaba del tesoro. Éste había visto reducido su grosor considerablemente tras su paso por Turquía, Salónica y Monte Athos. Se habían desprendido de la mayor parte del oro y la plata, que habían entregado al pobre pueblo de Göreme, a los desinteresados amigos de Le Grand Circus Turkey, a Andrónikos para sufragar sus campañas arqueológicas y al monasterio de la Lavra. ¿Y ellos? ¿Qué se quedaban? Porque en la penumbra de la bodega le pareció ver sólo un montón de monedas para pagar al capitán Flint, objetos artísticos dignos de estar en un museo y el cofre de papiros para el profesor Romaní.

Quizás tuviera razón Folch cuando le hizo reflexionar que el mejor tesoro era tener unos buenos amigos. Pensó en Abram, en Rita y en Oxford. No habían titubeado a la hora de colaborar para deshacer los entuertos en los que los había metido. Se habían quejado pocas veces a causa de las incomodidades del viaje o de los peligros en los que se habían encontrado. Por no hablar del propio Folch, que no había dudado en jugarse la vida para salvar las suyas. O de Boghaz, que se había marchado con ellos para ayudarles, o de Andrónikos, o del Archontaris... Ninguno había esperado recibir nada a cambio.

«En fin», se dijo Leo, «bien está lo que bien acaba», y subió a cubierta. Era el último día que pasaban en el barco y lo festejaron con una opípara cena en la cubierta del velero. Hacia el final de la velada el capitán pronunció un inesperado discurso afirmando entre hipos que era el mejor pasaje que había tenido en su larga vida de lobo de mar. Todos aplaudieron el parlamento y al son de una armónica y un pequeño acordeón, que tocaron los marineros. Bailaron hasta altas horas a la luz de las estrellas. A Leo le costó bastante trabajo dormirse porque la preocupación sobre la entrega del trabajo no le dejó conciliar el sueño en el camarote que compartía con Abram. Además le asaltaron una serie de preguntas a las que no sabía dar una respuesta. Si eran personajes de ficción..., ¿qué ocurría con ellos cuando se terminaba de leer el libro? ¿Desaparecían? ¿Cómo podría regresar a tiempo para entregar el trabajo? La cabeza empezó a darle vueltas y un sudor frío le empapó la frente. Decidió dejar de pensar en todo ello. Se levantó y cogió el trabajo. Lo tomó entre sus manos y leyó una vez más el título:

LAS CONQUISTAS ORIENTALES
DE ALEJANDRO MAGNO

Por Leo Valiente
Instituto Jaume Balmes

Empezó a hojearlo pero sus ojos se fueron cerrando y un escalofrío recorrió su espalda. Se durmió y soñó que regresaba a la biblioteca.

* * *

–¡Ouau! –bostezó desperezándose a la mañana siguiente–. ¡Qué bien he dormido! Levantó la cabeza para mirar por el ojo de buey del camarote de La Fantasía y ver brillar el mar como cada mañana y vió una estantería llena de libros.

–¿Cómo? –dijo Leo.
Se giró a ambos lados y ahí estaban, dormidos sobre las

mesas de la zona infantil, Rita, Abram y Oxford que empezaban a despertarse.

La sala estaba igual que siempre. Miró el redondo reloj de la pared, faltaban cinco minutos para las nueve de la mañana y por tanto ¡para que la biblioteca abriera sus puertas!

–¡Hemos regresado! –gritó.

Oxford, Rita y Abram se desperezaron y levantaron la cabeza, un sopor les mantenía todavía medio dormidos encima de las mesas.

–¿Qué? –preguntó Rita abriendo un ojo y restregándose las manos por la cara.

–¿Cómo? –dijo Oxford.

–Sí –afirmó Leo– hemos regresado.

–¡Dios mío! –exclamó Rita.

–¡Y son casi las nueve! –añadió él.

–Entonces... ¡están a punto de abrir! –exclamó Oxford mientras se arreglaba la cabellera y se alisaba el vestido.

Corrieron a mirar el calendario en el escritorio para ver cuánto tiempo habían permanecido fuera.

–Estamos a viernes, 16 de noviembre...

–Entonces... ¡sólo hemos pasado en el libro una tarde y una noche! –exclamaron entusiasmados.

Sonó el timbre en las diversas salas y se escondieron detrás de una estantería, pasado medio minuto la sustituta de Oxford entraba en la sala.

–Buenos días –la saludó Leo–. ¿Se acuerda de nosotros?

–Los de aquel trabajo de los dinosaurios... ¿recuerda? –dijo Abram saliendo del escondite.

—Sí, el de los huevos —añadió Rita sacando la cabeza entre los libros de la estantería.

—¿Vosotros? Pero... ¿cómo habéis...?

La pobre mujer estuvo a punto de desmayarse.

—¡Oh! —dijo Rita para restar importancia al hecho de que los encontrara en la sala a esas horas—. De hecho siempre hemos estado aquí.

—De una forma u otra... —añadió Abram mirando los libros.

—¿A... aquí? —balbuceó la mujer.

Leo se dedicó con los demás a buscar *El libro azul*, mientras la mujer se sentaba en la silla para recuperarse. Empezaron a examinar todas las estanterías, una por una.

—Seguro que debe estar por aquí..., si no se lo llevaron, debe estar por aquí —dijo Leo revolviendo las estanterías de relatos fantásticos.

Oxford salió de la sala y se encaminó al despacho del director para dar explicaciones de su ausencia aunque, evidentemente, éstas no eran muy creíbles, mientras los chicos seguían buscando entre los libros de Tolkien, Dahl, Ende, Rowling... Eran más de las doce del mediodía cuando Leo exclamó:

—¡Ahí está!

El volumen forrado con dibujos de Walt Disney se encontraba en el armario expositor de cómics.

—Alguien lo ha guardado en un sitio equivocado —dijo Rita.

—Entonces —respiró aliviado Leo—, podremos leer cómo acaba.

Abrió sus páginas para comprobar que se trataba de *El libro azul*, le quitó el forro y vio las letras doradas de la portada. Estaba a punto de leer las últimas páginas cuando Rita le interrumpió:

–Esperemos a Oxford. También querrá saber cómo acaba, ¿no?

Leo lo aprobó y se sentaron en una mesa a esperar, mientras la sustituta los miraba con recelo. Oxford entró al cabo de unos minutos, sonriente.

–¿Qué ha ocurrido? –le preguntó Abram.

–Capdetrons no ha venido a trabajar...

Abram dijo impaciente a Leo:

–¿Podemos leer ya cómo acaba?

Todos asintieron, Leo abrió el libro y buscó en las últimas páginas, hasta que dio con ello y empezó a leer en voz alta:

Sobre la una del mediodía el capitán avistó tierra desde el castillo de popa y avisó a Folch.

–Espero que Mastegot no se retrase esta vez –dijo él.

El velero se aproximó al puerto y al hacerlo le pareció ver a sus amigos entre contenedores y grúas.

–Sí –dijo– ahí están: Mastegot, el profesor, Gisclareny... ¡Están todos!

Así era. En el muelle de embarcaciones ligeras se encontraban el profesor Romaní con su impoluto abrigo gris y su bastón, Mastegot fumándose un cigarrillo, Gisclareny con Vallfogona y Gumersindo Vilopriu, el conserje. Junto a dos coches de la policía vio a varios agentes vestidos de paisano y a Friedendorff, custodiado por dos de ellos. Folch bajó del velero y se fundió en un abrazo con todos.

–¡Uf! –dijo el profesor Romaní estrechándole con fuerza–. Creíamos que no lo lograrías.

–¿Y los chicos? –preguntó Mastegot.

–¡Oh! Están bien, no os preocupéis por ellos.

Leo, Rita, Abram y Oxford intercambiaron una mirada. La sustituta no les quitaba el ojo de encima, no entendía qué demonios hacían en mitad de la biblioteca, leyendo un libro en voz alta.

–No os parecería mejor que... –les dijo.

–¡Chhsssstt! –hicieron los cuatro a la vez.

En el interior del coche patrulla le pareció ver a Hortensio Vermut con un ojo amoratado y un brazo en cabestrillo.

–Al recibir tu telegrama –le explicó Mastegot– lo comprendí todo. Fue coser y cantar. Vermut, el muy traidor, conocía tus movimientos a la perfección. No dijo nada de lo de la catedral para que te aplastara la trampa preparada y sabía lo del pueblo de Capadocia, por eso se os adelantaron. De tonto no tiene nada, se puso en contacto con Friedendorff al ver que llevábamos algo gordo entre manos. Nos traicionó por dinero, ¡por el sucio dinero! –exclamó lanzando la colilla al mar y limpiándose las solapas de la gabardina.

–Además –prosiguió–, ¿sabes de quién es propiedad un local en la calle Fusina...? De un tal Friedendorff... Al leer tu telegrama até cabos enseguida, era la prueba que nos faltaba. Recuperamos las piezas románicas que ya estaban embaladas y detuvimos a Friedendorff y a sus hombres. Creo que finalmente hemos hecho justicia –concluyó Mastegot–. ¡Ah! Antes de que se me olvide...

Se acercó a Friedendorff, al que sujetaban los dos agentes, y lo zarandeó.

–Salude a Folch, doctor Friedendorff.

Pero Friedendorff no quería abrir la boca y el inspector volvió a zarandearlo.

–No me molefte –dijo Friedendorff enseñando varios agujeros en su magnífica dentadura de marfil–, no eftá ufted en fu derrecho.

–¿Qué le ha ocurrido al doctor? –preguntó Gisclareny al oírlo.

–¡Oh!, nada –se disculpó Mastegot–. El pobre... –aclaró– ha tenido un resbalón al entrar en comisaría.

–Gajes del oficio, doctor Friedendorff –sonrió Folch–. ¿Y esto? –preguntó a Nicolau Mastegot, que llevaba el puño derecho lleno de tiritas.

–Friedendorff... –respondió el inspector– y Hortensio Vermut –añadió levantando el otro puño, también lleno de esparadrapos.

–Bueno, pues lo dicho –les interrumpió Gisclareny, que lucía una espléndida sonrisa nueva–. Mañana ya redactaremos el informe en el museo. ¡Ah! Folch, páseme a ver y me cuenta los detalles de la operación. Me voy corriendo, que debo ir a comer con el comisario provincial.

Cargaron los baúles en el camión del museo que conducía Gumersindo Vilopriu. Romaní, Folch y Mastegot montaron en el coche patrulla conducido por Riudecols y se alejaron del muelle.

—¡Ejem! —hizo el profesor Romaní desde el asiento delantero—. Hoy es viernes y me preguntaba si...

—¿Algo interesante en la cartelera? —le preguntó Folch que lo conocía al dedillo.

—Pues... pues sí, en el Capitol proyectan...

—Leo —le interrumpió Rita.

—¿Mmmm? —hizo él.

—¡La hora, Leo!

Él levantó la vista del libro y miró inmediatamente el reloj de la pared.

—¡Son casi las diez! ¡Y tenemos clase de historia!

—¡Tenemos el tiempo justo de ir corriendo a entregar el trabajo!...—dijo Abram.

Leo cogió los folios mecanografiados que tenía encima de la mesa y salió disparado de la biblioteca con Abram.

* * *

—¿Qué os ha dicho? —les preguntaron Oxford y Rita al verlos regresar sonrientes.

—Lo mejor —empezó a contar Leo, que todavía se partía de risa— ha sido que, al entrar en el instituto, hemos visto salir a Depuig y a sus amigos. Empezaban a reírse de mí, al verme con el trabajo bajo el brazo, cuando Abram ha ido por detrás y ha hecho entrechocar sus tres cabecitas.

Abram miró al suelo poniéndose colorado.

–No he podido evitarlo –dijo compungido.

–¿Y el trabajo? –quiso saber Oxford– ¿Has podido entregarlo?

–Ha sido curioso –les contó–. Cuadrado lo ha hojeado y me ha preguntado si lo había escrito yo. Le he dicho que sí, que tan sólo me había dado algún consejo un buen amigo y había leído mucho en los libros de la historiadora Rimbaud. Cuando lo ha oído se ha puesto a toser, jejeje, pero... ¡me ha felicitado!

Las dos los miraban en silencio detrás del escritorio de Oxford. La zona infantil seguía vacía.

–¿Qué ocurre? ¿No os parece una buena noticia?

–Sí, pero es que, Leo... –dijo Oxford.

–¿Qué?

–Rita me estaba diciendo que...

La rubia cabecita miraba silenciosa al suelo. Al fin se decidió a hablar:

–Resulta que todo esto es muy extraño y no encuentro una explicación lógica –dijo–. Somos personajes que entramos en un libro y luego... salimos de él como si tal cosa. ¿Cómo se explica?

–No –le respondió Leo convencido–. No tiene ninguna lógica. Pero recuerda que, en todo caso, lo hemos sido por necesidad.

–Hemos vivido aventuras –dijo Abram. Sus ojillos brillaban.

–Cuando uno lee –siguió diciendo Rita mirando a la bibliotecaria–, piensa que le gustaría vivir eso que lee, ¿cierto? Y de esta manera participa en la novela. De acuerdo, pero no hasta este punto, ¿no creéis? Pienso que todo lo que nos ha ocurrido es tan... tan...

−¿Qué?

−Pues es tan...

−¿Qué? ¡Dilo de una vez! −le apremió Leo.

−¿No habéis pensado que podemos ser personajes de ficción... ahora?

La idea de Rita explotó en la sala como una bomba.

−¿Quééé? −exclamó Leo. Oxford se sintió desmayar y las piernas de Abram temblaban como dos flanes.

−Sí, que alguien, no sabemos quién, nos haya estado leyendo, incluso que ese alguien lo siga haciendo ahora −continuó diciendo ella.

−¿Quieres decir que no somos reales? ¿Que alguien nos está leyendo ahora? ¡Tú estás loca!

−Tienes que creerme −le suplicó−. Es la única explicación lógica que le veo... ¡Somos personajes de ficción y alguien nos ha estado leyendo!

−¡Ja! −hizo Leo recordando lo mucho que había tardado ella en creerle−. Tendrás que convencerme y creo que te va a costar...

Alguien que entraba en la sala interrumpió la conversación. Se trataba de un hombre mayor, con gafas y el cabello completamente blanco. Todos sabían de quién se trataba: el misterioso colaborador de Leo.

−Buenas tardes −les saludó sonriendo−. Confío en que todos se encuentren con perfecta salud.

Lo miraron extrañados, como si supiera algo de lo que les había sucedido las últimas horas. Leo le agradeció el haberle facilitado toda la información necesaria. El anciano sonrió y asintió diciendo:

–En cierta forma me vi en la obligación de colaborar con un joven apasionado de la historia.

Leo enrojeció hasta las orejas.

–Gracias, señor –dijeron a dúo Rita y Abram.

–¡Oh! Sí, de nada, de nada... –respondió–. Pero descuiden, no tiene importancia.

–De todos modos, muchas gracias, señor... –titubeó Oxford que no sabía el nombre del anciano que tanto les había ayudado.

El anciano sonrió, se puso el sombrero, cogió el bastón y, alejándose en dirección a la puerta giratoria donde le esperaba alguien, se despidió:

–¡Oh! ¿Mi nombre? No tiene mucha importancia, pero pueden llamarme profesor Romaní. Dispensen, pero tenemos unas localidades para ir al cine y no quiero que mi acompañante se pierda esta película por nada del mundo –dijo al señalar hacia la salida donde Folch les sonreía mientras les guiñaba un ojo.

Pasaron unos segundos antes de que ninguno pudiera reaccionar. Sentados a la mesa de la biblioteca vieron cómo los dos hombres se alejaban. La luz se colaba por los altos ventanales góticos y las palomas revoloteaban a contraluz en el patio de la biblioteca.

–Oxford –dijo Leo.

–¿Mmm?

–¿Sabes qué? –le confesó–. Tenías razón, los libros tienen algo muy especial.

Ella le sonrió. Le pareció que había pasado una eternidad desde que lo había visto en la biblioteca por vez primera sin ningunas ganas de leer.

–¿Y la historia, Leo?

–¿La historia?... –aspiró él profundamente–. La historia es... es increíble.

Antes de devolver *El libro azul* al estante que le correspondía, Leo lo depositó encima del escritorio de Oxford y lo abrió por la página 352. La bibliotecaria mojó el sello en el tampón y lo estampó satisfecha.

ÍNDICE

Lluís Prats

Nací en Terrassa en 1966. Estudié arte y arqueología y me dediqué unos años a la investigación histórica. He trabajado como maestro, como escritor y en una productora de televisión; actualmente, lo hago en una editorial. Además de viajar para escribir diversas guías de viajes y libros de arte, también me apasiona pintar acuarelas y subir altas montañas (y bajarlas, claro). En colaboración con Enric Roig publiqué *El laboratorio secreto* en la serie Grandes Lectores de Editorial Bambú.

Bambú Exit